醫諾千金

1

清茶一盞 著

風文創 381

目錄

序

清茶一盞

三年前，中醫題材的文在起點主站盛行，我一直很喜歡看，也一直覺得中醫是中華民族最寶貴的財富。但西醫興盛，中醫漸漸衰微，甚至還有中醫騙人的言論，讓我常常為此擔憂，生怕中醫從此沒落，心中便萌發了寫一本醫文的想法。但這個題材，不是隨手就能寫的，對於一個門外漢來說，想要駕馭不出紕漏，難度相當的大。

二〇一三年下半年，一場疾病擊倒了我，因治血管瘤引起的腳經絡不通、神經受損，如幾十根針在腳底扎似的疼痛，帶給我極大的痛苦，坐臥不寧，最後到了下不了床的地步，半個月不能入眠。到各大城市求醫，西醫各醫科都說不歸他們管，最高級別的專家直言說不能治。當時相當絕望，無盡的疼痛讓人失去了活下去的勇氣。回到家鄉，經朋友介紹，開始吃一個老中醫的藥。結果讓人喜出望外，疼痛慢慢消失，雖不能完全打通經脈，讓左腳恢復如常，卻能讓我正常生活、正常上班。這一刻，我對中醫感激涕零、銘感五內。

是中醫給了我生命的延續。它能醫西醫之不能，它是病人的福音，它是中國人的瑰寶。所以在能正常生活後，我花了十個月的時間，看了許多資料，查閱了許多醫案，寫下了這本《醫諾千金》，謹以此獻給延續了我生命的中華大醫藥。或許故事還很粗糙，或許寫的醫藥知識還有我沒察覺出來的錯漏，或許在古代架空的背景下，顯示不出中華醫藥的神奇之處；但至少我寫出來了，以一顆虔誠的心，以極為認真的態度。

經歷半年的病痛折磨，其實身體很不好，但許許多多的讀者支持著我，這也是《醫諾千金》得以順利寫完的原因。寫書，是我最大的樂趣，是我的精神支柱；而寫的書能得到讀者的喜愛，是我最大的快樂與幸福。我希望能給大家帶來閱讀上的愉悅，我希望能在書中分享我對生活的感悟，我希望我筆下女主角身上堅毅、樂觀、積極向上的特質能給予人正能量……

感謝我的讀者們，祝我所有的讀者都健健康康、平平安安、快快樂樂。也感謝能夠看中並以認真態度出版這本書的出版社——狗屋。

第一章

初春陽光，將宛江照得彷彿一條閃爍著銀光的白練。被江水環抱著的臨江城，雖然依山而建，又三面臨水，但地勢並不逼仄，一間間房屋沿著一條寬敞的街道排列著，鱗次櫛比，有序而齊整。街上的行人來來往往，更襯得這城繁華而安適。

春寒料峭，正是疾病多發的季節。整整一上午，仁和堂都人來人往，夏正謙忙得連喝口水的工夫都沒有。

「讓讓，讓一讓！」門外突然傳來一陣急促的聲音，緊接著，一個十六、七歲的小廝從人群裡擠了進來。

「喂喂，往哪裡鑽呢？後面來的，後面排隊去！」等了許久都還沒輪到的病人不滿了。

「就是就是，年紀輕輕的小伙子，活蹦亂跳的，有什麼等不及的大病這麼著急？」有那年紀大的老人，隨聲附和道。

仁和堂的大東家夏正慎聽到吵鬧聲，從帳本裡抬起頭來，待看清那小廝是誰，眉毛一蹙，站了起來。

那小廝可不管病人說什麼，目光在人堆裡急速掃了一眼，就急急奔向人群中央的夏正謙。「老爺、老爺！」

正專心寫方子的夏正謙聽到叫聲，抬頭一看，訝道：「景和，你怎麼來了？」

「老爺，快！姑娘不知吃錯了什麼東西，上吐下瀉，十分嚴重！太太叫您回去看看。」

「什麼？」夏正謙「騰」地站了起來。

「三弟，怎麼回事？」夏正慎快步走了過來，不悅地問道。

「衿姐兒病了，大哥，我先回去看看，一會兒再來。」夏正謙焦急地說了一聲，低下頭去，打算把手頭的藥方寫完，就趕緊回家一趟。

「胡鬧！」夏正慎臉色一沈。「這麼多病人，你怎麼可以離開？一點點小事就要回家，讓病人在這裡等，你這郎中是怎麼當的？咱們這仁和堂的名聲還要不要？」

「大哥……」夏正謙忙要解釋。妻子的性子他最知道，要不是女兒病情太重，她是絕對不會讓景和來醫館叫人的。

「行了！」夏正慎卻不給他說話的機會，轉頭對一個十六、七歲的小伙子道：「慶生，你師妹不過是吃壞肚子，一點小病，你回去替你師父看看，帶上藥，煎了給你師妹服下就回來。你也看到了，醫館裡忙得很，可沒空給你瞎耽擱。」

邢慶生看到自己師父臉色雖難看，卻沒說出反對的話，忙應了一聲，到藥櫃抓了兩副治痢疾的藥，拿給夏正謙過了目，就急急地跟著景和走了。

夏府南院的正房裡，舒氏坐在床前，看著床上氣息全無的女兒，神情木然。

門口進來一個少年，小心翼翼地端著藥碗，一邊走一邊道：「娘，藥來了。」卻得不到回應。

他抬頭一看床上，「咯噹」一聲，藥碗滑落，在地上摔個粉碎。

「妹妹……她怎麼了？」他聲音顫抖。

舒氏沒有答話，只伸出手來，輕輕地撫摸著女兒瘦削的臉龐，木然的臉上，終於露出悲戚，眼淚一滴滴從眼眶中滾落下來。

「太太，邢公子來了。」門外傳來丫鬟的聲音。

舒氏沒有反應，夏祁卻像是抓到救命稻草一般。「爹爹應該也回來了！」轉身飛快地跑到門前，然而簾子剛一掀開，他就定住了。

站在門口的只有喘著粗氣、滿頭是汗的邢慶生，卻不見夏正謙的身影。

「師弟。」邢慶生叫了一聲。

夏祁推開他，朝他身後張望，然而跟在邢慶生身後的，只有景和。他不死心地轉頭問：「我爹呢？」

「醫館人多，師伯說讓我回來看看。」邢慶生朝屋裡張望。「師妹怎麼樣了？」

夏祁的眼眸一下沒了神采。他咬著嘴唇，搖了搖頭，沒有說話。

邢慶生見狀，心裡一突，顧不得禮儀，直接闖進門去。

只見屋裡床前，舒氏趴在那裡無聲哭泣；床上的夏衿，面色白如紙，靜靜地躺在那裡一動不動，看那樣子，似是氣息全無。邢慶生只覺得腦袋「嗡」地一聲，什麼意識都沒有了。他形如傀儡地走到床前，呆呆地望著床上的師妹。

「師兄。」夏祁用力將他搖醒。「你快看看我妹妹！」

邢慶生學醫十年，見過生老病死無數，又怎看不出來床上的小師妹早已魂歸西天？但他跟夏祁一樣，仍不死心，伸出顫抖的手，搭在夏衿纖細的手腕上。

舒氏停住了哭泣，屏住呼吸，期待地望著邢慶生。

良久，久得彷彿過了一百年，邢慶生才頹然垂下手，緩緩地搖了搖頭。

屋裡陷入死一般的寂靜。

「怎麼樣？衿姐兒怎麼樣了？」忽然，一個雄渾的聲音從院子裡傳來。

舒氏微微一震，色若死灰的眼眸重新聚焦。

未等邢慶生轉身相迎，門簾一掀，門外進來個身材高瘦的中年男子，正是夏正謙。他環顧屋裡一周，見屋裡一片安靜，舒氏和夏祁更是面有戚色，眼眶紅腫，頓時心生不妙，問道：「怎麼了？」眼睛卻往床上看去。

「相公，衿姐兒……沒了。」舒氏見了他，彷彿找到了宣洩的出口，頓時泣不成聲。

「怎麼會？」夏正謙猶不相信自己聽到的話，搶上兩步，一把按住夏衿的手腕，下一刻，他整個人就如同掉入了冰窟裡。

「怎麼會這樣？怎麼會這樣？」他失魄落魂地喃喃自語。

饒是早已不抱希望，見這情形，舒氏心中最後一根弦終於繃斷了，她軟軟地倒了下去。

夏正謙和夏祁自身都搖搖欲墜，這屋裡唯一清醒的便是邢慶生。此時他也顧不得避嫌，一把扶住舒氏，急忙叫道：「來人。」門外立刻進來幾個丫鬟、婆子，從邢慶生手中接過了舒氏。

邢慶生給舒氏診了一把脈，見她只是悲傷過度暈了過去，這才放下心來，吩咐道：「把太太扶回屋去歇著。」

見丫鬟、婆子扶著舒氏去了，他又走到夏正謙身邊，扶住了他。「師父，我扶您回房歇息一下。」

夏正謙這才如夢初醒，搖了搖頭，啞聲道：「不用。」一轉頭看看，見舒氏已不在屋裡，他指著一個丫鬟道：「妳，去把姑娘最好的衣服拿來。」又指著門口立著的婆子。「妳們，去提熱水來，把屏風立上。」

女兒剛走，身體尚溫軟，此時要淨身換衣。他雖是父親，不能親手給女兒做這些，但妻子倒下了，他總得隔著屏風看丫鬟、婆子們做這些事，不能讓女兒身邊沒個親人。

「是。」下人們都忙活起來。

邢慶生知道此時師妹的後事最重要，便不再勸，只把夏正謙扶到外面的椅子上坐好，又去安頓夏祁。

主家姑娘死了，下人們沒人敢多事，一個個默然做著各自的事，抬水、拿衣、立屏風、淨身換衣……

倏地，一個丫鬟驚慌失措地從裡間跑了出來。「老爺、老爺！」

夏正謙認得這是女兒的貼身丫鬟青黛，她此時不守在主子身邊，反而大呼小叫，他不悅地抬眼道：「怎麼了？」

「姑娘……」青黛艱難地嚥了一下，這才把話順利說出來。「姑娘剛才……好像動了一下。」

「胡說！」夏正謙張嘴便喝斥。他行醫數十年，人死還是沒死，他還會看不出來嗎？人死復生，怎麼可能？難道他女兒死了，這丫鬟還要造謠他女兒詐屍嗎？居心何在！

「老爺、老爺，姑、姑娘醒了，真的醒了！」剛提熱水進去的婆子忽然衝了出來，激動得語無倫次。

「真、真的？」一個人這麼說，兩個人也這麼說，夏正謙便半信半疑，「騰」地站了起來，抬腳就往裡面跑。

邢慶生也急急跟上，可跑到門口，差點撞到忽然停住腳步的夏正謙。

「衿……衿姐兒，妳醒了？」夏正謙顫抖著聲音，緩緩地走到床前，定定地看著女兒。

原先靜靜躺在床上、氣息全無的衿姐兒，此時臉色雖依然蒼白，緊閉的雙眼卻已睜開了，正抬首蹙眉望向他們。那雙如湖水一般清澈乾淨的眼眸，清冷裡帶著微訝和疑惑，顯得格外靈動鮮活。

翌日傍晚，蘇慕坐在床前，看著丫鬟手裡舉著的銅鏡裡的面容，微一頷首。

她前世長得太過美豔，走到哪裡都是發光體，這對於一個需要隨時隱匿自己行蹤的殺手來說，是極不利的。為此，她不得不花上比別人更多的時間和精力，學習如何打扮偽裝，讓自己變得普通平凡。

而現在，銅鏡裡顯現的是一張清秀的臉——淡雅而纖細的眉毛，沒有血色的嘴唇，巴掌大的小臉，皮膚是不健康的蒼白，還薄得能隱隱看見皮下的血管；唯一能讓這張臉增加一點神采的，是那一雙黝黑清亮的眼睛。

她極滿意。

不美，也不醜，很普通，很好！

以後，她就叫夏衿了吧。昨日種種，譬如昨日死；今日種種，譬如今日生。她既託上天的福得以重生，那便換個名字，重新開始吧。

「好了，放下吧。」她吩咐道，將身子往後靠。

這個身體本就不好，偏昨日又吐又瀉，傷了元氣。今天喝了一天的湯藥，她才能稍稍起身，看來，還須將養兩日方能下床。

「青蒿，我叫妳打聽的事如何了？」她開口問道。

很幸運，她接受了這身體的所有記憶，不至於兩眼一抹黑。從記憶裡，她知道這身體雖然體弱多病，但不至於喝一碗雞湯就上吐下瀉，香消玉殞，如今平白無故死了，在曾為殺手的她看來，這其中必有陰謀。雖然夏家只有嫡親的三兄弟，老太太尚在，未曾分家，這個叫夏衿的小女孩也沒錢，不存在謀財害命的可能，但也不排除夏衿看到了什麼不該看的齷齪事，才會被殺人滅口。

「這事，昨兒個老爺和太太就派人查了。」青蒿本是活潑的性子，極愛說話，但提及這件事，卻不敢多說。「聽白芷姊姊說，查出是五少爺跟六少爺鬧著玩，在他喝的湯裡下了巴豆……」

夏衿盯著青蒿，見她雖滿臉不安，目光卻並不游移，便知她說的是實話，將手一揮。「行了，妳們出去吧，我歇息一會兒。」說著，走到床邊躺了下去。

青蒿和青黛忙給她蓋上被毯，輕手輕腳出了門。

一到屋外，青黛就教訓青蒿。「就妳多話！這件事，妳只說沒打聽到就行了，何必告訴姑娘？要是讓太太知道妳把事情說出來擾了姑娘靜養，非剝了妳的皮不可！」

青蒿一愣，反應過來，趕緊吐了吐舌頭，拉著青黛的胳膊搖了搖，笑道：「好姊姊，我不是沒想到嗎？妳也不提醒我。」

「我能提醒妳嗎？」青黛又好氣、又好笑，拍掉她的手。「行了，趕緊做事吧，我去給姑娘煎藥去。」說著，往旁邊的小廚房走去。

「咦？」青蒿轉過身，就看到夏祁從院門處進來，忙迎出去，打起簾子。「六少爺，您來了？」

「嗯。」夏祁應了一聲，看了屋裡一眼。「妹妹可醒著？」

「這……」青蒿猶豫著，正要說「剛喝了藥，睡了」，卻聽屋裡響起夏衿的聲音。「哥哥，我醒著呢，進來吧。」

聽到妹妹清脆的聲音，夏祁臉上一喜，低著頭進了屋子。進到裡間，抬眼就看到夏衿正斜坐在床上，頭靠在竹枕上，一頭墨黑的頭髮散落在旁，清幽黑亮的眸子靜靜地看他，窩在被子裡的身影單薄瘦小，像個沒長大的孩子，讓人看了格外心疼。

「妹妹。」他走過去，關切地問：「妳可好些了？昨晚我來看妳，妳已睡著了，就沒進來。」

夏祁，夏衿的龍鳳胎哥哥。蘇慕前世是獨生女，並沒有兄弟姊妹，這讓她對夏祁有一種很異樣新鮮的感覺。

她抬起眼眸，隱隱地打量了夏祁兩眼。

她知道，龍鳳胎是異卵雙胞胎，所以並不像同卵雙胞胎長得一模一樣。

但此時看看尚未發育的夏祁，瘦瘦小小的個子，蒼白的皮膚，淡雅的五官，漆黑如墨的眸子，竟跟她在鏡子裡看到的容貌有八、九分相似。

夏衿學著記憶裡原主的樣子，朝他一笑，柔弱道：「我好多了，多謝哥哥關心。」說著看向他腋下挾著的書包。「哥哥這是要上學去嗎？」

夏祁「嗯」了一聲，轉臉對青蒿道：「去，給我倒杯茶，渴死了。」

「是，少爺。」青蒿轉身出門去倒茶。

青蒿一走，屋裡就剩夏祁兄妹倆。

夏祁左右看看，快速把書包拿下來，將裡面的一本書掏出來，塞到夏衿手中。「快，趕緊收好。」

見妹妹毫不猶豫地把書直接塞進被子裡，夏祁這才吁了一口氣，兄妹倆相視而笑。

「妹妹。」夏祁垂下眼，露出羞愧的神情。「都是哥哥害了妳，要是昨兒個不讓妳喝那碗雞湯，妳就不會生這場大病了。」

「事情青蒿都跟我說了，那湯裡的巴豆又不是你放的，你又何必往心裡去？」夏衿正想找人問這件事呢，正好夏祁是當事人，問他再合適不過。「哥哥，五哥為何要給你下藥？」

夏祁的臉上閃過一絲戾氣。「不過是他在學堂裡叫我給他倒茶，我不幹，起了幾句口角，他就下這樣的毒手；偏祖母寵著他，昨晚我三言兩語就激得他承認這事，爹爹鬧到上房去，祖母就罰他禁幾日足、抄幾頁書，連句重話都沒有。」

夏衿的眉頭皺了起來。

在她的記憶裡，夏衿的父親夏正謙雖是老太太嫡親的兒子，卻極不受待見，連帶著夏祁和夏衿也被討厭，老太太對他們還不如對自己屋裡的下人好，與大房、二房孩子相比，更是天淵之別。而大房年紀最小的夏禱，即是在湯裡下巴豆的「五少爺」，因長得唇紅齒白，最善討好賣乖，老太太成天心肝肉兒地喊，生怕他受一丁點委屈。

老太太這樣偏心，再加上夏衿並沒有「死」，在大家看來就不是什麼大事，罰夏禱禁個足、抄個書，就已是很給三房面子了。

夏衿眼裡閃過一絲冷冽。

妹妹大病初癒，最須靜養，夏祁顯然不想讓她不開心，伸出手像逗小貓似地揉了揉夏衿的頭髮，笑著轉移話題。「想吃什麼？放學回來哥哥給妳買。」

夏衿聽得這話，心裡一暖。

她知道，夏家大太太持家，可以算得上吝嗇，三房每月的月錢，過日子都是緊巴巴的。她剛剛喝的燕窩粥，以前是見不到的，想來是舒氏拿了自己壓箱底的嫁妝錢買的。

夏祁懂事，除了一點點零用錢，從不向舒氏再伸手要錢。他時不時從學堂外帶些小吃回來哄妹妹，都是在學堂裡給人抄書寫字換來的。

她搖搖頭。「不用了哥哥，爹爹說了，我這兩日不能亂吃東西。」

「哦，我忘了。」夏祁摸摸頭，一臉羞愧赧然。

這時候，青蒿已沏了茶進來，用托盤裝著，遞到夏祁面前，臉上有一絲可疑的紅暈。

「六少爺，這是奴婢新沏的茶，您嚐嚐。」

夏祁不過是抽空過來看看妹妹，哪裡有心思喝茶，他一擺手，正要讓青蒿放下，就聽見外面傳來說話聲。

夏衿也轉過頭聽了聽，聽出其中兩個是夏正謙和舒氏的聲音，另兩個男女是誰，卻是聽不出。

她吩咐青蒿道：「去看看。」

夏祁看到青蒿出去，一臉緊張地湊近悄聲道：「快把書藏好，是二叔和二嬸。」

夏衿連忙把書從被子裡掏出來，將枕著的竹枕打開，把書放進去。

第二章

這邊剛藏好書，便聽到有腳步聲從外面走了進來，門簾一掀，舒氏率先進來，後面還跟著一個三十多歲的婦人。

「喲，祁哥兒也在這兒呢。」那婦人看到夏祁，愣了一愣，含笑道：「這時辰，祁哥兒怎麼還不去上學？」

「我馬上就走。」夏祁這才慌張起來，匆匆忙忙地拿起書包，抬腳就朝門外衝。「二嬸再見。娘、妹妹，我走了。」聲音落時，人已在院子裡了。

「這孩子，就是毛毛躁躁。」舒氏嗔怪道。

二太太魏氏用手帕摀嘴一笑。「三弟妹可別這麼說，祁哥兒那孩子，平時看著斯斯文文，話都不多說兩句，可昨晚見他跟禱哥兒說話，那真是一句頂一句，兩下子就讓禱哥兒承認了自己做的事。這孩子，有出息呢。」

舒氏笑容有些勉強，顯然二太太提起這事，讓她想起了老太太的偏心，心裡很不痛快。

直到這時，二太太的目光才落到床上的夏衿，走過來親切地問：「衿姐兒，感覺好些了嗎？」說著朝後一招手。

一個丫鬟走上來，把懷裡抱著的包袱遞給她。她接過，將包袱打開，露出裡面的燕窩，轉頭對舒氏笑道：「昨兒知道衿姐兒病了，我就讓人回了趟娘家，問我娘家哥哥討了些燕窩給衿姐兒吃。不是什麼上等貨，妳也別嫌棄。」

「二嫂，這是怎麼說的？」舒氏那勉強的笑容不見了，取而代之的是感激之色，她把包袱推回去。「這東西如果妳有，我就不說什麼替衿姐兒收下；可這是妳到娘家要的，再如何我們也沒困難到那地步，讓妳難做，回娘家要東西。這個我可沒臉收下，快拿回去。」

「拿都拿回來了，怎麼可能又拿回去？這是我給我姪女的，妳也別拒絕。」二太太說著，乾脆把包袱放到夏衿床上。

「二嫂，妳也知道我嘴笨，說不出什麼大道理，妳的心意我領了，但無論如何這燕窩我不能要。妳身子骨也不好，哥兒年紀小，瘦得很，這東西妳不拿回娘家，自已留著吃也是好的。」舒氏說著，轉身打開床頭的一個櫃子，拿出一小包東西遞給二太太。「喏，昨兒個我也去買了一兩燕窩，衿姐兒正吃著呢。」

「真的？」二太太猶是不信，伸頭去看那包袱，又拿起裡面的東西仔細看了看，這才笑道：「如此，那我就不客氣了。其實我回家要東西，我那嫂子還真不高興呢。妳也知道，我那哥哥開著兩間綢緞鋪，如今生意難做，他們也不寬裕。」

「唉，所以說，妳是個有心的，還去為我們衿姐兒要燕窩。」舒氏眼裡有些濕潤。

舒氏是個實心人，夏衿看得出，她現在對二太太是滿心感激。

「那位……」二太太努努嘴，壓低聲音。「衿姐兒是因他家禱哥兒得的病，就沒什麼表示？」

舒氏嘆了一口氣，搖了搖頭。

二太太正要再說話，卻聽見院子裡有聲音響起。「三太太、三太太，在屋裡嗎？」她聽出是大房張婆子的聲音，立刻閉了嘴。

舒氏一愣，隨即反應過來，拍拍二太太的手。「妳在這兒坐會兒，我一會兒再進來。」說著掀簾出去。

二太太點點頭，也不湊過來跟夏衿說話，只坐在那裡，支著耳朵，仔細聽外面的談話。

「三太太，我們太太這一早上都忙著聽管家娘子們回事，實在不得空來，託奴婢拿了二兩燕窩過來給衿姐兒補補身子；還說如果衿姐兒還有什麼想吃的、想玩的，儘管張口，我們太太能辦到的，一定會辦。」這是張婆子的聲音。

「不用了。燕窩剛才二太太也拿了一包來，我家衿姐兒不缺這個。妳還是拿回去，給禱哥兒補身子吧，他不是被罰寫大字了嗎？」舒氏的話明顯帶著氣。

張婆子一愣。「二太太也送燕窩來了？」

夏衿抬眼看向二太太，便見她緊抿著嘴，手裡的帕子緊握著，目光沈沈，似有些不高興。

外面的張婆子又勸了幾句，無奈有二太太在前，大太太只遣下人來實在讓舒氏不舒服，她拒絕的態度近乎強硬。

「收下吧。」忽然一個男聲響起，這是夏正謙。

舒氏似乎一愣。

夏正謙繼續道：「咱們家衿姐兒的病因禱哥兒而起，吃他二兩燕窩，也是應當，收下吧。」

「是。」舒氏這才應道。

張婆子似乎沒想到夏正謙把話挑得這麼明，有些尷尬，訕訕地說了幾句，便告辭了。

二太太這才放鬆下來，抬手拿起桌上的茶碗，慢慢地呷了兩口。

「唉，總算送走了。真是的，自己不來，讓個奴才過來，還送二兩燕窩，算怎麼回事！」舒氏進了門，把燕窩放在桌上，一邊嘟囔著。

二太太只是笑，並不搭話。

等舒氏抱怨聲停下，她徐徐站了起來。「時辰不早了，我也該回去了。」

不待舒氏說話，她轉臉對夏衿道：「衿姐兒，妳好生養著，有空二伯母再來看妳。」

舒氏親熱留客。「怎麼就回去了？再坐一會兒吧。」

「不了，眼看天熱了，我還得給祺哥兒做兩身夏衫呢。」二太太笑道，轉身便要出門。

可走到門邊，她又停了下來，看著舒氏，像是不經意地笑道：「唉，妳這人啊，就是性子直。妳對大嫂不滿，不想收她燕窩，找個理由拒絕不好嗎？說妳收了我的，不收她的，她會怎麼想？不得把咱倆都恨上？」

說完，不等舒氏反應過來，就掀簾出去了。

「啊！」舒氏終於回過味來了。二嫂好心拿燕窩來看衿姐兒，自己反倒把她拉下水，連帶著讓她把大太太得罪了。

「二嫂，我……」她追出去想道歉，卻見二太太的身影已到了院門口，而二老爺夏正浩正站在院外跟夏正謙說話。夏正浩見二太太出來，跟夏正謙說了一句，夫妻兩人便一併走了。

「哎呀。」舒氏跺腳懊悔，只得訕訕而回，親手去給夏衿煎藥。

而房裡，夏衿躺在床上想了一回二太太這個人，見舒氏並未進來，青蒿等人也不在，便悄悄把書取了出來。

書是用藍皮書皮包著的，上面寫著《女誡》，翻開來，裡面便露出真實的書名《黃帝內經素問》。

她知道，這是夏祁給她偷的藥書。原本那個叫夏衿的小姑娘，特別喜歡看藥書，但夏家規定醫術傳男不傳女，所以夏祁只得偷偷把藥書拿給她看。這件事，兄妹倆做得極小心，似乎連近身伺候夏衿的青黛、青蒿都不知道。

說是「似乎」，那是因為原主是這樣認為。可依夏衿目前對兩個丫鬟的觀察，那個叫青黛的丫鬟，做事細緻又有主意，能力比原主還要強些，原主想要瞞過她，怕是不大容易。

她轉過身，再將頭下的竹枕打開，把書放了進去。黑漆漆的眸子望著房頂，靜靜地發了一會兒呆，這才躺了下去，閉上眼睛養神。

幾日後，夏衿的身體漸好，在屋裡便待得有些煩悶。無奈此時正值初春，陰雨綿綿，天氣依然寒冷刺骨，舒氏拘著她，怎麼也不肯放她出去。

這日傍晚，眼看著天氣暖和，太陽的餘暉還掛在天邊，舒氏回院裡處理些事情並不在身邊，夏衿便想溜出去走走。

她也不喚下人，自己換了身衣服，走出門去，看到青黛和青蒿兩人坐在廊下繡花。見繞不開她們，她只得道：「我去花園裡走走。」

青黛趕緊放下繡活，站了起來。

「青蒿跟著就好了。」夏衿道。

夏家並不是什麼大富大貴的人家，夏衿院裡的下人有限，只得兩個大丫鬟、兩個小丫鬟，還有兩個粗使婆子。青黛和青蒿雖得以前的夏衿和舒氏看重，但現在的夏衿並不喜歡，她總覺得青黛看似老成持重，卻是心機深沈；而青蒿則唯青黛是瞻，她這主子的話都不如青黛的話有用。最重要的是，兩個丫鬟的父母長輩都是大太太院裡得用之人，她們要做大房的耳目，再容易不過。

但這古代，貼身伺候小姐是大丫鬟的本分，夏衿新來乍到，雖有心使喚兩個小丫鬟，卻也不能急於求成，只想著等有機會再將這兩人換掉。

青蒿先看了青黛一眼，見她並沒有不高興，這才應了聲「是」，放下繡活跟在夏衿後面。

夏家的宅子並不大，不過是幾處院落再加一個池塘，池塘邊上大約半畝地，種上些樹木花草，建上個小亭，便算是一個小花園，能讓後宅女人在此活動活動。

在夏衿的記憶裡，夏老太太是個喜歡安靜的，平時沒事很少到這小花園裡來；大太太忙著管家，沒空來。這裡，也只有二太太和幾個堂姊偶爾會來逛逛。

不過此時正是初春時節，氣溫還沒回暖，就算出些陽光，小池塘的風一吹，還是比屋子裡寒冷，想來那幾位沒事也不會到這裡來，否則她就會選個僻靜之處，而不會到這裡進行體能訓練。

起初夏衿走得比較慢，但漸漸地她速度便快了起來，待出了迴廊，進入小花園時，跟在身後的青蒿已需要小跑才能跟上她的腳步了。

「喲，這不是衿姐兒嗎？匆匆忙忙地要到哪裡去？」才進小花園，一個女聲就在一旁的亭子裡響起。

夏衿眉頭一蹙，停住腳步，抬頭朝建在小坡上的小亭看去。

只見大太太正坐在亭子裡，面前的案几上是冒著熱氣的茶杯。在她對面，坐著一個三十多歲陌生的美貌婦人；兩人身後，是她的堂姊，大太太所出的夏府二姑娘夏衿，手裡正拿著扇子給紅泥小火爐搧風，看樣子正在烹茶。

「大伯母。」夏衿行了一禮，這才回道：「出來走走，並沒什麼事。」又招呼抬眸看來的夏衿。「二姊姊。」

大太太笑著點點頭，轉臉對那美婦道：「這是我家五姑娘衿姐兒，她母親妳也見過，就是我那弟媳舒氏。」說著對夏衿招招手。「來，衿姐兒，過來給薛太太見禮。」

夏衿只得上前行禮，喚了一聲。「薛太太。」

本來那薛太太看到夏衿，臉上雖然帶著笑，卻並不熱情；如今聽得夏衿是夏家三房嫡女，這才熱絡幾分，笑道：「快過來坐，喝杯熱茶。這天雖然入了春，卻還是冷。」說著打量了一下夏衿，又嗔怪道：「這孩子，怎麼出門不穿件披風？凍著可怎麼好？」那口氣，倒像是責怪自家女兒，親切又自然，讓人無端生出許多好感。

大太太這才注意到，夏衿只穿了一件薄薄的半舊夾襖。她身子本就單薄，如今就這麼站在這四面透風的亭子裡，更顯得風一吹就倒。

她眉頭一皺，轉臉對青蒿喝斥道：「妳這丫鬟是怎麼當的？姑娘出門連件厚衣服都不披，養妳們做什麼用？」轉頭吩咐自己的丫鬟。「把我的披風給五姑娘披上。」

青蒿張著嘴本想解釋兩句，見夏衿冷冷地看了她一眼，只得閉上嘴。

夏衿解釋道：「我因想著走路暖和，才沒穿那麼多，否則一會兒出了汗被風一吹，更要生病了。」

「那也要穿夠衣服。」大太太道：「熱了再脫就是。」

「是，我知道了。」夏衿不想跟她囉嗦，任由那丫鬟把披風披上。「大伯母、薛太太，妳們慢坐，我去小花園裡逛逛。」

大太太卻沒有馬上回答，而是先用滿含深意的目光瞧了薛太太一眼，直到薛太太疑惑地回望過來，這才轉臉對夏衿道：「衿姐兒啊，聽說妳茶泡得好，不如妳給大伯母和薛太太泡一杯茶吧。」

兩人的眉眼官司，自然逃不出夏衿的眼睛。她是個嫌麻煩的人，若無必要，恨不得離這些麻煩的內宅女人越遠越好，此時哪裡肯再留下，遂淡淡道：「二姊姊泡茶的手藝才是一絕呢，我可不敢獻醜。」說著屈身一福，轉身道：「青蒿，走吧。」也不管大太太在身後說什麼，逕自離開了。

「這丫頭！」大太太的口氣頗有些恨恨，轉過頭，語氣卻變得極為輕快愉悅。「如何？我家五姑娘不錯吧？」

薛太太卻皺眉道：「太小了吧？有十二歲了嗎？」

大太太「嗤」地笑了起來，拉長聲音道：「十四了！」

「十四？」薛太太睜大了眼睛。

大太太點了點頭，嘲諷的笑容遮也遮不住。

薛太太直接就搖了頭。「那就更不行了！這身子也太單薄了，十四歲看起來像十二歲的孩子。」

大太太輕咳了一聲，對夏衫道：「衫姐兒，這裡冷，妳先回去吧，我再跟妳薛姨聊會兒。」

夏衫看了薛太太一眼，了然地笑了笑，應了一聲「是」，放下手中的扇子，帶著自己的丫鬟出了小亭。

沿著石板路走了一陣，夏衫停下腳步，隔著池塘，看向小花園裡夏衿的身影。夏衿正沿著小路疾走，單薄得風一吹就能飄走的小身板，此時卻煥發著一種說不出的活力。青蒿則拿著披風，站在旁邊看著。

靜靜地看了一會兒，夏衫嘆息一聲，這才對丫鬟道：「走吧。」轉身往大房的院落走去。

夏衿並不知道大太太在亭子裡議論她，她一深一淺配合著呼吸，快步前行。

夏家小花園面積不大，她只能繞著小池塘和旁邊一座假山轉圈。

走了兩圈，她的額上便微微見汗，腳下也有些發軟。夏衿聳了聳肩，這身體也太差了，如果換成前世的她，在這種平坦的道路上走上十個小時都不累。現如今，也只能循序漸進了。

腦子裡正想著這些，夏衿忽然聽到頭頂左上方傳來一種奇異的響動，她反射地往旁邊一閃，「砰」地一聲，一條蛇一樣的東西落到她身前，定睛一看，卻是一隻蜥蜴。她轉頭朝左上方看去，正好看到三個腦袋在假山上朝她張望，大概是她的表現出乎意料之外，三張臉都呈現出呆滯的表情。

從原主的記憶裡搜尋一下，她便認出這兩男一女，分別是四姑娘夏祊、四少爺夏禪和五少爺夏禱。夏祊為二房庶出；夏禱便是害得原主香消玉殞的罪魁禍首，大太太所生；夏禪則是二老爺的寵妾韓姨娘所出。三人均是十四、五歲，調皮搗蛋、叛逆的年紀，平日裡在府裡招貓逗狗，不知幹了多少天怒人怨的事，只因有老太太縱容，便越發無法無天。

平日裡，他們沒少欺負夏祁和夏衿。

夏衿的目光冷了下來。她伸出腳來，將那隻像比蛇多了四腳的蜥蜴用力一踢，「咚」地一聲，蜥蜴落入池塘裡，濺起一尺高的水花，她轉過身，若無其事地繼續健身鍛鍊。

「喂，我的四腳蛇！」假山上傳來一陣尖叫，緊接著，有人從假山上迅速下來，跑到她身後，一把便想揪住她的衣服。「妳賠我們的四腳蛇！」

這個鴨公嗓的主人，則是夏禪。

夏衿哪裡會讓他揪住自己，朝旁邊一閃，夏禪的手就落了個空。

夏禪又是一呆，不可置信地盯著自己的手看了一會兒，便將目光落到夏衿臉上。

這時，夏禱才從假山上下來，一搖一擺地走到夏衿跟前，嬉皮笑臉道：「哦喲，幾日不見，五妹妹的膽子大了，竟然連蛇都不怕了。」那樣子，十足是街頭調戲婦女的紈袴，就差手裡搖的一把紙扇了。

第三章

夏衿卻不看他們，視線落到不遠處與池塘緊挨著的假山腳下，然後收回目光，看向夏禱。

夏禱見夏衿不作聲，又笑咪咪地道：「五妹妹，剛才那隻四腳蛇可是四哥的心愛之物，妳卻把牠一腳踢進池塘裡，這可如何是好？」

「就是，妳賠我！」夏禪抬著下巴叫道：「妳要不賠我，我就告訴祖母。妳可別害妳娘又被責罰，說她沒管教好妳。」

一聽這話夏衿就怒了，她最恨別人拿親人來威脅她！

「賠你蛇？」夏衿看著夏禪，淡淡地問道。

「對，妳趕緊賠我蛇！」夏禪趕緊接話，並且把「蛇」字咬得極重。

夏衿又將目光望向夏禱。

這調皮搗蛋三人組裡，夏禱最受老太太的寵，鬼點子又最多，一向他說什麼就是什麼，另外兩人對他唯命是從。

夏禱雖然隱隱覺得今天的夏衿跟往常有些不一樣，但他可不認為一夕之間一個人就能有翻天覆地的變化。女孩子天生就害怕蛇，膽小安靜的夏衿更甚，每次她都被嚇得尖叫不已，眼淚漣漣；至於今天沒叫，反而把四腳蛇踢到池塘裡，在夏禱看來，她不過是被人暗授了機宜，硬撐著裝不害怕罷了。

見夏衿看他，他「嘿嘿」一笑。「五妹妹，既然四哥叫妳賠蛇，那妳就賠他一條好了。不過是捉條蛇而已，又不是什麼大不了的事，妳說對不對？不過這蛇嘛，就必須得妳自己捉才行，下人捉的可不算數。」

夏禪一拍腦袋，也大叫道：「對對對，我那蛇是自己捉的，妳賠的也得是妳自己捉的才行。」

站在一旁的夏衯笑嘻嘻地補充道：「而且，現在就要賠，不能等以後。」

她雖是庶出，但她親生母親卻是老太太的表姪女。在老太太面前，她可是比夏衿還要受寵，也因此，欺負夏衿於她而言，毫無壓力。

聽得這三人眾口一詞，夏衿一直沒有表情的臉上慢慢綻開一個笑容。

她笑咪咪道：「既然四哥、五哥和三姊姊一致要求我賠蛇，那這蛇，我就賠好了。」

說著，她繞過三人，走到離池塘最近的假山處，伸手在山洞裡掏了掏，便掏出了一條小黑蛇。她將蛇拿出，朝前一甩。「吶，四哥、五哥，賠你們蛇。」

夏禪和夏禱兩人離得近，那條蛇又挺長，被夏衿這麼一甩，一下子落到兩人的頭上，「啊、啊」兩聲尖叫簡直是響徹雲霄，兩人手臂一陣亂甩，雙腳亂跳，想要把蛇甩掉，可慌亂之中，怎麼也甩不掉。夏衯則被嚇得臉色煞白，連連後退。

夏衿見兩人終於把蛇甩到地上，這才「嘖嘖」兩聲，嘆道：「一條水蛇而已，又沒毒，四哥、五哥竟然害怕成這樣，嘖嘖……還說讓我賠蛇呢！我看四哥、五哥這膽子，也就玩玩四腳蛇罷了。」

說著她轉身就走，走了兩步，又回過身來。「對了，我差點忘了告訴四哥、五哥，還有三姊姊，那四腳蛇其實不是蛇，而是蜥蜴。你們可別忘了，以後千萬別跟人說你們有膽玩蛇，被人知道是蜥蜴，可是丟死人了！」

說完，她撿起地上的蛇，往池塘裡一扔，用手絹擦擦手，轉身施施然離去。

夏禪只覺得心疾都要嚇出來了，如今見那蛇被扔掉，這才回過神來，卻又滿心不甘，望著夏衿的背影問夏禱。「五弟，咱們就這麼算了？」

夏禱正要張嘴說話，卻見路的那頭匆匆跑過來個人，遠遠就問道：「少爺，出什麼事了？太太不放心，叫老奴過來看看。」卻是大太太身邊的管事婆子岳嬤嬤。

夏禱扯著嗓子回道：「沒事，我們只是叫著玩。」又一擺手。「行了，回去吧，沒事。」

聽了這話，那婆子放下心來，轉身回去覆命。

見那婆子走遠了，夏禱才瞪了夏禪和夏祄一眼。「這事誰往外提我就跟誰急！被一個小丫頭片子和一條蛇嚇得屁滾尿流，還嫌不夠丟人？」

夏禪和夏祄立刻發誓道：「不說，我們誰也不說。」

「回吧。」夏禱轉過身，望著夏衿消失在迴廊深處的身影，目光陰鷙，咬牙切齒。「小丫頭片子，竟然敢諷刺小爺膽小……」

遇上這事，夏衿懶得再走，逕自回了院子。

可一進院門，迎面就遇上舒氏匆匆出來。

看到夏衿，舒氏上前一把抓住她的手，感覺這手暖和，才鬆了口氣，埋怨道：「妳跑哪兒去了？怎麼四處亂走？要是凍著了怎麼辦？」又撫了撫夏衿的額頭。「有沒有哪裡不舒服？」

夏衿搖搖頭。「沒有。」又睜著黑漆漆的眼睛，問道：「怎麼了？」

「怎麼了？妳這孩子，大冷天跑到小花園去吹風，還不多穿件衣服，妳想又生病還是怎麼的？」舒氏責怪地瞪了她一眼。

夏衿眨眨眼，沒有說話。

換作以前，舒氏定然會嘮叨好一陣子，可此時見女兒什麼也不說，只異常平靜地看著自己，沒有解釋、沒有撒嬌，更沒有做錯事的討饒，她心裡不由得一滯，立刻把語氣軟和下來。「娘這樣說妳，也是為妳好。妳這身子還沒恢復呢，大冷天的還是少出門得好，乖啊，聽話。」

要按夏衿的性子，必然懶得多費口舌，隨口答應舒氏一聲，然後繼續我行我素。可此時舒氏那有些討好的神情，看在夏衿眼裡忽然便有些心酸。她畢竟接收了原主的記憶，其中也包含對父母的感情。

「娘。」她正色道：「正因為我身子弱，以前老生病，前段時間又在鬼門關前走了一遭，所以才想著要改變自己。每日關在屋裡不活動，這對身體沒好處，以後我每天都會去小花園或別的地方走一走；不過我答應您每次出去一定會穿夠衣服，出了汗也及時回來換衣沐浴，不會讓自己再生病的。」

舒氏想反駁，可一抬眼，看到女兒那黝黑眼眸裡如鐵一般的冷靜堅毅，彷彿一拿定主意就不容更改似的，她心裡忽然湧上一股沒來由的緊張，張著嘴半天說不出話來。

這個女兒，自從死而復生，就對她和夏正謙冷冰冰的，不像以前那樣親暱依賴，這讓夫妻倆失落之餘又極為內疚，總覺得是因為他們沒有護好女兒，才害她遭了罪，以至於讓她心存怨懟了，都不知如何面對她才好。

緩了好一會兒，她才輕聲道：「妳能拿定主意就好。」

「我去沐浴。」夏衿道，抬腳往裡面走去。

舒氏連聲道：「對對，趕緊沐浴，免得受寒了。」又吩咐青蒿。「趕緊叫菖蒲、薄荷去提水，再煮碗薑湯來。」接著揚聲對站在廊下的青黛道：「青黛沏碗熱茶來，再把衣服準備好。」

幾個下人頓時如陀螺般忙碌起來。

夏衿則被舒氏拉進屋裡，先喝了碗熱茶，然後不管衣服汗沒汗濕，都換了下來，泡了個熱水藥浴，喝一碗薑湯，好一番折騰之後，又被舒氏按回床上去，要她好好歇息。

這邊夏衿還沒躺下，門外「咚咚咚」跑進來一個人，一進外屋就大聲嚷嚷道：「妹妹，五哥是不是又用蛇嚇唬妳了？」

舒氏在裡面驚得臉都白了，一雙手胡亂地在夏衿身上摸著。「嚇著沒有？傷著哪兒了？

來，讓娘看看。」

夏衿一向不喜歡被人觸碰，被舒氏摸得渾身不自在，忍不住擋開她的手。「沒有，我沒被嚇著。他們玩的是蜥蜴，不會咬人的。娘，我真沒事。」

「早知道剛才妳沐浴的時候我就進去看一看了。」舒氏後悔道。

這句話說得夏衿一頭冷汗。打從她在這世界醒來後，即使當時還手軟腳軟沒有力氣，她沐浴時都要把青黛和青蒿趕出去的，她可不習慣沐浴時旁邊有人。

舒氏也知道女兒如今這個怪癖，此時看到她的表情，雙眼一瞪。「娘看看都不行啊？小時候我可沒少給妳洗澡。」

夏衿乾脆轉過頭去，對外面揚聲道：「哥哥我還沒睡，你進來吧。」

夏祁早就急了，一聽夏衿的聲音，就掀簾進來，擔心道：「妹妹沒事吧？」

「沒事。不過，你是怎麼知道這件事的？」夏衿坐在床上，仰臉問道。

「青蒿說的呀，她說五哥又欺負妳了，把蛇扔到妳頭上。」

夏衿的眼神沈了一沈。

夏禪和夏禱拿蛇嚇她時，青蒿就站在離他們不遠處，當時她袖手旁觀沒上前救主，此時又不經允許就把事情宣揚得人人皆知，這個丫鬟，定不能留了。

「禱哥兒他們怎能如此！」舒氏氣得渾身發抖。「上次下藥把你妹妹弄得差點死了，如今才好些，又來嚇唬人。你爹再不受寵也是嫡出，大房可沒這麼欺負人的，我找他們去！」說著站起來就往外走。

「娘。」夏衿朝她的背影喊了一聲，見舒氏仍未停步，忙叫夏祁。「快把娘攔住。」

夏祁不知夏衿想幹什麼，不過還是把舒氏拉了回來。

「衿姐兒，娘知道妳是擔心祖母又拿娘出氣，但這口氣要是咱們吞了下去，以後還不知有多少這樣的事等著你們，就是受罰，我也要去跟他們論理的。」舒氏道。

夏衿心中生暖。以前這樣的事沒少發生，舒氏也沒少去上房吵鬧，但結果總是大房沒事，舒氏被罰。饒是這樣，當他們兄妹倆被欺負時，舒氏仍會去上房為他們討公道。

她把聲音放柔。「娘，我沒吃虧，真的。我把蛇扔回去，倒把他們給嚇著了。」接著，便把經過說了一遍。「娘您去上房也不過是受辱，咱們何必去找那個罪受？以後我和哥哥被欺負，自己把場子找回來就是了，到時還不定誰欺負誰呢。」

夏祁的腦子卻還停留在她剛說的細節上，驚叫道：「妹妹，妳竟然敢捉蛇！」

「是啊，妳怎麼這麼傻？他們欺負妳，等爹娘為妳討公道就是，何苦自己冒險去捉蛇？萬一被蛇咬傷了怎麼辦？」舒氏也連聲道。

見舒氏只關心自己安危，絲毫不提萬一把老太太的心肝寶貝咬傷了怎麼辦，夏衿的心裡就暖暖的，柔聲道：「那是沒毒的水蛇，而且我捉著七寸，牠也咬不到我。」

「不管怎麼樣，以後萬萬不能做這樣危險的事了。」舒氏千叮嚀、萬囑咐。

「好，我記住了。」夏衿只得答應。

「祁哥兒也是。如果他們在學堂裡欺負你，你只管告訴先生，萬萬不要跟他們起衝突，他們人多，到時候吃虧的還是你。」

夏祁答應得極乾脆。「娘，您放心吧，他們欺負不了我。我如今跟學堂的幾個同窗要好著呢，礡哥兒忌憚他們，不敢再欺負我。」

「這樣最好。不過呢，以後……」

見舒氏還要嘮叨，夏祁趕緊道：「娘，我餓了，想吃您親手做的小肉餅。」

舒氏一聽就站了起來。「那你等著，娘馬上去做。」又問夏衿。「衿姐兒想吃什麼？告訴娘，娘給妳做。」

夏衿想了想。「我跟哥哥一樣，也吃小肉餅。」

「行，等著，一會兒就好。」舒氏十分高興，難得有女兒想吃的東西，便轉身匆匆出去了。

三房自己開伙，雖也請了廚娘，但舒氏廚藝不錯，她時不時會親自下廚，給丈夫和一雙兒女做些拿手菜。

舒氏一走，屋裡就剩兄妹兩人。

夏祁望望窗外，湊過來悄聲問道：「妹妹，妳手裡還有多少錢？」

見夏衿抬眸看他，他一下紅了臉，不自在地摸著後腦勺。「我要好的那幾個同窗，他們都請我上館子過，我就想回請他們一下。妳也知道，我的月錢不多，阮囊羞澀。」說著，期待地望著夏衿。

他知道妹妹平時不大用錢，別的堂姊妹都買胭脂水粉、打首飾、裁新衣，但夏衿對這些不感興趣，平時就在家裡繡繡花、看看書，用錢的機會極少；而父母就他們這一雙兒女，既是龍鳳胎，不願意厚此薄彼，便一碗水端平，平時給他的零花和妹妹是一樣的，所以他知道妹妹手裡有錢，至少比他有錢。

「你要多少？」夏衿眼裡浮起淺淺的笑意。

上一世她始終孑然一身，血緣淡薄，現在跟這溫情的哥哥相處，於她而言是既溫馨又新奇的體驗，再加上雙胞胎的關係，兩人之間有著微妙的心靈相通，所以在夏祁面前，她比起在別人面前更溫和、有耐心，笑容也更多。

夏祁不好意思地伸出一巴掌，前後翻了翻。「一百文，有沒有？」

夏衿眼睛都不眨一下，直接對外面喊道：「青黛，妳進來一下，拿兩百文錢給少爺。」

青黛應聲掀簾進來，看了夏祁一眼。

「不、不用，不用那麼多。」夏祁被青黛這一看，心裡有些發毛，連忙擺手。

他倒不是怕一個丫鬟，而是怕青黛去父母面前告狀。要知道，兩百文錢不是個小數目，三房四人，夏正謙的月錢是二兩、舒氏一兩，他們兄妹兩人分別是五錢，除了日常開銷，所剩並不多。妹妹這兩百文銅錢，不知攢了多少日子，還得加上過年時得的紅包。這一下被他拿了，被父母知曉，那是吃不完兜著走的。

夏祁的眼神，被夏衿看在眼裡，她瞥了青黛一眼，轉頭道：「我這兩百文，也不全是給你的，其中有一百文，是想託你買些藥材。」

「買藥？」這說法讓夏祁一愣。「妳買藥幹啥？」

「你也知道，我常看些醫書，可紙上談兵是沒用的，藥材總要能辨認一二才行。你照著我給你的方子，幫我把藥抓回來，我好跟書上一一對應。」
夏祁緊張地望向青黛。
看藥書的事，一直是他和妹妹兩人之間的秘密，便是父母都不曾告訴，可今天妹妹是怎麼了？竟然當著青黛的面說這事，難道這丫鬟成了妹妹的心腹？
看青黛面無表情地開櫃拿錢，似乎對他們說的話充耳不聞；而妹妹只一臉期盼地望著他，他便以為猜對了兩人之間的情形，於是放下心來，笑著對夏衿點頭道：「好，妳把方子給我，我幫妳買。」
心裡還想著，還是去別的醫館買藥吧，免得被大伯知道了，多生事端。
可他心裡這麼一想，就聽夏衿問道：「如果去仁和堂買藥，大伯會不會算咱們便宜點？」
夏祁撇了撇嘴，因以為猜到了青黛與夏衿的關係，當著這丫鬟的面，說話便沒了遮攔。「才不呢，大伯那性子，妳又不是不知道，最是斤斤計較，要是知道咱們手裡有閒錢，怕是又要叫大伯母剋扣咱們三房的家用銀子呢。再說，妳看書認藥的事，最好不要讓人知道，這藥，還是不要去仁和堂買得好。」
說完這話，他似是有些後悔懊惱，轉頭又看了青黛一眼。
青黛此時已將銀子取來了，將兩塊小小的碎銀托在她雪白的手裡，拿給夏衿和夏祁過目，然後裝進一個荷包，遞給夏祁。「少爺，這是您要的銀子。」
夏祁將荷包揣到懷裡，伸手按了按，想想不放心，看著青黛叮囑一句。「青黛，妳是個好的，平常照顧姑娘還算周到盡心，老爺、太太和我都很滿意。不過做奴僕有做奴僕的本分，妳是我們三房的丫鬟，我不希望剛才的話經過妳嘴，傳到別人耳朵裡，妳聽清楚了沒有？」

青黛低眉順眼地施了一禮。「奴婢知道了。」說著抬起眼來，看了夏衿一眼。「如果姑娘沒什麼吩咐，奴婢就出去了。」

「嗯，去吧。」夏衿淡然頷首。

看到青黛緩步出門，長長的髮尾在身後劃出一個優美的弧形，夏祁猶不放心。「妹妹，妳這丫頭……」

夏衿一笑。「放心吧，沒事。」說著端起茶來，飲了一口，看向夏祁的目光卻有些歉意。

「行了，那妳好好歇著，我回院裡去了。」夏祁借得錢，心滿意足，站起來告辭。「那藥，明兒個下學，我就給妳帶回來。」

「好，別讓人知道，爹娘也別告訴。」夏衿叮囑。那藥，是她用來洗浴練身體的，可不想讓人知道。

「明白。」夏祁做了個「我懂」的眼神，轉身去了。

第四章

隔日晌午，夏衿正在屋中看書，聽得舒氏在門外喊道：「衿姐兒，妳祖母叫咱們過去吃飯。」

夏衿將醫書藏起來，問道：「吃飯？為什麼？」

「誰知道。」舒氏已進了屋。

「爹爹呢？」夏衿又問。

在她的印象中，老太太對舒氏和她從沒有過好臉色，還時不時地找碴責罰她們。要是夏正謙在，還能護著些，就是被罰也有他頂上；夏正謙不在的話，她們就只能是待宰的羔羊，被人任意欺凌。

「聽說是出診去了，還沒回來呢。」

夏衿皺眉。

「走吧，別晚了，到時又有話說。」見女兒仍坐著不動，舒氏催道。

夏衿一擺手。「我不去了，就說我身體不舒服。」

舒氏也不想讓女兒過去受氣，可想想上房來人傳的話，只得勸道：「可老太太特意交代了，讓妳一起過去，而且妳這會兒說不舒服，到時再想去小花園走走，怕就難了。」

夏衿心裡不悅。

到上房吃飯是麻煩，但如果不能到小花園裡走路，三房院子窄小，每日在這裡繞圈疾走，傳出去讓人說她神經不正常，更會惹來不必要的麻煩。

她站起來叫青黛進來梳頭，然後拿起床頭的衣服穿上。「那走吧。」

進了上房，大太太和二太太早已帶著女兒、兒子在座了，老太太見她們進來，臉色馬上沈了下去。「怎麼？請妳們來吃飯，還要跟大老爺似的三請四請？真是給臉不要臉，上不得檯面的東西！」

夏衿眉頭一蹙，看向老太太的目光含著一抹冷酷。

夏老太太年紀雖大，人卻極敏銳，夏衿這眼神一出，就被她捕捉到了。

她眉毛一豎，眼神變得就跟刀子似的銳利，指著夏衿道：「妳這什麼眼神？敢情妳這麼恨我！小小年紀就敢對長輩這麼怨毒，不孝的東西！來人，給我把她拉到小祠堂去，跪上兩個時辰。」

舒氏大驚，轉頭去看夏衿，屋裡所有人也都看向夏衿。

只見夏衿那雙漆黑的眼睛裡如湖水一般清澈而寧靜，此時彷彿是反應過來了，抬眸迎向眾人，眼裡浮上一層委屈茫然的淚光，似乎根本不知老太太的責罵從何而來。

舒氏一看，心都碎了，想到剛才老太太的話，要給女兒冠上不孝的罪名，也顧不得對老太太的畏懼，壯著膽子道：「娘，您看不慣我，儘管責罵我好了，何苦要冤枉孩子？這孩子從小就膽小，見了您就跟老鼠見了貓似的，害怕都來不及，哪裡還敢對您瞪眼睛？莫不是您眼花，看錯了？」

眾人雖沒有附和她的話，從眼神來看卻是相信老太太看錯了。

要知道，原主在夏家大房、二房眾人心裡，就是個可有可無的存在。這孩子太安靜了，很少出門，也很少說話，平日裡即便來上房請安，也是一聲不吭，只跟在舒氏後面，像個影子似的；就算問她話，也是小小聲的，答上一句、兩句，被老太太責罵或被堂哥、堂姊們欺負了，也只咬著嘴唇忍著，從不敢有一句硬話。

就這樣的孩子，你說她敢用怨毒的目光看老太太？誰都不相信。

而且，大家都相信自己的眼睛。剛才明明看到這孩子目光平和得很，哪裡有怨毒之色？

「我眼花？」夏老太太暴跳如雷。「我這眼睛利著呢，誰也別想在我眼皮子底下裝神弄鬼。我用得著冤枉她？她是什麼矜貴阿物兒，用得著我花這樣的心思？」

罵完見丫鬟、婆子一個不動，用手指著一個婆子道：「妳們都死了嗎？剛才我的話沒聽見？趕緊把她拉走，不跪上兩個時辰不許起來！」

見那婆子上前去拉夏衿，她轉臉將舒氏罵上了。「衿姐兒小小年紀就敢這樣看人，想來都是妳教壞的，背地裡妳還不知如何咒我死呢！妳也一併去跪著！」

夏衿見夏禱在一旁一副看好戲的樣子，便知老太太這場發作，是為他撐腰，心裡冷笑，也不辯駁反抗，便乖乖地隨著那婆子走了。

夏府這些人，她都不在意，她只想看看她被欺負至此，夏正謙這個父親會是如何反應？

見女兒被婆子拉走，表情木然，再想想前幾日她才在鬼門關前走了一遭，身子還沒恢復，舒氏的心都要碎了，能陪女兒跪著，她求之不得。夏老太太這樣一說，她也不回嘴，不等婆子、丫鬟來拉，自己便含淚跟了過去。

還未出門，她便聽得二太太的聲音在身後響起。「娘，衿姐兒年紀小不懂事，您就原諒她這一回吧。那孩子身子弱，前幾日還病得下不了床呢，跪上兩個時辰，怕是要出個好歹。您看，能不能讓她少跪些？半個時辰讓她吃個教訓就可以了。」

舒氏回過頭來，感激地看了二太太一眼。

二太太能出來說這麼一句話，舒氏就領她的情。儘管在舒氏看來，二太太這番話說了也是白說，老太太之所以讓人畏懼，就是說一不二，完全聽不進別人的勸。偏這世道以孝為先，老太太的話在這個家裡就是聖旨，誰也不能反駁。

卻不想下一刻，老太太卻說：「罷了，妳既然這樣說，那就跪半個時辰好了。」

舒氏驚訝地轉過頭去，看向坐在上首的老太太。

「看什麼看？妳要不滿，那就跪夠兩個時辰！」老太太向她瞪來。

「不不不，沒有不滿。」舒氏連連擺手，又回身跪下道謝。「多謝娘。」起來又向二太太稱謝。

老太太看都不看她一眼，轉臉瞪向坐在一旁看戲的大太太。「愣著幹啥？還不趕緊擺飯？」

大太太似笑非笑地看了舒氏一眼，起身出去叫人擺飯。

舒氏也沒細想大太太這表情意味著什麼。自從上次夏正謙堅持一定要懲罰夏禱後，三房就算是得罪了大太太，平時見了，就沒一句好話。

小祠堂就在上房不遠處，一個單獨的小院子。裡面放著列祖列宗的牌位，逢年過節的接受夏家子孫的香火。

舒氏到時，就看到夏衿那單薄的身影直挺挺地跪在牌位前，面無表情，黑黝黝的眼眸平靜得不起一絲波瀾。她的眼淚「嘩」地就流了下來。

自打嫁進夏家，她就知道夏老太太偏心，不光是對她這個三兒媳婦百般挑剔，就是對夏正謙這個親生兒子也是如此。在生夏祁、夏衿之前，她也曾懷過一胎，可就在這祠堂裡被罰跪流了產。

後來老太爺發了話，夏老太太才收斂些，讓她順利生下這對雙胞胎。為了保護兒子、女兒不受老太太懲罰，到上房請安時，她都不敢讓女兒多走一步路、多說一句話，久而久之，便養成女兒謹小慎微的性格。

沒想到，饒是如此，她還是沒護住女兒，如今讓她跪到這祠堂裡來了。

「衿姐兒。」她輕喚了一聲。

夏衿轉過頭來，靜靜地看了她一眼，便又轉回身去，望向上面那一排排牌位，開口道：「咱們不能搬出府去嗎？」

舒氏嚇了一跳，四處張望。

「放心，沒人。」夏衿道。

舒氏見四周果真沒人，這才鬆了一口氣，輕拍夏衿的肩膀。「這話以後斷不可亂說！」

說著，跪到夏衿身邊的蒲團上，湊到她耳邊悄聲道：「把身子往後，將重心靠在後面，否則一會兒妳就受不住了。」

夏衿轉過頭來，看她一眼。「以前您經常跪祠堂？」

舒氏一滯。

「爹爹就不說什麼？」夏衿又問，仍然是那副平淡的表情語調，身子直挺挺地跪著，眼睛望著牌位。

舒氏心裡一震，望向夏衿。

這樣的夏衿讓她心裡發慌！

雖然女兒就在身邊，她卻感覺距離自己很遙遠。女兒似乎站在雲端，置身事外，冷眼看著他們，疏遠冷淡，沒有感情。

她用力抓住夏衿的胳膊。「衿姐兒，不是妳想的那樣。起初妳爹沒少維護我，我一被懲罰他就找老太太理論，到最後不光我的懲罰沒減反增，他還要被打板子、跪祠堂，就算妳祖父來了也不管用。」

說到這裡，她意味深長地看了夏衿一眼。「妳爹爹成親之前，老太太的娘家叔叔做到了州府主薄，如今還在任上；沒幾年，她堂兄也考中了舉人。有娘家人撐腰，妳祖父也不能拿妳祖母怎麼的。再說，每次她都不是無理取鬧，總是拿了我的錯處說事，雖然只是小錯，卻也能叫妳祖父無話可說。」

頓了頓，又接著道：「後來，我求妳爹爹別插手後宅的事了，老太太要罰，我認了就是。自己說話行事小心再小心，不敢落下一絲把柄，如此折騰了幾次，老太太也沒趣了；再加上我因為跪祠堂流產了，老太爺大發雷霆，老太太才收斂些。

「後來妳大伯讀書無望，去了醫館，卻性子急躁，做事粗心，在醫術上毫無建樹；妳二伯雖中了秀才，卻考不上舉人；而妳父親在努力發憤之下，醫術漸精，聲望漸高，慢慢挑起仁和堂的大樑，老太太這才不再沒事找他去責罵幾句，對我挑刺找碴的次數也少了。如今，也就平時罵上幾句，偶有大錯被她抓住，就跪一個、半個時辰的祠堂，這些事忍忍就過去了，畢竟她是妳父親的母親，年歲也大了，咱們做小輩的，總不能跟她老人家計較吧？更何況妳哥哥還在唸書，以後想要做官，就不能有不孝的名聲傳出來，哪怕是我和妳父親也不能。」

夏衿蹙眉。

她能理解舒氏和夏正謙的想法，但不贊同他們的愚孝。

在她看來，夏老太太雖然生下夏正謙，可對他動輒打罵，沒有一絲母愛，這樣的母親不值得孝順；夏正慎、夏正浩兩家靠弟弟養活，卻還對他的妻兒各種算計欺凌，這樣的親人也不值得扶助。搬出夏府，另立門戶，當夏家生活困難又知道感恩時，再稍稍幫上一把，才是最好的相處之道。

可她也知道在這裡，一個人若有了出息，就有義務幫助其他族人。也就是說，就算夏正謙早先分家出去了，也必須拿錢出來養活老母和大哥、二哥一家，甚至更多姓夏的人，更別提現在主動提分家了，他要是如此，眾人唾沫都能淹死他，除非他們搬到沒人認識的地方。

但如真那樣做，夏祁一輩子都別想做官了，因為隨時都有可能被人翻老帳，說他家德行有虧。

舒氏將身體放鬆，選了個舒服的姿勢，臉上露出舒心的笑容。「其實老太太這樣折騰，有時我反而感激她。妳看，妳大伯、二伯都有姨娘，妳大伯母、二伯母明面上過得挺好，暗地裡不知有多少煩心事。可咱們家呢，因為老太太這樣折騰我，妳父親對我總有愧疚，老太太逼了幾次，又使了好幾次手段，他都沒有納妾，連個通房丫鬟都沒有，妳大伯母、二伯母每回說到這事，都酸溜溜的不是滋味呢。」

合著這位還甘之如飴呢，夏衿無語。

她乾脆學著舒氏，將身體重心往後靠，放鬆身體，閉目養神，對舒氏不作回應。

本來以她的性格，哪裡肯讓婆子拉著她走，還來這祠堂跪著？直接大鬧一場，給老太婆一個耳光，再揮揮衣袖離開夏府，憑醫術過自己的逍遙日子才是正道。

但她不得不顧及夏祁、舒氏和夏正謙，他們是這身體的親人，對她是真心的好。她這人向來恩怨分明，對她好的，她會加倍回報；對她不好的，她絕對冷酷無情。他們既然離不開這夏家，更在意別人的看法，她也只能將就待著了。既要待著，那就不能跟那老太婆對著幹，否則吃虧的仍是三房一家四口。

唉，既然姓了夏，那跪一跪夏家的列祖列宗也不是什麼大事，就當為這身體付費了。

舒氏見夏衿不說話，以為她心裡還是有想法，於是放軟語氣柔聲道：「衿姐兒，娘知道禱哥兒害妳大病一場，卻沒受什麼懲罰，妳心裡有怨氣。爹娘無能，沒能為妳討回公道，讓妳受委屈了，爹娘對不起妳，妳就算怨爹娘，爹娘也不怪妳。只是咱們真沒辦法搬出去，娘也想搬出去啊，比誰都想，可這世間事啊，不是妳想怎樣就怎樣的，太多無奈！」

她長長地嘆了一口氣，伸出手來，輕輕撫摸著夏衿的長髮。「好在妳十四歲了，已可以議親，爹娘一定為妳選一個好人家。不求大富大貴，只希望人口簡單，家裡人秉性純善，安寧和睦，只要嫁出去，妳就可以脫離這個家了。再忍一、兩年吧，待娘好好為妳相看；至於爹娘和妳哥哥，妳也不用擔心，說句不孝的話，妳祖母如今也六十好幾了，還能……」

說到這裡，她猛地閉嘴，看著牌位，面露驚惶之色，過了一會兒，她對著一排排牌位連連磕頭。「妾身並不是不孝，只是順口失言，還望祖宗勿怪。如果要怪，就怪妾身一人，不要怪罪到我相公和兒女身上，他們都是夏家子孫。我女兒說分家的事也是無心，她年紀小不懂事，就算有過，也是妾身沒教好，是妾身之過，只求列祖列宗原諒她，也祈求祖宗保佑我相公平安無事……」

夏衿聽著舒氏絮絮叨叨，一股暖流湧上心頭。

前世執行任務，她看過太多發生在親人之間的謀算、謀殺，也見慣了生死，這造就了她清冷淡漠的性格；可舒氏剛才一番話，卻溫暖了她的心。夏老太爺的牌位就擺在觸手可及的地方，舒氏明明害怕剛才所說的話會引起他的不滿，遭到報應，可仍將一切過失全攬到身上。

「娘！」她真心實意地喊了一聲，伸手抱住舒氏。「別怕別怕，這些事祖父生前都知道，您剛才還教導我不分家要好好孝敬祖母呢，他必不會怪罪我們的。」

舒氏被她這一說，冷靜下來。回想一下，剛才她所說的就算是怨言，也都是事實，說到夏老太太並沒有憎恨抱怨；而且夏老太爺生前對後輩極為寬容，念在她這些年為媳不易，必不會責怪於她。

這麼一想，她放鬆下來，恭恭敬敬地磕了個頭，輕聲懺悔了一番，又保證自己以後一定孝順婆婆，再次懇求保佑一家四口平安無事，才結束了這番折騰。

可她這剛跪坐下來還沒好好吁一口氣，門外就慌慌張張跑進來一個人，竟是舒氏院裡的下人羅嫂，她嘴裡叫道：「三太太，您快去看看吧！六少爺狎妓飲酒被抓了回來，老太太正讓人打他板子呢！」

第五章

「什麼？」舒氏差點跳了起來。

羅嫂又把話重複了一遍。

舒氏這回是聽清楚了，二話不說就往外跑。夏衿連忙跟上。

這一路出了祠堂，也沒人阻攔，三人跑進上房院子，便見一群人站在那裡，夏老太太坐在一張太師椅上，而夏祁正被粗使婆子按在長凳上打板子。

「住手！」舒氏見狀，也顧不得那些婆子正舉著板子打下來，直接撲到夏祁身上。

「啪」地一聲，板子打在舒氏背上，直痛得她閉目咬牙。

「娘！」夏祁才被打了兩板子，意識還清醒，見舒氏被打，急怒交加，強忍的眼淚奪眶而出。

三房雖然勢微，但舒氏畢竟是夏家的正房三太太，那些婆子見打了她一下，也不敢再舉板子，停下來望向夏老太太。

「咯噹」一聲，一個茶碗砸到地上，濺起滿地的茶葉沫和水漬，把大家都嚇了一跳。

這茶碗自然是夏老太太砸的，除了她，也沒人敢在這裡砸茶碗。

「也別拉她，她不讓開，數上三聲就只管往下打，打了她，再打她那不成器的兒子。」

夏老太太冷聲道：「養出這樣的兒子、女兒，還有臉來這裡鬧，換了我，早一根繩子把自己吊死了。」
這一聲冷語，比任何罵人的話都刺人心。夏祁握緊拳頭，直把下唇咬出了血印；夏衿眼裡的冷冽能凍得死人。
「娘，兒子求您了，快讓開吧。」夏祁哀求道。
夏衿則直接走上去，跟羅嫂一起把舒氏扶了起來。
「娘，您是不是誤會了？祁哥兒怎麼會去逛妓院？他一向循規蹈矩，從未做過出格的事。」舒氏顧不得疼痛，直撲到夏老太太面前。「您先派人查查吧，真查出來他做錯事，那您就打我好了，是我沒教好，祁哥兒是您的親孫子啊！您怎麼查都不查就胡亂打人，要是打出個好歹可怎麼辦？」
「都怪我以往心善，縱得你們一個個不知好歹。兒子給妳養得逛了妓院，女兒讓妳養得心懷怨毒。舒氏，妳對得起我們夏家嗎？妳以何謝罪？」夏老太太指著舒氏罵道，又轉臉對旁邊的婆子說：「把天冬、元胡都帶上來，讓她聽聽她的好兒子都幹了什麼，免得怪我老婆子冤枉了她的好兒子。」
夏祁羞愧地低下頭去。
天冬、元胡是夏祁的兩個小廝，平時都跟著他上學堂的。
很快，兩個小廝被婆子帶了進來，兩人走路都一瘸一瘸的，衣服上還有血痕，很明顯曾被人打過板子。
「說吧，告訴你們的好太太，你們少爺今天都幹了什麼！」夏老太太道。

兩個小廝抬頭看了舒氏一眼，眼角餘光看到夏祁趴在長凳上，衣服滲著血，表情頓時變得極為複雜。

天冬緊咬著嘴沒有說話，元胡卻結結巴巴開了口。「少爺說程少爺這段時間幫了他不少忙，便請了他和幾個同窗喝酒。後來……後來大家說乾喝酒沒趣，就、就召了幾個女人來，一起喝酒……」

舒氏轉過頭去，望向夏祁，卻見兒子恨不得將頭埋到臂彎裡去，便知道元胡沒有說謊話，她腦子一片空白，不知如何是好。

夏正慎年輕時流連青樓楚館，曾被夏老太爺打得奄奄一息，還定下家規，夏家子孫不得狎妓，否則家法伺候，再犯逐出夏家。

所以這板子，誰也攔不下。

「是誰說乾喝酒無趣，又是誰最先說要召妓的？」一個清脆的聲音忽然在她耳畔響起。大家都轉過頭去，看向說這話的夏衿。

夏衿卻面無表情，眼睛緊緊地盯著元胡。

「放肆！」夏老太太一拍桌子。「這裡有妳說話的分嗎？沒規沒矩的東西！來人，把她拉去祠堂跪著，沒兩個時辰不許起來！」

夏衿冷冷地看了夏老太太一眼。「老太太別急，我問上幾句就去跪著。」說著嘲諷一笑。「莫非這裡面有貓膩，還不敢讓我問了？」

夏老太太整日被媳婦、小輩奉承著，何曾被一個姑娘如此質問？她氣得恨不得立即叫人將夏衿打死。

可她知道，夏祁、夏衿就是夏正謙的心頭肉。如今打了一個夏祁，再把夏衿也打了，夏衿又是個弱不禁風的，這要打出個好歹來，夏正謙非得跟夏家離心不可。

好在二太太機靈，見老太太氣得發抖，生怕她說出不可挽回的話來，立刻喝道：「衿姐兒，妳這是怎麼跟祖母說話的？還不趕緊跪下跟祖母道個不是？」說著，推了推正發愣的舒氏。

舒氏這才反應過來，走過去一把抱住夏衿，流著淚道：「衿姐兒，妳哥哥都這樣了，妳要是再有個好歹，可叫娘怎麼活？」

演戲嘛，誰不會？似乎舒氏這麼一說，觸動了夏衿，她冷硬的表情一下軟了下來，眼淚嘩嘩而出，回身抱住舒氏，哭叫道：「娘！爹爹整日東奔西走累個半死，我生病了都不讓回來看看！哥哥犯錯查都不查就要把他打死，我沒犯錯就要被罰跪祠堂！五哥當初差點把我害死還沒跪祠堂呢！被欺凌至此，咱們還不如一起死了算了，到了陰曹地府一家人也好歹在一起！」

這番話說中了舒氏的心思，她「哇」地一聲就哭出來了。

見這對母女抱頭痛哭，再想想剛才夏衿的話，在場還沒糊塗到極點的夏家人都在心裡唏噓。

大太太見夏衿把夏禱的事扯出來，不樂意了。「衿丫頭這說的什麼話，妳哥哥犯了家規，難道就不能教訓他？怎麼到了妳嘴裡，就成了欺凌妳全家，妳這話要將妳祖母置於何地？至於跪祠堂，也是妳心生怨恨，不敬祖母，聽聽妳剛才的話，那可沒冤枉妳，至於扯出禱哥兒的事嗎？這事一碼歸一碼！」

二太太則走到夏衿身邊，將自己的手帕遞給她，柔聲勸道：「衿姐兒啊，快快跟祖母道個歉，念在妳是擔心兄長，想來妳祖母也不會太過責怪妳的。」

「哼，就妳慣會做好人！」大太太白了她一眼。

二太太只當沒聽見，並不理會，抬頭對夏老太太道：「娘，衿姐兒年紀還小，平日也是個孝順懂事的，如今是見哥哥挨打，才會衝撞尊長，您老人家看在三弟、三弟妹面上，就原諒她吧。」

大太太一聽這話，啐道：「孝順懂事？我看是裝出來的吧！二弟妹啊，妳也別裝好人，妳知道妳嘴裡孝順懂事的孩子是怎麼說長輩的嗎？說咱們斤斤計較，剋扣他們家用銀呢！」

這話一出，夏祁頓時一怔，轉過頭向夏衿看來。

他聽得出，大太太所說的話，都是他拿銀子時跟妹妹說過的，現在這些話卻由大太太說出來，不用問就知道，是青黛那丫鬟去洩了底。

夏衿表情卻絲毫未變，只盯著大太太。「大伯母，這話是什麼意思？我何曾說過這樣的話？」

大太太冷哼一聲。「說沒說，妳自己心裡清楚，想抵賴都不成。別以為妳關著門躲在屋裡跟妳哥哥抱怨，別人就不知道。平時見妳話少，還以為是個老實的，心裡卻如此齷齪，連長輩的壞話都編排上了，還真是知人知面不知心！」

說著一睇夏衿。「要不要我把證據拿出來？」

夏祁一聽就急了，這話明明是他說的，怎麼卻張冠李戴到妹妹頭上？莫非是青黛那丫鬟對妹妹心存私怨，蓄意報復？

他張嘴正要澄清，卻聽夏衿「哇」地一聲哭了起來，一邊哭還一邊道：「大伯母，我知道妳對我不滿，五哥給我哥下藥，卻被我喝了，差點喪命，我父母不滿鬧到上房，五哥才被責罰。妳恨我，我自然沒話說，可妳也不能冤枉我呀，我什麼時候說過這樣的話？這難道就是那欲加之罪，何患無辭？」

說著她抬起淚眼，露出絕望的表情。「我知道，妳既說了這樣的話，就算那話不是我說的，妳也拿得出證據。這個家歸妳管，三房的下人也是妳一手挑進來的，他們自然聽妳的。我房裡的大丫鬟可都是家生子，父母、親戚都在妳手下幹活，妳讓她說什麼她不得說什麼？不要說我了，便是老太太、二伯母房裡的下人，怕是也聽妳的。」

夏祁也是個聰明的，一聽這話有門兒，立刻閉上嘴巴什麼也不說了。

夏衿本就生得單薄，這眼淚一流，再用平靜的話語將絕望的話一說，引得那心軟的忍不住都紅了眼眶。

夏正謙為夏家做的最多，拿的卻是最少，還整日被老太太責罵，下人們私下議論時都沒少同情三房。再加上夏衿平時給人的印象就是楚楚可憐、老實懦弱，被人欺負都不敢吭一聲，她說的話沒人不相信，於是大家看向大太太的目光都帶了些說不出的味道。

便是老太太和二太太都心下一驚，對身邊的下人產生懷疑。

大太太頓時急了。她張冠李戴說那話是夏衿說的，是想使個詐，讓夏衿或夏祁心裡一急，親口說出真相，這比任何證據都有力。在她想來，這兄妹倆年紀小，又都是個單純的，隨便這樣一詐就能上當；卻不想被夏衿將了一軍，還讓夏老太太、二弟妹對她生出疑心。

她咬牙道：「衿姐兒別血口噴人，妳房裡的下人什麼時候聽我的了……」

「那妳能拿出什麼證據？難道不是讓我房裡的丫鬟出來指證那話是我說的？」夏衿打斷她的話。

大太太啞然。

那些話，當然是青黛跟她說的，她也準備讓青黛出來作證。可夏衿剛才的話就把她堵死了，一旦讓青黛出來，老太太和二房的人一定會懷疑他們身邊的下人也在她的掌控之中，到時候，她就成了眾矢之的。

看到大太太語塞，其實不用她說，大家都猜到事實正如夏衿所說。

二太太的臉色沈了下去，夏老太太的臉色就更不好看了。任誰想著自己平時的一言一行都在別人的眼皮底下，心裡都不好過。

大太太一看壞事，春寒料峭的天氣竟也急出了一腦門的汗。「娘，您可別聽她瞎說，那青黛是聽他們兄妹倆說話太過分，心裡不平，才跑來跟我說的，我可沒收買她。您身邊用的都是舊人，二弟妹屋裡也是自己挑的下人，自然對你們忠心耿耿。我平時為人您也知道，便是給我幾個膽子也不可能伸手到你們那裡去。」

「好了，都別說了，吵吵鬧鬧地讓我頭疼。這些陳芝麻、爛穀子的事以後再說，把祁哥兒的事解決了要緊。」老太太一擺手。「衿丫頭，妳不是有話要問這兩個小廝嗎？趕緊問吧。」

見已在夏老太太、二太太心裡種下懷疑的種子，夏衿也不再揪著這個話題不放，平靜地轉過頭去，問天冬和元胡。「我問你們，吃飯的人中，是誰說乾喝酒無趣，又是誰最先說要召妓的？」

元胡沒有作聲，倒是天冬看了夏祁一眼，見夏祁微微點頭，便開口。「是一個叫汪文渚的，說喝酒無趣的是他，提議召妓的也是他。」

夏衿頷首。「這麼說，召妓飲酒是臨時決定的？那麼是誰去得那麼巧，正好把你們捉回來？」

天冬正要說話，人群裡站出一個人來。「是老奴把六少爺帶回來的。」

天冬點了一下頭。

夏衿轉頭一看，站出來的是一個五十多歲的老頭兒，這老頭兒名叫李勝，是夏家外院的管事，平時聽命於夏家的家主夏正慎。

也就是說，他是大房的人。

李勝也不等夏衿說話，逕自道：「因東街有個鋪子快要到期了，租賃的鄭老闆請吃飯，老奴便在那裡碰到六少爺他們。」

夏衿看了他一眼，問天冬。「我還有最後一個問題，那汪文渚跟咱們家五少爺的關係如何？」

聽她把夏禱稱之為「咱們家五少爺」，大家都覺得怪怪的。

天冬猶豫了一下，回道：「關係很好。」

夏衿轉過身去，對夏老太太道：「我只說一句——昨日我哥哥因錢不夠，曾到我那裡拿錢，知道他要請人吃飯的，是我的大丫鬟青黛。」說著點了點頭。「我說完了。」退到一邊，閉嘴不再說話。

一時沒人敢出聲，大家都有些發愣。

本以為夏衿冒著觸怒老太太的風險，非得問這麼些問題，必然會有個結論，幫夏祁減輕罪責；卻不想她問了這麼幾句，又說了一句莫名其妙的話，就算是了結了，這到底什麼意思？

不過這一愣之後，有些人就回過味來了，抬眼看著夏禱，目光微閃。

知道夏祁請客的是青黛，青黛想來就是給大太太通風報信之人；而請客時提出要狎妓的是跟夏禱關係好的同窗，把夏祁捉回來的是大老爺的心腹。

這麼一想，要說李勝遇見夏祁是巧遇，如今誰都不信。

有那遲鈍的輕聲問旁邊的人。「怎麼回事？怎麼不說話了？」

這些下人哪裡敢當眾議論大房的是非，「噓」了一聲，只瞧著夏老太太。

大太太這時反應過來了，大怒正要罵人，那邊一個鴨嗓子就叫嚷開了。「臭丫頭，妳這是什麼意思？妳是說夏祁狎妓是我叫人指使的，又是我叫李管事去捉他？」

夏衿冷冷地看他一眼。「你敢對天發誓說不是？」

夏禱一時語塞，他還真不敢。

大太太一看寶貝兒子受窘，跳出來指著夏衿便罵。「發什麼誓？妳哥哥做壞事，關我家禱哥兒什麼事？難道是我家禱哥兒叫他召妓的？叫他召他就召啊？他有沒有腦子？別人叫他死他要不要去死？」

夏衿轉過頭去，對夏祁道：「哥哥，聽到沒有？以後做事動動腦子。身邊的人隨時會被人收買，行事處處都是陷阱，一個不小心，怕是連小命都保不住。」

夏祁很是機靈，馬上接過話茬兒。「妹妹，我知道了，不過再小心也防不住這樣的明槍暗箭，我真是怕了。」說著齜牙咧嘴地從長凳上翻下身來，蹣跚著走到夏禱面前，向他深深作了個揖。「五哥，我跟你道歉，我以後再也不做讓你討厭的事了，你放過我吧。」

夏禱愣在那裡，不知如何是好。

有了先前夏禱被夏祁激得大說實話的經驗，夏祁一站在夏禱面前，大太太就緊張了。此時不待夏禱反應，她就伸手把兒子扯到一邊，自己挺身站在夏祁面前。「別想把屎帽子往我家禱哥兒頭上扣，你自己做的錯事，還想把責任推卸到別人身上！我告訴你，沒有證據，就是說到天上去也是空的，你身上的板子一板也別想落下。」

第六章

「誰說要少打板子了？」夏衿插嘴道：「我剛才說了那麼多，可沒幫我哥哥求情。他犯了錯，上了別人的當，自然該打板子，吃些教訓，該是多少就是多少，一板也別少。」

她將眼一轉，看向拿著板子的婆子。「不過要是誰敢受人指使，將我哥哥往死裡打，我夏衿對天發誓，必要她全家不得好死。」

那冷冽的眼神，直把兩個婆子嚇得背脊發涼，連連擺手。

「沒有的事！」

「不敢、不敢！」

夏衿不再說話，退到舒氏身邊。

舒氏轉眸看著女兒，有些不敢置信，又滿心的百感交集，不過很快對兒子的擔心又取代了複雜心緒，轉頭去看夏祁。

夏衿鬧這一齣，完全打亂了夏老太太的計劃。她見舒氏站在那裡，既不流淚也不求饒，竟像是認同了夏衿的說法，於是目光變得異常冰冷，開口道：「衿姐兒，妳可以回祠堂去了，這男子受刑，不是妳個姑娘家能看的。」

夏祁雖未成年，卻也是十四歲的男子，打的又是臀部，一會兒幾板子下去，衣衫破爛，姑娘家在場便不合禮制，所以早在行刑之前，夏家幾位姑娘就離開了。如今在場的，除了夏老太太、大太太、二太太這幾位長輩，和夏家的幾個堂兄弟，就是幾個婆子和管事、小廝。所以夏老太太叫夏衿離開，倒也合情合理。

夏衿早在剛進來時，看清楚在場眾人，就想明白了這個道理。她也不爭辯，只是轉過身去。「哥哥受刑，母親傷心，我豈能獨自離去？我要在此陪著母親，我不看就是，只管打吧。」

夏衿執拗而剛硬的脾氣，夏老太太今天算是領教了，她也不想再節外生枝，淡淡吩咐行刑婆子。「打吧。」

夏祁早已重新趴到長凳上，婆子聽得這聲令下，提起了板子，「啪」地打到夏祁臀上。原先舒氏和夏衿未來時，婆子打他，他還慘叫幾聲，如今只管咬著嘴唇，不肯再出一聲。

夏衿聽得板子落下的聲音，掂量著力道還算合理，並未再干預。她留下，就是怕婆子被有心人收買，將夏祁打殺於此。有些人為點小怨，就心狠手辣，害人性命，這種人的思維不能以常人推之，她不得不防。

「啪」，又是一板落下。院中一片寂靜，連咳嗽聲都沒有。

舒氏聽著板子落下的聲音，眼淚嘩嘩地流，差點軟倒在地。她的兩位丫鬟連忙上前攙扶。

「啪！」

「啪！」

……

「十二、十三……」夏衿默默數著數。

「這怎麼回事？」院門處傳來一道男聲。

「老、老爺，你救救祁哥兒吧。」舒氏聞聲，掙扎著往前跑。

夏正謙疾走幾步，半道兒扶住舒氏，眼睛卻往人群中心看來。眾人見他回來，忙往旁邊避開。

「這……這是怎麼了？」看到人群中被打得鮮血直滲的兒子，夏正謙的聲音禁不住顫抖。

他目光銳利地望向夏老太太。

這如刀鋒一般的目光讓夏老太太一凜，她垂下眼去，避開他的目光。

夏正慎是跟他一起回來的，見這情景，皺眉問道：「這是怎麼一回事？」

「老爺，是這樣……」大太太忙把夏祁狎妓飲酒，被老太太責罰的話說了一遍。當然，夏衿所說的那些，她一字不提。

夏衿也沒有說話，只靜靜地站在那裡，想看夏正謙如何行事。

「不是，不是這樣的。」舒氏哪裡肯讓兒子揹上狎妓的罪名，急忙把夏衿的問話也說了一遍。

她只說事實，並未說出推斷的結論，便是大太太萬分不願意讓她說，也不好出口喝斥。

夏正謙是什麼人？一聽舒氏的話不用想就知道事涉夏禱。

「大哥，這事你怎麼說？」他也不回頭，直接問站在他後方的夏正慎。

上次夏禱下藥，夏正謙鬧到上房裡來，夏正慎一語不發，現在被直接問到臉上，他尷尬地笑了笑。「一切聽娘的。」

夏正謙的嘴角浮起一抹嘲笑。

自小這位大哥就自私貪財，又喜歡推卸責任，夏老太爺早早就斷言他不能成大器；後來果真是讀書不成，學醫也不成，對兄弟手足也沒有感情，一味斤斤計較，那日夏衿生病便不讓他回家，這幾日出了事又……

他甩甩頭，不願意再想下去，直接走到夏老太太面前，跪了下去。「娘，是我教子無方。常言道：『子不教，父之過。』請娘可憐我唯有祁哥兒一子，他身子又弱，二十板下來，恐有性命之憂。他觸犯家規，我也不敢求娘饒他，只請娘允許我代他受過，為他承擔剩下的杖責。」

本來見到父親羞愧得不敢抬頭的夏祁，聽了這話，哽咽著叫了聲「爹」，強忍多時的眼淚「嘩」地一聲流了下來。

夏衿眼眸微閃，望著夏正謙，不知在想什麼。

「罷了。」夏老太太望著跪在自己面前的夏正謙，面露疲色地擺擺手。「碰到這種糟心事，幾日下來，你也瘦了不少，既然你這麼說，那這杖責就算了吧。」又問：「你那官司如何了？」

聽到「官司」兩個字，夏衿詫異地抬起眼來。夏正謙惹上官司？她怎麼沒有聽說？

夏老太太對三兒子向來冷冰冰，要不就視而不見，要不就張口責罵，從來沒有一句關心，卻不想今日一反常態，不光輕易饒了夏祁，還問及官司一事，這大大出乎夏正謙的意料之外，他抬起頭來，看到母親頭髮花白，面容蒼老，忽然鼻子一酸，差點落下淚來。

「多謝娘體恤。官司沒事了，已抓到幕後指使者，還了兒子清白。」

夏老太太點點頭。「那就好。」

夏正謙見夏老太太再也沒話，真心實意地叩了個頭，這才站了起來。

舒氏則愣了好一會兒才反應過來，親手將羅嫂拿來的夏祁衣服蓋到他身上，正要叫天冬、元胡將夏祁扶下來用軟轎抬回房去，卻聽得夏老太太又開口了。

「前兒個我跟老大作了決定，但老三官司纏身，無暇他顧，就耽擱了。如今老三也回來了，老二雖然不在，但老二媳婦是在的，孩子們也都在，趁此機會我就把事說一說。」

「娘您有事只管說就是了，我們聽著呢。」二太太將一盞溫度正好的茶遞到她手上。

夏老太太端起茶杯飲了一口，這才抬起頭來，環顧一周。「老大、老三都知道，夏家雖醫藥傳家，但在你們祖父那一輩，還只是個遊方郎中，後來因醫術高明，被聘到醫館坐堂。直到晚年，才用攢了一輩子的積蓄，開了仁和堂。」

這些事，不光夏正慎、夏正謙知道，便是小輩等人也清楚，大家都點了點頭。

夏老太太又飲了口茶，繼續道：「後來你們祖父去世，仁和堂便到了你們父親手裡，他行了一輩子醫，靠著精湛的醫術，把仁和堂慢慢做到現在的規模，讓人一提仁和堂，無不張口稱讚，說咱們夏家的醫術好。」

夏正謙目光微閃。

「可是老三這事一出，仁和堂的名聲一落千丈，可謂臭名遠揚。你們祖父和父親的心血，差點毀於一旦。」

說到這裡，夏老太太停下來，冷冷地看了夏正謙一眼。

夏正謙嘴唇緊抿，目光微垂，袖子裡的手緊握成拳。

「娘，老三也是遭小人陷害。」夏正慎適時地說了一句公道話。

夏老太太點了點頭。「雖說這事不怪老三，但也提醒我們──醫館不能只靠一個人的名聲撐起，這容易給小人作亂。如果多幾個醫術高明的人，這次也不會鬧出這樣的事來。」

「而且……」她看向大少爺夏佑等人。「行醫是夏家的根本，身有一技之長，勝過良田千頃。夏家的子孫從小便要懂些醫理，長大了，一部分行醫，一部分走讀書科舉的路子，這才是興家的良策。上面這些話，都是老太爺生前經常說的，這次老三的事也提醒了我，我跟老大商議之後，便做了決定。」

她看著大家，停了好一會兒，才接著道：「二房的禪哥兒、三房的祁哥兒，打明兒起，都到醫館去跟著老大、老三學醫。」

眾人聽著這話，都靜默著，沒有一人作聲，包括被點到名的夏禪都沒露出愕然之色，唯有三房的人吃了一驚。

舒氏望了夏正謙一眼，正要說話，夏正謙卻開口了。「娘，這不妥吧。祁哥兒才十四歲，書也唸得好，先生說他火候到了，今年就可以參加童生試。這時候讓他扔下書本學醫，得不償失。」

還有一句話，他沒有說，夏家這些子弟裡，除了大房的夏佑，因為考了幾次過不了童生試，他自己又喜歡學醫，老太太和夏正慎便讓他去醫館做事，其餘的第三代，都在學堂裡唸書。二房的夏禰如今都十八歲了，還在學堂裡唸書呢，為什麼偏要讓夏祁退學學醫？至於夏禪，那是夏家男孩裡最頑劣、最坐不住的，根本沒有讀書的天分，他去醫館就要讓夏祁作陪，這明顯不公平！

「話是這麼說，但你也看到了，祁哥兒小小年紀就不學好，跟著那些人混成什麼樣了？與其被人帶壞，不如到醫館裡去你自己管著。」夏老太太看夏正謙還要說話，一擺手。「這事就這麼定了。」說著就站起身來，扶著丫鬟的手往屋裡走。

夏正謙急了，跟在後面道：「娘，這不公平。佑哥兒、禰哥兒七歲入學，在學堂最少也唸了十二年書，禰哥兒如今還要再繼續唸呢。祁哥兒這才唸了七年，怎麼差別就這麼大呢？就算要他學醫，也得等他十八歲再說吧。」

夏老太太停下腳步。「佑哥兒、禰哥兒有做過違反家規的事嗎？你怎麼不在這上頭比，非得比唸了多少年書？而且禪哥兒跟祁哥兒一般大，他去得醫館，祁哥兒為何又去不得？」

夏正謙嘴巴微張，卻說不出話來。

「我知道祁哥兒學業不錯，如果他今兒不犯錯，我就不說什麼了，照著禰哥兒，書由得他唸。可你看這做的什麼事？小小年紀就狎妓飲酒，這還得了？多少家產都不夠敗。我不打他板子，已是開恩，你還有臉拿佑哥兒、禰哥兒來說事！當年你大哥從學堂裡回來進了醫館，不就是因為他也犯了錯嗎？我求情了嗎？你爹允了嗎？」

夏老太太的臉色黑得馬上就能降下暴雨。「今天衿丫頭跟我說了多少忤逆的話，你知不知道？我都不知道你這老子是怎麼當的？你大哥和你二哥幾個孩子都沒讓人操這麼多心；哪像你，就一兒一女，還養成這樣，你還有臉替祁哥兒求情？」

夏正謙嘴唇緊抿，沒有說話。

在他眼中，自己的一雙兒女是天底下最好的孩子，他容不得別人說他們一點不是，哪怕說這話的是他娘。

但他知道，哪怕他的兒女再好，老太太也百般看不慣，就跟他在老太太眼中一樣。所以，他也不跟老太太爭辯。

老太太說完那話，扶著丫鬟的手繼續往前走，走了幾步又停了下來，轉頭道：「對了，還有一件事，有人來提親，提親的對象是衿丫頭。本來我不同意的，但衿丫頭今天的表現實在讓我開了眼，留她在家裡，沒準兒哪天我就讓她給氣死了，還是把她嫁了吧，那門親事我做主了。你們回去好好給她準備嫁妝，再管著她些，別讓她東逛西逛的又病倒了。」說著直接進了屋。

一雙兒女的命運一時之間就被別人定了下來，而且決定他們命運的並不是真心為他們好的人，舒氏的心都要碎了，顫抖著聲音喚了聲。「相公……」

夏正謙似如夢初醒，抬腳便跟著老太太進了屋。「娘，您不能這樣。祁哥兒必須唸書，衿姐兒的親事也得好好商議，萬不能草率決定。」

「咯噹」一聲，不知什麼東西被摔碎了，老太太的聲音從屋裡傳來。「我還沒死，這個家也還輪不到你當，滾出去！」

未幾，夏正謙便被兩個婆子推了出來。推出來之後，兩人行了一禮。「三老爺，得罪了。」轉身進了屋，還關上門。

夏正謙只得望向夏正慎。「大哥，你勸勸娘吧。我家祁哥兒年紀還小，書唸得又不錯，就這樣學醫可惜了；女孩兒的親事更是一輩子的事，那門親事我們做父母什麼都不知道，可不能就這樣定下來啊！」

夏正慎這回倒是沒有撒手不管。他嘆了口氣，上前拍了拍夏正謙的肩膀。「三弟，娘在氣頭上，你們先回去吧，我好好勸勸娘。」

夏正謙也無可奈何，只能寄希望在大哥身上。「那就有勞大哥了。」

夏正慎點了點頭，對大家揮了揮手。「行了，都散了吧。」

眾人陸續離開。

夏正謙和舒氏不甘心，卻也知道此時多說無益，只得讓人用軟轎抬了夏祁，舒氏則拉著夏衿，一起回了三房所住的南院。

「衿姐兒，放心吧，娘絕不讓妳嫁給那不知根底的人。」舒氏安慰夏衿。

「嗯。」夏衿點點頭。

對於夏老太太所說的狗屁親事，她還真沒放在心上。反正她還沒及笄，至少還有一年的時間把身體練好。一旦恢復前世一半的功力，這世上，還真沒人能強迫她做她不願意的事。

見夏衿平靜得如同什麼事都沒發生，舒氏雖覺怪異，但望著側躺在軟轎裡目光茫然的夏祁，實在無力去探究什麼。

一家人沈默著回了南院，舒氏不放心夏衿一個人回自己房裡，拉著她一起去了夏祁所住的小院。

夏正謙讓小廝扶著夏祁進了屋，用藥酒把瘀血化開，再敷了金創藥，這才出來外屋坐下，看著正默默坐著的舒氏和夏衿。「說吧，今天發生了什麼事，詳細跟我說說。」

舒氏便把今天所發生的事，一五一十地說了一遍。

夏衿的表現讓夏正謙很是意外，他打量地看著女兒，彷彿不認識她似的。

夏衿睜著漆黑的眸子，靜靜地跟他對望。

看著女兒眨巴著眼睛，似乎很無辜，夏正謙滿腹的悲憤憂傷一下散了許多。他笑了起來，欣慰地對舒氏道：「這孩子，真沒想到關鍵時候還挺能說的。」

他知道夏祁一向機靈，行事還能讓人放心；可夏衿的性子卻懦弱膽小，總讓他擔心女兒出嫁會受人欺凌。但夏衿今天的表現，卻顛覆他的認知，而這種變化是他最想看到的。更令他高興的是，夏衿性子強硬的一面，是在哥哥被責罰時表現出來的，可見兄妹倆的感情不是一般的好。

而且，要不是夏衿拖延時間，他回來的時候沒準兒二十板子早已打完了。夏祁身子弱，二十板子下去，還不知會變成什麼樣。

「衿姐兒，爹爹答應妳，一定不會讓妳祖母隨便把妳嫁出去。爹爹會為妳挑選一個好婆家，讓妳以後過上舒心日子。」他認真地道。

「謝謝爹爹。」夏衿心中微暖。

夏老太太的冷酷，她今天算是見識到了。夏正謙、舒氏在老太太面前毫無地位可言，她也親眼見到了。饒是如此，夏正謙還能對她做出如此承諾，實在非常難得。

「可是，哥哥的事您打算怎麼辦？」她問夏正謙。

夏正謙深深嘆了一口氣，用手揉了揉眉頭。「如果他不是被人利用，犯了家規，便是拚著老命我也要保他能在學堂裡唸書；可現在，妳祖母拿他狎妓飲酒來說事，我便不好再爭了。實在不行，只能讓他一邊到醫館做事，一邊看書了。好在沒多久就可以參加童生試了，到時讓他去試試，一旦過了，就好說話了。妳祖母總不能再攔著不讓他唸書吧？如果那樣，我就是拚著離開這個家，也要讓祁哥兒繼續唸書。」

第七章

夏衿沈默了一會兒。「我倒有個好主意。」

「什麼主意？」舒氏眼睛一亮。

事已至此，最難受的莫過於舒氏了。但夏祁是自己犯錯，她又不能怨誰，埋怨夏老太太偏心還惹得丈夫難過，所以她一直沒有作聲，只默默流淚。此時聽得女兒有辦法，她如同抓住救命稻草，也沒想起這孩子只有十四歲，而且一直養在深閨。

夏正謙倒不指望女兒能想出什麼好主意，不過對她能出謀劃策感到十分高興。「妳說。」

夏衿望著夏正謙。「不知哥哥跟您說過沒有，我常讓他偷拿醫書給我看。」

夏正謙訝道：「真有此事？妳喜歡學醫？」

「是的。我不想一輩子被關在院子裡，我想學醫。不如讓我扮成哥哥去醫館做事，讓哥哥扮成我專心在家裡唸書。」

「什麼？」夏正謙一愣。「胡說什麼呢？不行！」

雖然如今夏衿的表現令他刮目相看，但夏正謙依然覺得不妥。

「為什麼？」

見夏衿一臉認真，夏正謙倒不好敷衍她。「首先，妳哥哥是個男孩子，他可不是妳裝裝樣子就能裝得像的，不用說話，光是走路的姿勢都能看出妳不是他。

「其次，妳是女孩子，哪能到醫館那種地方去？不光陌生男子多，而且病人大多殘肢斷腿、惡瘡爛肉，也不是妳一個女孩子能接觸的。」

「醫者眼中無男女。」夏衿淡淡道：「女病人在您眼裡也僅是病人，而不是女人。我要學醫，自然也不會把自己當成女人，而僅僅是醫者。」

原主雖然喜歡看醫書，但並沒有膽子做醫者；可夏衿卻不一樣，她雖然是殺手，但也有一身高明醫術，可以成為安身立命的根本，為何不用呢？她不能容忍自己成為別人的附庸，讓別人來掌握她的命運，更不願意被鎖在深深庭院裡。

夏衿這番話把夏正謙說得一怔，他抬眼深深地望了女兒一眼，點了點頭。「這個理由倒也勉強說得過去，但無論如何，我說的第一點妳就沒辦法解決。」

夏衿躊躇了一下，站了起來。「要不我裝扮給你們看？」

夏正謙還沒說話，舒氏就搖了搖頭。「衿姐兒，不管怎麼說，娘也不會答應妳去醫館的。那不是女孩子該去的地方，一旦被人發現，妳的聲譽就完了。」

夏正謙點了點頭。「妳娘說得對。」見夏衿張嘴還想說，他又道：「妳放心，妳哥哥的事，我會妥善處理，一定會讓他參加今年的童生試。」

夏衿沒有再說話。

她知道，就算她說出花來，夏正謙夫婦倆也不會同意她假扮夏祁去醫館的。

她乾脆處理眼前亟需處理的問題。「娘，青黛、青蒿我都不想要了，我看那元胡似乎也有問題，您打算怎麼辦？」

這話提醒了舒氏。不過下人的事，要透過管家的大太太，她還真做不了主。

她望向夏正謙。

提到這事，夏正謙的臉沉了下來，對舒氏道：「妳叫牙婆子來，我們自己挑幾個人。青黛他們和買下人所花錢的事，我去跟大哥說，我就不信他們安插耳目在我們身邊，還有臉不同意這事。」

「也是我沒用，連下人是忠、是奸都辨不清。」舒氏羞愧地低下頭去。

「哼，老太太和二哥、二嫂那麼厲害的人，沒準兒身邊都有他們的耳目呢，何況我們？」夏正謙道。

這話安慰到舒氏了，她的臉色好看許多。「你別說了，還真是。」

「那我過去一趟。」夏正謙站了起來。

夏衿也回了自己的屋子。

青黛自從去通風報信，就再也沒有回來。青蒿大概得了信，知道青黛另攀了高枝，一下沒了主意，待在迴廊上坐立不安，聽夏衿回來，忙迎了出來。「姑娘。」

夏衿看她一眼，鼻子裡應了一聲，上了臺階，直接進了屋子，脫了外衣躺到床上。

她這身子弱，今天折騰了半天，實在是累了。

青蒿放下帳子，輕手輕腳地出去了，坐到外屋的凳子繼續發呆。

夏衿躺了一會兒，便迷迷糊糊睡著了。等她再睜開眼，掀帳一看，天已經黑了。

「姑娘，您醒了？」聽到動靜，一個丫鬟提著燈走了進來，卻是薄荷。

「青蒿呢？」夏衿坐起來問。

薄荷的笑容一滯，小聲道：「您睡覺的時候，太太帶了人來，把青蒿送到大太太院裡去了。太太還送了兩個剛買的丫鬟過來，她們如今待在下人房裡，等著您取名分派呢。」

夏衿點點頭，自己取了衣服穿上，下了床。見薄荷愣在那裡不知做什麼，開口道：「遞碗茶來。」

「姑娘，茶來了。」菖蒲走了進來，手裡用托盤裝了一盞茶，旁邊還有個漱盂。把托盤放到床前的桌子上，她笑道：「水盆在外面，我去端進來。」轉身又端了水盆。

夏衿漱了口，淨了臉，菖蒲已將飯擺在外面的桌子上了。

夏衿看著桌上雖不豐盛卻十分符合自己口味的菜餚，頭也不抬地問：「菖蒲，妳這麼機靈，怎麼以前只是二等丫鬟呢？而且妳也知道，我們三房在夏府無權無勢，姑娘我自己都常被人欺負，以後更不知會嫁到什麼不好的人家去。妳跟著我，可沒什麼前途，如果妳想去大太太的院裡，去找找青蒿或青黛，或許她們能幫妳想想辦法。」

菖蒲看青黛、青蒿都離開了，便知道自己的機會到了，打算盡心服侍夏衿，博得好印象，正滿心等著夏衿誇讚她呢，沒想到等來這樣一番話，她嚇得「咚」地一聲跪到地上。「姑娘，奴婢不去大太太院裡，只想伺候姑娘，並無二心。」

薄荷見狀，也跟著跪了下去，卻默然不說話。

夏衿舀了一勺湯，慢慢地喝完，這才道：「為什麼呢？在大太太院裡當差多好啊，走到哪裡都風光，府裡上下都巴結，想來拿的賞錢也不少。」

菖蒲搖了搖頭，跪著沈默半晌，才道：「我姊姊原是大太太院裡當差的，後來……後來被萬嬤嬤的兒子周康看上，求到大太太跟前，大太太允了這門親事。」

她抬起頭來，目光清冷，嘴唇緊抿，單薄的身子透出倔強。「姑娘可能不知道，那周康整日遊手好閒，吃喝嫖賭樣樣來；不光如此，還喜歡打女人。他原先就娶過一房媳婦，後來被他整日打罵虐待，上吊死了。我姊姊不願，他就叫人來找我父母麻煩，我爹被周康叫人打斷了腿，我娘從針線房被貶到漿洗房。我姊姊不服，告到大太太面前，結果第二日，有人就在井裡發現我姊姊的屍體，只說她是不慎自己掉進井裡淹死的……」

她的眼淚一滴滴落了下來，卻哽咽地強壓著哭聲。

夏衿原看菖蒲殷勤，怕她也跟青黛一樣藏有異心，便拿話試她一試，卻不想她會說出這樣一番話來。菖蒲有沒有撒謊、如今的傷心是不是裝出來的，前世經過特殊訓練的夏衿自然能看得出來。

雖然還不是十分相信菖蒲，她仍歉意道：「對不住，我不知道……」

菖蒲一時說不出話，只拚命搖頭，好一會兒才平復情緒。「這不怪姑娘。出了青黛那樣的事，姑娘還能把我和薄荷留在身邊，奴婢感激姑娘都來不及，哪裡還有什麼怨言？姑娘放心，奴婢如今只想伺候好姑娘，得了月錢養活父母，絕不會做出青黛那樣的事來。我父母還在府裡呢，我可不想讓父母被人戳脊梁骨。」

菖蒲話裡的意思，夏衿自然明白。下人，尤其是家生子，從小就被灌輸要對主子忠誠，如今青黛背棄的哪怕是夏府最勢弱的三房，這背主的名聲也不好聽。她本人以及她父母，以後很長一段時間會被人指指點點，而大太太也不見得會重用，青黛選擇背主時，大概也沒有想到這些。

這也是夏衿對青黛沒有採取任何報復手段的原因。

夏衿伸手虛扶了一把。「我相信妳，妳起來吧。」心裡卻想著，應該提醒舒氏把菖蒲和薄荷的家人要到三房來。

「謝姑娘。」菖蒲恭恭敬敬叩了一個頭，這才從地上爬起來。「菜怕是涼了，奴婢拿去廚房叫人熱熱再吃吧。」

「不用。」雖然天寒，但也不過是說了一會兒話，這菜只是不熱，但還沒到涼得吃不得的地步。

這邊夏衿剛剛吃過飯，舒氏的丫鬟白芷便提著燈籠過來了，見夏衿睡醒而且吃了飯，便道：「太太派奴婢來看姑娘，說如果姑娘醒了，一會兒太太就過來看您。」

「還是我過去吧。」夏衿這會兒也想知道，夏老太太到底給她訂了一門什麼樣的親事。

夏衿到時，夏正謙和舒氏剛從夏祁那裡回來。

「哥哥怎麼樣了？」夏衿問道。

「沒事，精神好得很，敷了藥後還趴在床上看了半個時辰書，剛才吃了飯睡下了。」夏正謙笑道。

夏衿頷首。「那就好。」找了張椅子坐了下來。

看著目光清冷、表情淡然的夏衿，再想想她今日所為，夏正謙不知是喜還是悲。他當然不會懷疑自己的女兒換了靈魂，只是覺得那場病對孩子的刺激大太，才會讓她性情大變。

也正因為如此，他對女兒極為愧疚。

「今天妳祖母說的親事，我剛才去問過了。託媒人來提親的是府衙羅推官府上，給他的三兒子說親。」

夏衿眉頭微蹙。

這推官她倒是知道，是府衙掌理刑名、贊計典的官職，在大周朝，推官之職是正七品。雖說這官職在她眼裡不值什麼，但以夏家的地位而言，連個捕頭都能在夏正慎面前趾高氣揚，推官更是他們可望而不可及的大人物了。

那麼，這樣一個大人物，為什麼要為他的兒子來夏家提親呢？而且還是她這個病弱的黃毛小丫頭。

不過她沒問，她知道，其中原因夏正謙一定會去打聽的。

見夏衿只是微微皺了一下眉，既未露出驚喜、羞澀或別的表情，也沒開口詢問，只靜靜地望著自己，等著下文，夏正謙更覺得越發看不懂這個女兒。

他頓了頓，又接著道：「想來妳也知道，我雖常出入官宦人家府邸，但那也只是給人看病，地位並不比他們府上的下人高多少。以咱們家的門第，根本不可能跟官宦人家聯姻。羅推官家忽然想跟咱們家議親，極是蹊蹺。我去問過了，原來他家三兒子雖是嫡出，卻得了重病，請了京城郎中來都無法醫治，羅家人無奈之下，便想給他沖喜。」

說到這裡，他看向夏衿，卻看她只微點了點頭，仍是沈靜如水。

倒是舒氏激動起來，帶著哭腔嚷道：「她怎麼能這樣，她怎麼能這樣?!人家明明就告訴她，這門親事是為了沖喜，她卻仍然答應下來！衿姐兒再不受寵，也是她的親孫女啊，她怎麼就捨得讓孩子受一輩子的苦？」

她雖不明說，可大家都知道，嘴裡那「她」，指的是夏老太太。

夏衿望著夏正謙，平靜地問：「爹爹打算怎麼辦？」

夏正謙深深地看她一眼。「我和妳娘自然不贊成這門親事。但妳大伯勸我，說這關係妳一輩子的幸福，讓我來把這事的利弊跟妳說清楚，讓妳自己拿主意。」

夏衿挑眉。「您說。」

「妳大伯說，如果不是羅府三公子有病需要沖喜，咱們家想要攀上這樣的親事根本不可能，那三公子不光是羅府唯一的嫡子，更是個聰明的，容貌又俊，人也十分上進，書唸得極好，更是個秀才。所以這沖喜就是一個機會，一旦沖喜成功，三公子病情好轉，那妳就是推官府上嫡出的三少奶奶，一輩子吃香喝辣，享盡榮華富貴；要是三公子再考上舉人，中個進士，妳更是個官太太。」

說到這裡，他望著夏衿，沒有再說下去。

夏衿仍是一臉平靜。「為什麼是咱們家呢？羅推官那樣的人家，想來到地位差不多的人家去，找個庶女甚至嫡女沖喜，也不是什麼難事吧？」

夏正謙搖搖頭。「他家請道士算過，要屬龍且陰月生之人，這範圍便大大縮小了。」說著，他淒然一笑。「說起來，羅家這次本來是衝著妳四姊姊來的，但老太太卻說小時候找人給妳四姊姊算過命，十六歲前不宜出嫁，羅家才把目光放到妳身上。」

夏衿的腦海裡浮現出那日在小花園裡遇到大太太、薛太太的情景。

她淡然一笑。「原來如此。」抬眸看著夏正謙。「麻煩爹爹跟祖母、大伯說，我沒福氣做什麼官太太，這門親事，我不同意。」

夏正謙讚許地一拍桌子。「這才是我的好女兒。」

「可是，老太太和大哥會聽你的嗎？」舒氏卻一直擔憂著。

雖然夏正慎跟夏正謙說了那話，但她卻並未當真。有這樣大的好處，她不信夏正慎會不動心。他跟夏正謙說那些話，想來不過是以退為進，以為夏正謙和夏衿會為了那所謂的「機會」冒險，答應這門親事。此時自己這邊不同意，那邊他們怕是要來硬的了，定然會以她和夏正謙、夏祁作要脅，硬逼著夏衿應了這門親事。

「不同意也沒關係，反正這門親事我是不會答應的。」夏正謙道。

看到夏正謙眼裡的堅定，夏衿心中生暖。跟舒氏在祠堂聊過，知道了夏正謙的處境，她知道，夏正謙要做到這一點，到底有多難。

也因此，她提醒自己，跟夏正謙和舒氏說話時，不要再由著性子來；對他們，要更耐心、更溫和，就像對待夏祁一樣。

她想了想，問道：「羅公子的病，爹爹看過嗎？」

夏正謙一愣，搖搖頭。「沒有。他們家，一直是請回春堂的丁郎中看病的。後來丁郎中治不好，便直接去省府和京城請了郎中來。」

他盯著夏衿，試探道：「莫不是妳想讓我去看看羅公子的病，再作決定？」

夏衿搖搖頭。「要想不答應這門親事，最好的辦法就是爹爹治好羅三公子的病。只要他的病好了，那就不需要沖喜，祖母和大伯的如意算盤自然就落空了；而且經由這件事，爹爹也能跟羅推官結個善緣嘛。」

夏正謙聽著這十足的孩子話，苦笑了起來。「衿姐兒太看得起爹爹了。那丁郎中不光是臨江城的名醫，便是在整個浙省都有名氣，前一陣子京城裡還有人家來找他看病呢。我雖說有些名氣，但在他面前，卻什麼都不是。他都治不好的病，我又怎麼敢伸手？」

「那也不一定。」夏衿道：「術業有專攻，各人有各人的絕活。那丁郎中雖然有名，卻也不是什麼病都拿手，沒準兒他治不好的病，爹爹能治得好呢？」

「這……」夏正謙被夏衿這麼一說，還真有些心動。作為一個醫術不錯的郎中，鑽研精神是最不缺的，遇上疑難雜症，治不好哪怕瞭解、瞭解也行啊。更何況，為了女兒，怎麼也應該冒險一試。

第八章

這邊舒氏早就耐不住了。雖然夏正謙的態度很堅決，但她知道夏老太太有多固執，而且跟夏正慎一樣都是唯利是圖的人，想讓他們放棄這樁親事，千難萬難。要與他們抗爭，她真沒信心。

所以夏衿這辦法一說，她簡直如獲至寶，此時見夏正謙還在猶豫，趕忙勸道：「為了女兒，你就試一試吧。」

「那好，我明日就上門去毛遂自薦，看一看羅三公子的病。」夏正謙也下了決心。跟女兒一輩子的幸福比，面子值幾個錢？

這事說定，夏衿便關心起夏正謙的事來。「爹爹，您惹了什麼官司？現在如何了？」

說起這事，夏正謙露出苦笑。「還不是病人的事。有個孩子，得了瀉症兩年，他家人經人介紹找到我這兒來，結果又不給孩子好好吃我開的方子，給他吃了別的藥，結果病情加重死了。他家人跑到醫館來鬧，非說是吃了我開的藥死的，又告到官府去，鬧得沸沸揚揚的。」

夏衿眉頭一皺，抬眸問道：「有人指使？」

夏正謙一聽這話，大吃一驚。「妳怎麼知道？」又轉頭問舒氏。「妳跟她說的？」

舒氏搖搖頭。「她這段時間需要靜養，連你吃官司的事我都瞞著她，平白無故的我跟她說這些幹啥？」她頓了頓。「而且，我都不知道這事背後有人指使。」

說著，她望向夏正謙，好奇地問：「真是別人指使的？誰那麼壞，專跟你過不去？」

夏正謙沒回答，只是望著夏衿，半天說不出話來。

夏衿被他看得不安，趕緊道：「爹，您發什麼愣？娘問話呢。」

夏正謙這才壓下心裡怪異的感覺。「倒也不是特意指使，而是孩子死後，有人覺得這事有文章可做，便派人跑到他們家指點一番，孩子家人覺得可訛一筆錢，這才鬧上了。」說著又安撫道：「沒事了，背後指使的人捉住了，還了我一個清白。說起來，這次多虧了程捕頭，哦，就是祁哥兒同窗的父親。」

說到這裡，他對舒氏道：「祁哥兒狎妓飲酒的事，妳也別責怪他。我這事出了之後，他急得很，託程捕頭的兒子向他父親求情，讓他用心幫我。指使的人捉住之後，祁哥兒便想好好感謝姓程的同窗，這才著了禱哥兒的道。」

說到這個，舒氏就轉移了注意力，憤憤道：「我就想不明白了，咱們跟大哥、大嫂也沒仇怨，禱哥兒怎麼就非得跟祁哥兒過不去呢？」

夏正謙嘆了口氣。「小孩子瞎胡鬧，妳也別太往心裡去。」

舒氏便不說話了，不過仍然氣憤難平。

夏衿只得在一旁調和氣氛，問夏正謙道：「那孩子得的是什麼病？」

夏正謙一說到本行就滔滔不絕，也不管夏衿喜不喜歡聽，便道：「那孩子今年七歲，面色黃中帶黑，舌紅苔膩，脈搏弦滑有力，口苦不渴，飲食正潰，每日腹瀉三、四次，大……」

他本想說大便情況，不過想起女兒一向喜潔，又是個小姑娘，對她說這話似乎不妥，及時地閉了嘴。

夏衿點了點頭。

她前生雖然出身傭兵團，是個殺手，但醫學底子十分深厚，中醫、西醫都能拿得出手，出任務時，被她從死神手裡救回命來的戰友無數。她的醫術，在現代就已算得上高明，到了這裡，更是贏過許多醫者。

其實這孩子的病，就是所謂的慢性腹瀉。慢性腹瀉是臨床上很常見卻極難治療的病症，西醫多認為是潰瘍性結腸炎，但長期服用抗生素，效果並不理想；而中醫治療，也是療效參半。之所以如此難治，全因其引起腹瀉的病因複雜，現代猶如此，想必在古代，這個病就更難治了。

「他是熱實之症，還是虛實夾雜？」她問道。

這一問讓夏正謙吃了一驚。

「妳怎麼知道？妳怎麼認為腹瀉是熱實之症，而不是虛寒之症呢？」

要知道，這時代的郎中們一股腦兒地以虛寒判定，覺得必是受了寒，才會腹瀉；而腹瀉時間長，就必須進補，於是給病人開大量補益澀腸的藥，結果卻並不一定有效。

慢性腹瀉或因虛寒而起，或因熱實而起，是夏正謙多年行醫裡歸結出來的經驗，可謂他的絕招，從不外傳，便是仁和堂別的郎中都不知曉。他還想著等以後老了，再傳給夏祁或邢慶生，卻不想，今日竟然被一直養在深閨裡的女兒一言道破，這怎不叫他吃驚？雖然夏衿偷看了幾本醫書，但真要看幾本醫書就能有高超的醫術，這世上就人人能行醫了。

「《素問》裡不是說了嗎？『清氣在下，則生飧泄』（注一），『春傷於風，夏生飧泄』，『諸嘔吐酸，暴注下迫，皆屬於熱』（注二），『食飲不節，起居不時者，陰受之……下為飧泄，久為腸澼』（注三）。」

雖說張仲景的《傷寒論》對腹瀉闡述得比較完整，但夏衿不確定此書是否見於大周朝，她怕穿幫，便只將《素問》裡關於腹瀉的句子唸了出來。至於這些句子能不能解釋她為何知道虛實寒熱之辯證，就不是她要考慮的事了——她現在還是一個只有一點醫藥知識的菜鳥嘛，出點差錯是正常的，要求不能太高是不是？

可夏正謙聽得她的話，吃驚的表情一點也不比剛才少。「剛才這些是妳自己總結出來的？妳完全理解？」

要知道，《素問》雖然談論到腹瀉，但有關的文字只散落於各個篇章裡。夏衿剛才所提，聽起來不過寥寥數語，卻需要把整本書融會貫通，加以總結，才能做得到的。

夏家的子孫，從七歲識字起，就開始要求背誦醫藥典籍，打下基礎，以便於長大後科舉不成，轉行學醫；但也只限於背誦，要說融會貫通，還是轉行到醫館學醫時，經過醫術高明的郎中指點教導，才能做到。

可如今夏衿小小年紀，不過在家中女學上過幾年學、識得幾個字，讀過《女誡》等書，而且因為偷偷學醫，藥書能在手上的時間並不長，還沒人指點。在這樣的條件下，她還能融會貫通，不得不說是個天才！

「是啊，怎麼了？錯了嗎？」夏衿睜著黑白分明的大眼睛，顯得十分無辜。

「沒、沒錯，說得非常正確。」望著這樣的女兒，夏正謙忽然有些說不出話來。

他十分自責。這麼多年來，他整日早出晚歸，在醫館忙碌，偶爾有空，也是抽查一下夏祁的功課；對於女兒，除了吃飯時關心地問上兩句，他完全是放任不管的。直到現在才發現，這個安安靜靜的女兒竟然如此聰慧，能力也如此之強。

夏衿可不想討論藥書。「爹爹您開的什麼藥？」

有了愧疚，夏正謙回答起問題來就格外耐心。「龍膽草三錢、車前子六錢、木通二錢四、黃連三錢……」

夏衿聽夏正謙唸著藥方，眉頭蹙了起來。

本來夏正謙也只是把藥方報報，想讓夏衿熟知一下藥名，然而看到她的表情，心裡又是吃了一驚——難道衿姐兒還能聽懂他開的藥方不成？

他抱著一絲希望，問道：「怎麼，妳覺得爹爹開的藥方不妥？」

夏衿開始在夏正謙面前露上一手，也是想知道他對她學醫是何想法。剛才夏正謙沒有喝

注一：夏衿這段話引用的原典，旨在指出腹瀉之因極複雜，與虛寒熱實都有關聯。此句指病人的脾胃氣衰，因而導致腹瀉。

注二：此句指嘔吐、腹瀉都與熱實之症有關，嘔吐物多為酸，常常是因為肝胃不和，有熱所致；暴注下迫，腹瀉如注，蓋因火旺使氣滯不暢之故。

注三：此句指腹瀉與飲食不節制、起居不定有關，久了甚至會惡化成糞便帶膿血的痢症。

斥她偷藥書看，眼裡反而隱隱有讚賞之色，她放心之餘，便想往前再邁進一步。

她搖搖頭。「倒不是不妥，只是這藥喝了之後，前兩天反而會比原來瀉得更厲害，過後病情才會好轉。那孩子的家人，是不是覺得不妥，便改了方子？您沒事前提醒這是正常的嗎？」

這一回，夏正謙不只吃驚，簡直被夏衿嚇了一跳。「說了，不過他們不信。不過妳……妳怎麼知道？有人跟妳說過這事？」他轉頭朝屋裡看看。「是不是妳哥哥說的？」說完這句，他立刻感覺不對。「不對啊，妳哥哥應該也不知道我開的是什麼藥方，更不會知道這藥喝了之後會有什麼反應，難道……」

他不可置信地看著夏衿。「妳這麼看看藥書後，就能懂藥?!」

夏家給夏家子弟們隨意看的幾本藥書，都是常見的藥理基礎書籍。他實在不能相信，光看幾本這樣的書，就能懂得他所開的藥方。

除非，夏衿曾遇到別的機緣，有醫術高明之人暗地裡教導她。

可想想夏衿平時的生活，夏正謙又排除這個可能。

夏家雖不是大富大貴之家，但家教極嚴謹，夏衿不管去哪裡，都有丫鬟跟著，既如此，她不可能接觸到什麼人。

夏衿之所以想要試探，就是想讓夏正謙知道自己的醫術水準，從而能讓她走出夏家後宅，到外面看一看。她不想由著夏老太太或舒氏把她嫁給一個陌生男人，再被那男人一輩子關在後宅裡。雖然隨著身體狀況好轉，可以翻個牆溜到外面去逛逛，但她要的是正大光明地出入夏府。

可現在看夏正謙的反應，她便知道這個步子邁得太大了；不過好在胸有成竹，她搖搖頭。「自然不是。」

因為出了青黛背主之事，如今談正事，夏正謙和舒氏便把下人們都打發出去。可夏衿此時仍左右看看，然後壓低了聲音，對夏正謙道：「爹，我有一件事，您聽了別跟別人說。」

看著女兒這孩子氣的舉動，夏正謙的心變得極為柔軟，也壓低聲音道：「放心，我不跟人說。」

舒氏坐在一旁，本來滿腹心思，此時見父女倆這樣子，頓時又好氣、又好笑，心中鬱氣消散殆盡，她也豎起耳朵，想知道女兒有什麼秘密。

「您還記得我院裡有個邵婆婆嗎？」夏衿道。

夏正謙頭偏了一下，在記憶裡搜索女兒嘴裡的這個人。

見丈夫好一會兒沒說話，顯然不記得這個人，舒氏忍不住插嘴。「邵婆婆是以前衿姐兒院裡的粗使婆子，不大愛說話，整日做些掃地、打水、洗衣的粗活。」

她轉頭對夏衿道：「不過，妳提她幹啥？」

這位邵婆子，可是在兩年前就去世了。

「我的醫術，都是邵婆婆教的。」夏衿語不驚人死不休。

果然，夏正謙和舒氏都是一驚。「什麼？」

選這個去世的老婆婆，夏衿要的就是死無對證，好由得她編故事。

她轉頭看向舒氏。「娘，您還記得不？我九歲那年，邵婆婆生了一場病。」

舒氏想了想，點點頭。「可不是。她咳嗽發高燒，我怕她給妳過了病氣，想把她挪出去，可妳不知怎麼的，死活不肯。後來妳爹爹給她開了藥，喝了兩劑燒就退下去了。」

提到這事，夏衿還是很感激那個善良的原主。「就是這件事後，有一天邵婆婆趁著沒人的時候跟我說，她是京城邵家的人，她父親醫術高明，她自幼也跟著學，學到了她父親大半的醫術。只是後來她父親因給京城高官治病時惹了禍，她們一家逃離京城時跑散了，她才淪落到這個地步。這些年她一直沒敢讓人知道她懂醫，如今見我喜看藥書，她年紀也大了，不想把一身醫術帶到地下去，便想收我為徒。這幾年，我就一直跟著她學醫。」

「原來如此。」夏正謙頓時釋然。

有這麼一個邵婆婆在，夏衿剛才所說的話，以及讓夏祁偷醫書給她看的舉動，便有了合理的解釋。

「她都教了些什麼？」照夏衿剛才的表現，這位邵婆婆的醫術相當高明，甚至猶在夏正謙之上，這怎不叫他興致盎然？

「這個……」夏衿露出為難的表情。

「啊，不方便說，那就不說好了。」夏正謙趕緊道。

各家醫術，向來都是概不外傳的。如今夏衿一臉為難，很顯然那姓邵的婆子有過囑咐。

夏衿似乎如釋重負，歉道：「不是我不願意說，而是我師父曾說過……」

未等夏衿說完，夏正謙便擺擺手，打斷她的話。「妳不必解釋，我都明白。」說著，他看著夏衿嘆了口氣，又是欣慰、又是可惜道：「可惜妳是女孩子，要是……」

他話沒說完，不過夏衿和舒氏都明白他要說什麼。

夏衿也是無奈。在古代，夏正謙有這樣的想法很正常，她也懶得辯駁了，反正多說無益，先做了再說吧。

大事說清楚，一家三口又說了些閒話，夏衿便告辭回去了。

她並未把夏老太太給她訂的親事放在心上，但夏正謙夫婦卻是憂心忡忡，晚上怎麼也睡不安穩。第二天一早，夏正謙草草吃了些東西，便要出門。

可剛剛走出院門，他就看到夏祁穿著藏青色長衫站在那裡，身邊還站著一個陌生的小廝。他不由一愣，回過頭往院裡望了一眼，這才轉過頭來，疑惑地問道：「祁哥兒，剛剛還見你躺在床上，怎麼眨眼的工夫就跑到這裡來了？」

他出門前，還先去看了夏祁一回，見他昨晚並未發熱，便放了心，囑咐舒氏細心照看兒子，這才出門。也就是說，方才他還見夏祁穿著裡衣，睡眼惺忪地趴在床上。之後他不過是回房換了身衣裳，卻在院門口遇上精神抖擻、衣著整齊的夏祁，著實奇怪。

至於小廝，因昨天舒氏才給三房三個院子的下人來了個大換血，自己掏錢從外面一個牙婆手裡買了七、八個下人，如今看到陌生面孔，他倒是不奇怪。

「爹，您是不是要去羅家？我想跟您去。」夏祁道。

「胡鬧！」夏正謙的臉色頓時沈了下來。「你傷沒好，瞎跑什麼？趕緊回去躺著。」說著對那小廝一擺手。「趕緊扶少爺回房，沒我的話，不許他隨意走動。」

那小廝猶豫一下，沒有說話，只是望著夏祁。

「我傷都好了，要不您看？」夏祁快走了幾步，又走了回來，動作敏捷，一點也不像是有傷在身的人。

「嗯？」夏正謙是郎中，夏祁的傷勢他再清楚不過了。那婆子雖然力道沒有特意加重，但那幾斤重的厚板子打下去，真不是開玩笑的。夏祁臀部瘀傷不輕，起碼得兩、三天才能下床，而且走路還得一瘸一瘸的，好一陣子才能全好。

可眼前的夏祁卻行動如常，彷彿身上沒傷似的。

第九章

「伸手出來，我看看。」此處不好讓夏祁把衣衫掀起來察看傷處，夏正謙便想把把脈。

夏祁倒是挺聽話，真把手伸了出來。

看著那伸出的手腕極為纖細，膚如凝脂，手指更是如青蔥一般，夏正謙臉色倏地一變，猛地抬起頭來，仔細打量眼前的夏祁。

「噓！」夏祁在他抬頭之際，就將手指豎到嘴邊，做了個噤聲的手勢，輕聲道：「爹，您別嚷嚷，我是夏衿。」

「夏衿？」饒是剛才隱隱有了猜測，夏正謙還是禁不住大吃一驚。

「除了我這丫鬟，別讓人知道。」夏衿悄聲道：「要不咱們找個地方說話？」

夏正謙點了點頭。

夏衿能如此唯妙唯肖地假扮夏祁，要是被夏家其他房的人知道，必要懷疑她以前假扮夏祁出過門。這是影響聲譽的大事，夏正謙掩飾都來不及呢，哪裡肯聲張讓人知曉？

「到我書房來。」他轉身，往院裡的一間屋子走去。

這是夏正謙在內宅所設的書房，因涉及到藥方、秘方，一貫不讓人進。

「妳在門口侍著，有人靠近就出聲。」進屋之前，夏衿吩咐扮作小廝的菖蒲。

菖蒲怕一說話就露出女子聲音，也不說話，只點了點頭。

夏正謙進屋坐下，又指著一張椅子。「坐吧。」然後仔細打量夏衿。

夏衿卻沒有落坐，在屋子裡走了幾步再轉過身，對夏正謙一挑眉。「像吧？」

夏正謙望著夏衿，久久說不出話來。

眼前的夏衿，不光是容貌、走路的姿勢，便是連聲音和說話的口吻，都跟夏祁一般無二。直到這時，他都不敢相信站在眼前的是女兒而不是兒子。

「妳到底是祁哥兒還是衿姐兒？」他問道。

夏衿沒有立刻回答，而是走到椅子前，坐了下來，這才用自己的女聲道：「我跟哥哥是雙生子，本就心意相通；要假扮別人怕是不成，但扮成哥哥，還是十分相像的。」

說著淺淺一笑。「剛才，爹爹不是沒看出來嗎？」

聽到這個聲音，夏正謙才有了點真實感。他再次打量夏衿，問道：「別的倒還罷了，妳跟妳哥哥差不多高，容貌本也有八、九分像，可這聲音，妳是怎麼改變的？」

夏衿將一個東西吐了出來，用手掌接了遞到夏正謙面前。「將這個壓在舌底，就能改變聲音。」

夏正謙定睛一看，卻是一顆杏仁。

他雖覺得不可能，可眼前的事又不由得他不信。

他問道：「這也是妳那師父教妳的？」

「嗯。」夏衿點點頭。「我師父還懂武功，我也跟她學了幾招，防身自保還是沒問題的。」

夏正謙聞言眉頭一皺，真不知道女兒遇上這樣的師父，於她而言是好還是不好。見夏正謙坐在那裡，久久不語，夏衿道：「爹，您再不走，到醫館怕是要遲了。」

夏正謙一驚，站了起來，叮囑夏衿。「妳別胡鬧，好生在家待著，哪兒都別去，等著爹回來。」說著就要出門。

夏衿跟著他往外走，嘴裡道：「我跟師父學了幾手醫術，您也是知道的。東方不亮西方亮，沒準兒您沒辦法，我卻能用師父教的醫術治好那羅公子的病呢？」

這話一說，夏正謙腳下一頓，猶豫起來。

「這畢竟關乎我的終身大事，您就讓我去吧。」夏衿見狀，趕緊打鐵趁熱。

夏正謙嘆了一口氣，點了點頭。「也罷。」說著回頭，又打量了夏衿一回，目光落在她的袖子上。

「我剛才是特意留著破綻讓您看的。」夏衿忙從懷裡掏出一個小瓶子，將裡面的東西倒出來，在手上搽了搽，那手掌及手腕的皮膚一下子就變黑了，看起來跟臉和脖子的膚色極為相近。

夏正謙這才放下心來，轉身道：「走吧。」

夏正慎對仁和堂一向把持得牢牢的，照規矩，夏正謙應該先到仁和堂報到，向夏正慎稟報此事，經得大哥同意，才能外出出診。而出診的診金也要如實交到夏正慎手上，待得月初，夏府統一發月例時，夏正謙才能領到自己那份月錢。

可昨日之事，讓夏正謙對夏正慎極為失望，再加上他也知道，夏正慎想要從親事撈好處，必不會同意他上門給羅三公子就診的，如果去了仁和堂，必要被阻，節外生枝，所以他乾脆不去仁和堂露面，讓自己的小廝兼車伕知柏直接將馬車駛去了羅府。

羅推官全名羅維韜，出身蘇省有名的望族。因朝廷有官員任職原籍迴避制度，他不便在蘇省做官，就選了臨近的浙省。也因此，羅府的府邸占地頗廣，富麗堂皇。

夏正謙並未讓知柏把馬車停在羅府大門口，而是在不遠處下了車。

「帶太多人去不好，你們就留在這裡。」他吩咐知柏和菖蒲。

「是，老爺。」知柏恭敬地應道。

菖蒲卻沒有說話，而是先看向夏衿，待得夏衿朝她一頷首，這才道：「是，老爺。」

對菖蒲的反應，夏正謙不但沒有生氣，反而十分滿意。

他對菖蒲溫和地點了點頭，轉身對夏衿道：「走吧。」提著藥箱率先往羅府大門走去。

知柏見了，嘴唇微張，欲言又止。

夏正謙好歹是臨江城裡有名的郎中，穩重儒雅，如今提著藥箱走在前面，後面跟個空著手的少年，怎麼看都不像話。

「爹，我來拿。」夏衿上前伸手去抓藥箱。

夏正謙並未放手。「很重，我拿就好。」

「沒關係，我提得動。」夏衿道，見夏正謙仍不放心，只得又補充一句。「如果提不動，我再給您。」

夏正謙猶豫了一下，大概也覺得自己提藥箱不妥，叮囑一句。「拿穩了。」這才緩緩地放了手。

見夏衿將藥箱提在手中，並不吃力，他這才放了心，抬腳往羅家大門走去。

羅府不光大門建得氣派，便是看門的兩個漢子也頗為不凡——八成新的黑色綢緞短衫，身材高大健碩，目光冷峻，一看就知道是有功夫在身的人。

夏正謙走到近前，抬手作了一揖。「仁和堂郎中夏正謙，求見羅大人。麻煩兩位涌傳一聲。」說著，把帖子遞了上去。

其中一個漢子將帖子接了過去，打開來看了一眼，又抬眼將夏正謙上下打量了一下。「稍等。」轉身進了門。

另一個道：「二位，請門房裡坐。」將夏正謙父女倆引到旁邊的門房坐下，又上了茶，這才退了出去，仍到大門口守著。

等了半盞茶工夫，那送拜帖的漢子出來，對夏正謙道：「夏郎中，對不住，我家老爺上衙門去了。」

夏正謙跟夏衿對視一眼，眉頭皺了起來。

京城因為要早朝，所以點卯的時間是卯時，也就是現代的五點到七點。但地方衙門點卯時辰卻不同，夏、冬兩季又有區分，冬季稍晚；現在這初春時節，臨江城點卯的時間是辰正時分，也就是八點。

正因怕羅維韜要上衙，夏正謙來得格外早，此時也不過是卯正，羅維韜應該還在家裡才對。

而且，羅維韜是一家之主，他要去哪裡，必是從正門出入；也就是說，他在不在家，是否已出門，這兩個守門的漢子應該一清二楚才對，哪裡需要進去問一問才知道呢？

唯一的解釋是，羅維韜此時正在家裡，但不願見他們。

夏正謙苦笑。

要知道，羅維韜不光是七品推官，更是名門望族的嫡系子孫。為攀上這棵大樹，不知有多少郎中想要來試一試身手，碰碰運氣，如果羅家都應允的話，那羅三公子還沒病死，怕都要被折騰死了。

而他夏正謙，雖在臨江城小有名氣，但又如何能跟丁郎中和京城裡的名醫、御醫相比呢？那些人都看不好的病，羅維韜又如何相信他能看好？拒絕他，也是情理之中的事。

至於親事，如今也只是那衙門一個小吏的妻子薛太太到夏家來提了一提，算是探探口風。為攀高枝，有的是人家想要送女兒去沖喜，屬龍陰月生之人雖難找，卻也不是沒有。所以這事夏家要是不願意，羅家也不會強求。也就是說，議親一事八字還沒一撇，羅維韜自然不會把他當作親家，迎進門去。

羅維韜不願意見他，他又不可能硬闖進去，嚷嚷著要給羅三公子看病，怎麼辦呢？

「爹，咱們去馬車裡等吧。羅大人總要去衙門的，到時候就能見著他了。」夏衿在一旁道。

夏正謙原也這麼想，只是初春的早晨仍十分寒冷……

他看了看身子單薄的夏衿。「我在此等著就是了，妳先回去，小半個時辰後再來。」

好不容易能到這裡，夏衿哪裡肯走？她搖搖頭。「我不回去。」

「衿……祁哥兒，聽話！」夏正謙將臉一沈。

夏衿表情依舊，只淡淡地看他一眼。「回去後要是遇見大伯父，怕是就出不來了。」

夏正謙微張著嘴，一時說不出話來。

夏正慎要是遇見夏衿，定然會以為她是夏祁，而且身上傷不重，以他的性子，定要將她帶去醫館做事，不再讓她在家裡閒著。可夏衿不是夏祁，怎能到醫館那種男人、病人成堆的地方去？

夏衿說完那話，不再理會夏正謙，逕自走到馬車前，率先上了車，將夏正謙一個人扔在原地。

夏正謙愣了一愣，只得也走了過來，跟著上了車。

因手頭不寬裕，不到特別寒冷的天，夏正謙的馬車裡是不設火盆的。現在雖是初春，但時辰太早，太陽還未出來，坐在上面等半個時辰，還是讓人冷得夠嗆。

好在菖蒲極是細心，出來時手裡拎了個包袱，把厚披風拿出來，給夏衿披上，讓夏衿好受許多。

菖蒲這一舉動，讓夏正謙極為滿意，當場便讓知柏掏出十文錢，打賞菖蒲，把菖蒲高興得笑容怎麼也遮不住。

將十文錢仔細地放進懷裡，菖蒲暗暗下定決心，以後一定更好地伺候夏衿。

因不想讓羅家門房的人看到他們在此等候，夏正謙上了馬車後，就讓知柏將車駛到前面的巷子裡，只派知柏和菖蒲輪流到巷口張望。門房大概以為夏正謙走了，不過一頓飯的工夫，一輛馬車從側門駛出來，停到大門處。

知柏常年跟著夏正謙出入富貴人家府邸，頗有幾分眼力，知道這種皂青色綢緞車圍子，車前還有一塊皮子擋風的馬車常常為官員所乘，此必是羅維韜的馬車，頓時一喜，跑過來叫道：「老爺、老爺，羅大人出來了。」

夏正謙和夏衿連忙下了馬車，走到羅家大門前時，果然看到一個四十來歲、身材健碩、容貌頗英俊的男人從裡面走了出來，正準備上馬車。

「羅大人，請留步。」夏正謙三步併作兩步，走到跟前，深深作了個揖。

「你是……」羅維韜站直身，打量著夏正謙，皺眉問道。

「在下是仁和堂郎中夏正謙，冒昧上門，多有打擾。」

羅維韜不悅地看了守門的漢子一眼，對夏正謙微一頷首，語氣變淡。「不知夏郎中清早上門，有何見教？」

這話說得極不客氣，夏衿的目光驟然一冷。

事涉女兒親事，夏正謙面色發紅，吞吞吐吐道：「羅大人，能不能……能不能借一步說話？」

羅維韜的眉頭皺得更緊了。「我要去上衙，去得遲了，怕是不妥。有什麼事你就在這兒說吧。」

夏正謙知道機會只有一次，現在不說，下次上門恐怕羅維韜不會再給他說話的機會，所以明知此地不是說話的地方，仍開了口。「日前衙門薛典吏家上門，說小女屬龍陰月，正合貴府沖喜之需，問是否願意跟貴府議親。家母及兄長聞言極喜，一口應允。夏某力微，反對無果，聽聞有恙的是貴府三公子，夏某不才，願毛遂自薦，給三公子看病。如三公子的病能治好，大人也不必再苦惱，更不必草率行事，結這門不當、戶不對的親事了。羅大人也是作父親的，想來能體諒在下的一片心。」

夏衿在一旁聽了，饒是前世見慣生死，讓她早已心冷似鐵，仍頗為感動。

夏正謙這話說得含蓄，意思卻極為明白，那就是他不願意讓自己的女兒給羅三公子沖喜。

如此一說，不管看不看得上病、能不能治好羅三公子的病，以羅維韜身為世家子的倨傲，這門親事必然作罷；但羅維韜會因此而對夏家不滿，夏老太太和夏正慎攀親不成更會火冒三丈、暴跳如雷。明知即將面對如此艱難的局面，眼前這位作父親的，依然將話說出了口，回絕親事，將她護在身後！

這份父愛，猶如剛出爐的一鍋滾水，將她硬冷的心澆融。

果然，夏正謙的話聲未落，羅維韜的目光一下子就陰冷下來。

他盯著夏正謙，猶如盯著一隻蒼蠅，厭惡裡透著不屑，似乎連話都懶得跟他說。「這位，我似乎沒讓人去你家提親吧？大清早跑來說這些話，你還真是莫名其妙！」說著 拂袖，便往馬車行去。

「羅大人，請等等。」夏衿叫了一聲，見羅維韜理也不理，腳下未停，她繼續道：「羅大人想來也知道，每個郎中都有各自的絕活。許多名醫治不好的病，卻被街頭遊醫給治好了，這樣的例子並不少見。在下父親名氣雖不如丁郎中，但也不是無名之輩。羅大人如果給個機會，沒準兒令郎的病就能治好呢？這個機會，與其說是給在下父親，不如說是給令郎，羅大人何不試一試？」

非是她下賤，定要給那羅三公子治病不可，實是她不忍夏正謙承受來自各方的怒火。要是能治好羅三的病，羅維韜便承了夏正謙大情，到時候，夏老太太和夏正慎也不敢再明著為難夏正謙。

夏衿最後那兩句話，讓羅維韜腳下一頓。

他轉過身來，看向夏正謙，目光沈凝。

夏正謙站在那裡，與羅維韜對視，卻默然不語，並沒有急切推銷自己。

這樣的表現，倒讓羅維韜面色有所鬆動。「你有幾分把握？」

夏正謙搖搖頭。「並無把握。」見羅維韜臉色微沈，又道：「連貴公子的面都未見，怎敢說有把握？」

這話讓羅維韜顏色一展。「倒是我糊塗了。」轉身對隨從道：「你去衙門，幫我跟大人說一聲，我遲些再去。」

那隨從答應一聲，騎馬離去。

羅維韜轉向夏正謙，做了個手勢。「夏郎中請。」

羅府占地頗廣，裡面廣宇闊舍，雕樑畫棟，荷塘假水，名花異草，不知比夏府強上多少。

夏家父女倆跟著羅維韜走過迴廊，穿過一道又一道拱門，看了無數風景，終於進了一處院落，停在一間屋舍前。

「老爺。」立在門口的丫鬟見羅維韜來，行了一禮，抬手將簾子打起。

「夫人可在屋裡？」羅維韜並未直接進去，而是立在門口問道。

一個三十多歲的端莊婦人聞聲而出，看到羅維韜，微微一怔，目光便看向了夏正謙父女。

第十章

「夫人，這是夏郎中和他兒子，來給騫兒看病的。」羅維韜道。

「哦？」婦人冷淡的臉上這才露出一絲熱絡，看向夏正謙和夏衿的目光隱隱有期待之色。

「羅夫人。」夏正謙施了一禮，知道這便是羅維韜的夫人，那羅三公子的親生母親了。夏衿也跟著行了一禮。

「夏郎中有請。」羅夫人道。早已有丫鬟將簾子打了起來。

還在門外，夏衿就聞到一股藥味，進了屋，這藥味就更濃了；不過除了藥味，屋子裡並無其他難聞的味道，四處收拾得極為乾淨整潔。

走到裡間門口，夏正謙忽然停住腳步，對夏衿道：「妳在這兒等著，一會兒我叫妳進去，妳再進去。」

夏衿點了點頭。

羅夫人見狀，也不問原由，吩咐丫鬟招呼好夏衿，自己跟在羅維韜和夏正謙身後，進了裡屋。

「公子，請這邊坐吧。」丫鬟上前道。

夏衿擺了擺手，正要說「不必」，忽然聽到裡面傳來羅夫人的一聲驚呼，繼而一陣亂響，似乎撞倒了凳子，打翻了碗碟，還伴著羅夫人的急呼聲。「騫兒、騫兒，你怎麼了？」

當下夏衿顧不得其他，忙掀簾進去。

只見裡間迎面豎著一個紅木雕鏤鑲玉石的屏風，轉過屏風，便是一張雕花拔步床，床上一個十七、八歲的男子正半躺被羅夫人扶著，嘴裡大口大口地噴著血，有些血來不及從嘴裡冒出，便從鼻孔流了下來，那情景觸目驚心，十分恐怖。

「夏郎中，可有辦法？」羅維韜問夏正謙，他看上去倒還算鎮定。「我兒吐血已有半年了，情況越來越嚴重，丁郎中他們用銀針止血，又開了無數止血和防止吐血的方子，都無效。」

夏正謙正想上前用銀針給羅騫止血，聽得此話，頓時一滯，眉頭蹙了起來。

「爹。」夏衿走到夏正謙身邊，喚了一聲。

夏正謙微點了點頭，視線仍在羅騫身上，凝神思索，過了一會兒，他向羅維韜問道：「三公子初得此病時，有何徵兆？」

羅維韜嘆了口氣。「我兒平素頗喜練武，有一次出去歷練，跟人打了一架，受了點傷，回家後就開始咳嗽吐血，伴有痰症。本來這樣的小傷倒沒什麼，請個大夫看看，吃幾劑藥就好了。偏他發病時正值我父親去世，全家回老家奔喪，家裡正巧又發生了點事情，這孩子便把這事瞞了下來，只在外面抓了幾劑藥吃，可不知遇上的是什麼庸醫，藥吃下去，不光病沒治好，反而更嚴重了。等我把家裡的事處理好，發現他這病症時，再請丁郎中來看，就已是這樣了。」

說著，他眼眸裡的光芒黯淡了下去，露出悔恨的神色。

夏正謙點了點頭，看羅騫此時已不吐血了，被羅夫人和丫鬟扶著緩緩靠回床上，大口大口地喘氣，便道：「我先把把脈。」

「請。」既將夏正謙領進了門，羅維韜就沒有一絲怠慢，走到床邊將羅騫的手從被子裡拿了出來，示意夏正謙上前診脈。

夏正謙將手指放在羅騫的手腕上按了一會兒，轉頭對夏衿道：「祁哥兒，妳來看看。」

羅維韜面色微沈，顯然對夏正謙在這種情況下還不忘讓兒子練手十分不滿；不過，他倒是沒說什麼。

可那羅夫人不樂意了。未待夏衿走近，她便將羅騫的手放進被子裡，轉頭對夏正謙道：「這位郎中，如果你有辦法，就開藥吧。」直接無視夏衿。

倒是那床上的少年羅騫，雖吐了那麼多血，神志卻仍然清醒，見夏衿有些尷尬地停在床前，他將手伸了出來，抬手對夏衿示意了一下。

羅夫人眉頭微蹙，不過倒是沒再說什麼。

夏衿自是不會在意羅夫人的態度，上前伸手，將手指搭在羅騫的手腕上仔細地把了把脈。

她在外面待久了，身體又極單薄，易寒畏冷。這手一搭，羅騫只感覺手腕微涼，再一看，發現夏衿的手指極為纖細，那五指若併攏在一起，還不如他的手一半大，他不由得訝然地打量了夏衿兩眼，眼眸似深邃許多。

夏衿沒有在意他的打量，凝神細細感覺手指之下脈搏的跳動。

看到女兒跟陌生男子如此親密接觸，夏正謙渾身不舒服，頗後悔將女兒帶來。為掩蓋神情的不自在，他湊上前來，問夏衿道：「如何？」

夏衿沒有回答，面無表情地將手收了回來，抬眼看了看羅騫的臉色。「平時身體有什麼不舒服的地方？」

見夏衿拿了脈還要問東問西，絲毫不為病人著想，只想著自己學習醫術，羅夫人饒是頗有涵養，也忍不住了，口氣極衝地道：「我兒累了，有什麼要問的，到外面問吧。」說著將羅騫的手塞進被子裡。

「夏郎中，我們到外面說話。」羅維韜也極後悔將夏正謙父子倆領進來，說這話時臉色很不好看。

羅騫歉意地對夏衿微微頷首，靠坐在床上，緩緩閉上了眼睛。

夏衿見狀，若有所思。

「走吧。」夏正謙拉了夏衿袖子一把，跟著羅維韜走出門。

羅維韜出到外間，腳下並沒有停，繼續往外走，一直將夏正謙兩人領到外面的廳堂，方淡淡道：「請坐吧。」說著，率先坐到主位上。

丫鬟立刻將茶水擺了上來。

羅維韜端起茶杯飲了一口。「如何？對於我兒的病，夏郎中有何高見？」

對於羅騫這病，夏正謙還真沒什麼「高見」，他所要採用的法子，也只是治傷和防止吐血。但依他想來，這些法子，丁郎中和京城的名醫、御醫應該早已用過，而且用的方子不知比他高明多少，他們都治不了，可見這法子沒什麼用。

他不由得將目光投到夏衿身上。

夏衿對他微一點頭，那樣子極是自信。

夏正謙大喜，對羅維韜拱手道：「羅大人或許不知，小兒夏祁師從京城邵姓名醫，醫術與在下不是一個路子，猶在我上。在下今日帶他來，正是想讓他也看看令公子之病是否能治。而今看令公子之病症，除了療傷止血之藥，在下是沒有什麼好法子；但小兒似有所得，如羅大人不急著上衙，不如聽聽他說說。」

他是個至誠君子，饒是不樂意女兒名聲外揚，卻也不肯占了女兒的功勞，把夏衿開的藥方說成他自己的。但他也知道，夏衿年輕，又沒有什麼出眾的醫案讓她揚名，剛才讓她給羅騫把脈便已讓羅家人很不高興了，此時再讓她出言詢問，甚至開方，羅維韜怕是要立刻將他們趕出去，連解釋的機會都不給。

所以，他只得把夏衿的師父抬出來，卻完全不知道，夏衿嘴裡的師父，根本就不存在。

羅維韜浪費一早的時間，將夏正謙帶去看病，對他是寄予極大希望的。

可此時，夏正謙卻說他沒有什麼好辦法，倒是他兒子「似有所得」。這話在羅維韜聽來，簡直就是拿他羅家人當猴耍。

中醫不比其他，那是要用無數經驗積累，才能把得準脈，開得出方，治得好病人的病。而眼前這個「祁哥兒」，不過十三、四歲年紀，這樣的孩子能背上幾本醫書，把得出一、兩種容易的脈，就已是很了不得的。此時，夏正謙卻正經八百地將他推出來，這不是天大的笑話嗎？

不過羅維韜身為世家子，又在官場混了多年，城府極深，雖極慍怒，面上卻沒表露出來。

他看了夏衿一眼，將手中的茶碗重重地放到桌上，淡淡道：「姓邵的名醫？沒聽說過。」

夏正謙一滯，看了夏衿一眼，表情極為尷尬。

「令公子是不是不能躺下，只能坐著睡，躺下就喘？而且身體稍一傾斜，就會吐血；天氣一涼，病情就加重？」夏衿忽然開口。

「你如何得知？」羅維韜吃驚地望向夏衿。

夏衿沒有回答，又淡然地問道：「他是不是肌膚發麻，腦袋發痛，忽冷忽熱，口渴，吃不下飯，還很容易驚恐？」

隨著夏衿的問話，羅維韜的身子不知不覺由後靠變成了前傾，表情越來越驚訝。夏衿的話聲剛落，他就迫不及待點頭。「正是。」

夏衿微一頷首，便不說話了，端起茶杯慢慢地品茶起來。

羅維韜坐在那裡，盯著夏衿，臉色漸漸沈了下來。

夏正謙雖對羅維韜之前的態度有些不滿，但他行醫多年，早已習慣了這些富貴人家的臉色。郎中雖能治病救人，但對富貴人家來說，不過是給點錢就能召之即來、揮之即去的人，地位比下人高一些；除非你是求而不得的名醫或御醫，否則就得看他們那副高高在上的嘴臉。因此，他對羅維韜的態度並不十分在意。

此時見夏衿竟然拿喬，他便覺得不妥，咳嗽一聲，代羅維韜問道：「祁哥兒，羅三公子的病，妳是不是看出什麼來了？」

羅維韜的眼眸一下亮了起來，定定地瞧著夏衿，等著她說話。

夏衿將茶杯輕輕放到桌上，抬起眼眸，對羅維韜道：「羅大人，您覺得在下年輕，不信在下，既不信，說再多也無益。在下且開一方子，如果您覺得或可一試，就讓羅三公子服下這藥，不過其間不可間斷，要服一月方可；如不願試，就當在下浪費您家一點筆墨吧。」

說著，她轉頭吩咐。「紙筆伺候。」

羅騫病了許久，幾乎日日都有郎中來看診，丫鬟們早已熟知一切過程了。在羅維韜帶夏正謙進門時，文房四寶便已準備妥當。夏衿一聲吩咐，丫鬟略一猶豫，見羅維韜並沒反對，便將紙筆硯墨一一擺將上來。

夏衿起身走到桌前，大筆一揮，將藥方寫下，轉頭對夏正謙道：「爹，咱們回去吧。」

她既如此說，夏正謙即便看到羅維韜臉色沈沈，也不好反對，站起來一拱手。「羅大人，今日多有打擾，耽誤您上衙了，我們這便告辭。」也不等羅維韜有何表示，兀自深深作了個揖，提起藥箱，抬腳朝外面走去。

夏衿雖看不慣羅維韜那高高在上的嘴臉，照她的脾氣，此時便應拂袖而去；但她卻也知這古代最重禮儀，如她無禮，只怕要連累夏祁的名聲，而且閒話還要講到夏正謙身上，說他教子無方。
她只得跟在夏正謙身後也拱了拱手，緊跟著出了門。
羅維韜從小到大，無不被人奉承，今日卻被一個小子掃了臉面，心中怒火可想而知。
他陰沈著臉坐在那裡，既不說話也不動彈，眼睜睜看著夏正謙父女倆出了門，好半晌，方將心中怒氣壓了下去，站起來走到桌前，看向夏衿所寫的藥方。
只見上面開了茯苓、甘草、半夏、乾薑、丹皮、牡蠣、桂枝、白芍這幾味藥，並無甚出奇之處。羅維韜不光惱恨，更多的是失望，用袖子一拂，「呼」地一聲將那張藥方連同桌上的東西掃落在地。
他轉身出門，怒氣衝衝地往院門外走去，可一隻腳跨出門檻後，又收了回來。
他在門口略停了停，平復了一下情緒，這才往羅騫所住的屋子走去。
「老爺，如何？」那羅夫人見羅維韜進門，急切地迎上來問道。
聽見母親的問話，靠坐在床上閉著眼睛的羅騫睜開了眼，望向羅維韜。
「哼，那姓夏的郎中說他沒辦法，倒叫他兒子開了個藥方。」羅維韜說到這個，臉上還掩飾不住惱怒之色。「那小子饒是打從娘胎起學醫，也不過十來年工夫，病人都沒見過多少，竟然大言不慚，還在我面前擺架子，真是豈有此理！」
說著他一拍桌，把桌上的茶壺和茶杯震得「叮噹」亂響。
他在衙門裡做事，見過的人形形色色，再加上城府極深，不易動怒。但夏衿彷彿手握著羅騫之命，只因垂憐才隨手寫下方子的那股倨傲之色，實在是把羅維韜氣得不輕。

羅夫人本就看不上夏正謙父女倆，此時聞言，臉色便沈了下去。

不過她極想得開，淡淡道：「這天下什麼人沒有？老爺不值當為他們生氣。」說著走到床前，倒了一杯茶，遞到羅騫嘴邊。

羅騫輕飲了一口，便推開了，問道：「爹，那藥方……在哪兒？」

羅夫人只有這一個兒子，平日裡寵愛異常。如今他重病在床，時日無多，羅夫人對他更是有求必應，此時見羅維韜兀自坐在那裡，並不答話，不由得將手中茶杯重重地放到桌上，發出「咚」地一聲聲響。

她拔高聲音，帶著絲怒氣問道：「騫兒問，藥方在哪裡。」

羅維韜這才轉過頭來，望了羅騫一眼。「你想看看？」

羅騫點點頭。

羅維韜轉頭對丫鬟道：「去，到廳堂去，把地上那張藥方拾過來。」

丫鬟應聲去了。不一會兒，將夏衿寫的那張方子拿了過來，在羅維韜的示意下，遞給羅騫。

羅騫就著丫鬟的手，看了那張藥方一眼，無力地閉了閉眼，這才說了一聲。「去煎來。」

聲音雖小，羅維韜和羅夫人卻都聽見了，羅夫人大驚。「騫兒！」

「死馬……當活馬醫。」羅騫的聲音輕微得幾不可聞。

羅夫人聽著這話，眼淚禁不住掉了下來，走到床前握住兒子的手，哽咽地叫了一聲。

「騫兒……」將頭伏在床邊，輕輕抽泣。

羅維韜卻一拍桌子。「胡鬧！這藥是能亂吃的嗎？」將那藥方奪過來，往窗外一扔，轉身急步出了門。

第十一章

夏正謙跟夏衿出得門來，尋了自家馬車，上了車，夏正謙才問及夏衿開的藥方。

相處這些時日，夏正謙的為人，夏衿看在眼裡。他對妻子、兒女的關心，對她這個女兒的愛護，也讓夏衿心中生暖；再者，買房、買地都要到衙門登記，沒個身分，到哪裡都難以立足。

所以，要想離開夏家，闖蕩江湖，還真不是個好主意。既如此，夏正謙這個父親，怕就是她以後的依靠了。

因此她也不藏私，一改寡言的性子，耐心解釋。「我師父說過，人體臟腑的運行，猶如太極，含抱陰陽；而陰陽之間，是謂中氣。胃主降濁，脾主升清，濕則中氣不運，升降反作，清陽下陷，濁陰上逆，人之衰老病死，無不由此而來。所以我們施藥治病，首在中氣。中氣在二土之交，土生於火而火死於水，火盛則土燥，水盛則土濕。如果能瀉水補火，扶陽抑陰，使中氣輪轉，清濁復位，便是去病延年的妙法。」

這套理論，夏正謙聞所未聞，細品其中，只覺妙處無窮，不由得沈吟許久，默然不說話。

夏衿見狀，也不說話打擾，由得他自己想清楚。

半晌，夏正謙才抬起眼來，蹙眉問道：「妳的意思是，那羅三公子雖內腑受了傷，但如今影響身體的，已不是原來的傷，而是濕寒影響了脾土，以至於中氣不能運行？」

夏衿點點頭，對夏正謙的聰敏極是欣慰。「正是如此。羅三公子內傷雖好，卻內阻淤積，中氣不運，脾氣不升。從而導致肝氣橫逆，熱氣全堵，吐血之症才如此嚴重。」

夏正謙聽完，細細品味了一下夏衿所開的方子，良久，眼睛一亮。「妳那方子裡的茯苓，能使脾土上升，去濕除寒；甘草被脾胃，坐鎮中州；半夏藥性下行，燥濕之藥。這幾味，便能使他中氣運轉如常。」

說到這裡，他兩眼望著夏衿，似乎在等著她的認同。

夏衿嘴角微翹，對他點了點頭。

夏正謙精神一振，又接著道：「乾薑暖下焦，使腎水不寒，起封藏之作用；丹皮清肝火，白芍慈肝經之陰血，這兩味便起疏肝升陷的作用。牡蠣斂浮火，使胃氣下行，桂枝使肝氣溫暖，不至淤滯。」

說到這裡，他一拍大腿。「妙啊，此法妙啊！」抬眼望向夏衿，目光晶亮。「衿姐兒，妳那師父，定是位高人啊！」

說到這裡，他重重一嘆。「可惜了，這樣的高人，遇見了卻不識得，我真是有眼不識泰山啊！」

夏衿忙道：「我那師父，不願意讓人知道她懂醫術。她總說身為奴婢，辱沒了先人，便是傳我醫術時，也讓我答應她，以後行醫別提她老人家的姓氏。」

「這……」夏正謙一怔，隨即不安道：「剛才在羅府，我提及了妳師父姓邵，這讓妳為難了吧？」

「也是我沒跟您說起這事。無心之過，想來師父不會怪罪於我。」

夏正謙這才放下心來，隨即又將心神放到夏衿所說的理論上去。

「老爺，到了。」外面的知柏叫道。

夏正謙這才發現，不知不覺，馬車已停在夏府門口。

眼看天色不早，夏正謙去醫館已有些來不及了，但擔心夏衿途中會遇到麻煩，他還是下了馬車。「走，我送妳進去。」

夏衿也不想跟夏府人發生糾葛，便不推辭，跟著夏正謙往裡走。

父女倆都不願意遇見人，可卻是怕什麼來什麼，剛進夏府大門，便遇見夏正慎從裡面出來，身後跟著夏佑和夏禪兩人。

看到夏正謙，他招呼道：「三弟，這一大早你去哪裡？走了，得去醫館了。」轉眼瞧見夏衿，驚訝地上下打量了她一下。「祁哥兒的傷好了？」又笑。「正好，跟大伯一起去醫館。看，你大哥和四哥都在呢。」

在羅家看到夏衿給羅騫把脈的那一剎那，夏正謙就下定決心，絕不讓女兒假扮夏祁到醫館做事。因此他早已做好準備，在下車之前，便和菖蒲一人一邊把夏祁攙扶在中間。

他不慌不忙地道：「大哥，昨日祁哥兒雖未受幾板子，但也傷及了尾骨。你知道，我是不擅於治骨傷的，剛才便帶他去找趙郎中去了。」

趙郎中，名叫趙永忠，因祖上傳下了一手治骨傷的絕活，便開了一家專治骨傷的醫館。

在這方面，夏正謙還真不如他。

夏正謙這樣說，夏正慎便不好再逼迫，否則倒顯得他這個做大伯的眼裡只有錢，不顧姪兒的死活；再者，仁和堂如今還指望著夏正謙，他也不能讓夏正謙太過心寒。

他關切地問道：「怎麼樣？趙郎中怎麼說？」

「還好，尾骨裂得不是很大。趙郎中說了，敷藥再加吃藥，休養上十天半個月，或許能康復。」

夏正慎眉頭微蹙了蹙，不過很快舒展開眉頭，對夏正謙笑道：「那就讓祁哥兒在家好好休養幾日，等他好了，再到醫館來。」說著又道：「你送他進去吧，我們先走一步了。你也別耽擱太久，醫館裡還有病人等著你看病呢。」

「六弟，你有什麼想吃的、玩的沒有？儘管跟大哥說，大哥晚上從醫館回來時買給你。」立在一旁的夏佑則對夏衿道，笑容和煦、目光真摯、態度懇切。

夏衿愣了一愣。

在原主的記憶裡，她對夏佑這位大哥基本上沒有印象。只知他讀書不行，唸了這麼多年書都沒考上個秀才，四年前娶了個出身書香門第的妻子朱氏，去年又得了個大胖小子，把大太太樂得不行，四處吹噓炫耀。

雖出自大房，可眼前這位大哥，竟給她如沐春風的感覺，跟他的父親夏正慎完全不一樣。

她深深地看他一眼，嘴角難得彎了一彎，算是回了個笑容。「多謝大哥。不過我現在想不出要什麼吃的、玩的，等想到了再告訴大哥。」

夏佑聽得這話，「哈哈」大笑起來，伸手想拍拍她的肩膀，大概是顧及傷口，伸到半路又縮了回來。

「那你就回去好好想，想到了就叫人來告訴大哥，大哥買給你。」

「好，一定。」夏衿含笑點頭。

「走吧，時辰不早了。」夏正慎催促一聲，率先出了門。

夏佑連忙跟上。

夏禪原本一直默不作聲，只看著夏正慎和夏佑說話，此時走到夏衿身邊時，轉頭深深看了她一眼，不過什麼也沒說，跟在後面離開了。

直到他們的身影消失在門外，夏正謙這才道：「妳大哥是個純良之人，跟妳大伯不一樣。以後有他支撐門戶，我和妳娘就不用太過擔心你們兄妹倆了。」

這句話，盡顯父母之心，讓夏衿心裡又是一暖。

為防人看見，夏正謙將夏衿直接送到夏祁所住的院子裡，找了個房間讓她換裝，而他自己則在房外守著。

所幸一切順利，夏衿進院子到換裝出來，都沒再遇上什麼麻煩。

夏正謙大大鬆了一口氣，眉宇間顯出一抹疲憊，對夏衿揮了揮手。「行了，妳趕緊回自己院裡去，待在家裡別到處亂走，我去醫館了。」說著，匆匆出了門。

聽說夏祁喝了藥又睡了，夏衿也沒去打擾他，帶著菖蒲回了自己院子。

可她回去剛沐浴完看了一會兒書，就聽到正院那邊傳來一陣喧囂，緊接著菖蒲就掀簾進來。「姑娘，老太太那邊來人，叫您過去呢。」

「出了什麼事？」夏衿抬眸問道。

菖蒲搖搖頭。「來的是玳瑁，口風很緊，什麼都不說，只道姑娘過去就知道了。」

玳瑁是夏老太太身邊的貼身大丫鬟。

夏衿隱隱猜到是為了退親一事，她站了起來，把菖蒲遞過來的外裳穿上，問道：「太太呢？」

「奴婢已叫薄荷去打聽了，一會兒就能知道。」

「行了，這裡不用妳，妳趕緊去醫館，把老爺給叫回來。」夏衿接過菖蒲手裡的首飾，隨手將兩朵珠花插到頭上，其餘的全扔進妝奩匣子裡。

夏老太太的怒火，可不是她和舒氏能承受的，還是把夏正謙叫回來挨罵吧。

菖蒲剛出了門，薄荷緊隨著就掀簾進來，稟道：「姑娘，太太被劉嬤嬤催著，已出門往上房去了。」

劉嬤嬤是夏老太太院裡的管事嬤嬤，行事比玳瑁更有手段。看來，夏老太太此舉，意在舒氏。

夏衿可不敢讓舒氏一個人承受老太太的怒火，她立刻起身。「咱們快走。」

出了院門，穿過迴廊，剛到上房院外，就遇上夏家二姑娘夏衫。她披著一件銀紅色綢緞披風，看起來極暖和，臉色卻發白，頭髮被風吹得有些凌亂。跟在她身邊的丫鬟不自覺地跺著腳，雙手來回搓著，看來主僕倆站在這裡有好一會兒了。

「二姊姊。」夏衿走上前去，打了聲招呼。

「五妹妳來了？」夏衫看到夏衿，發怔的眸子一下有了神采。她左右看了看，見四周沒人，低聲說了一句。「五妹，妳趕緊派人叫三叔回來吧。」說完再不理夏衿，轉身直接進了院門。

夏衿站在那裡愣了一愣，好一會兒才回味過來，夏衫這是特意等她？

雖然這夏家，夏老太太極討厭，大伯和二伯夫妻倆也不討人喜歡，但孫輩裡，夏佑、夏衫還是不錯的。

前世時，夏衿形形色色的人見過不少，看人的眼力還是有的。夏佑和夏衫眼眸清澈純正，並不是心懷歹意而特意對她示好的人。

有了這段小插曲，走進老太太的院子時，夏衿厭惡的感覺也沒那麼強烈了。

可這好心情只維持了幾秒，她進了院門，上了臺階，一隻腿剛剛站到老太太屋前的迴廊上，一只茶杯「咯噹」一聲從門裡飛出，差點砸在她身上，屋裡還傳來夏老太太的咆哮聲。

「……忤逆不孝的東西！好端端的怎麼忽然就不談親事了？到底跟人家說了什麼？有沒有把我老太婆放在眼裡？這個家是他當還是我當……」

咆哮聲裡，還伴隨著夏正慎和大太太低低的安慰寬解聲。

夏衿的眼眸冷了下來。

「行了，不多說了，直接把她休了就是。」屋裡又傳來夏老太太冷冷的聲音。

「娘……」一聲驚呼，這是舒氏。

夏衿聽得也是一驚，連忙掀簾進了屋子。

只見舒氏正跪在地上，釵髮凌亂，兩頰紅裡發紫，很顯然被人打過耳光，有些地方已腫了起來，有些地方則滲著血漬，甚是嚇人。此時她正瞪著眼望向夏老太太，滿臉不可置信。

「娘，這事可不能全怪弟妹。」二太太站在大太太身邊，手裡握著帕子，不緊不慢地勸著。「三弟要這樣做，三弟妹也攔不住啊。況且她為咱們夏家也生了一兒一女，好歹有功，娘您不看僧面看佛面，看在祁哥兒、衿姐兒的面上，饒了三弟妹吧。」

「祁哥兒、衿姐兒？」夏老太太冷笑道：「妳不說這話還好，一說這話就讓我氣得牙癢癢。祁哥兒和衿姐兒以前多老實，妳看看現在讓她教成了什麼樣？小小年紀便頂撞長輩，狎妓飲酒，就差殺人放火了，再讓她管下去，不定哪日就惹出大禍來。這樣的婦人，我們夏家可容不下。」

說著，就扯著嗓子叫。「來人！」

舒氏見婆子應聲而來，說著就要上前把她拉出去，臉上一陣駭然，心裡一急，眼淚流了下來。「娘，您真的要……」千言萬語堵在心頭，哽得她說不下去。

她倒不是留戀這個家，夏老太太三天兩頭折辱她，她早就不想待下去了；可她跟夏正謙感情甚篤，一雙兒女更是她的心頭肉，離了這個家，就等於失去了他們三人，這是她萬萬不肯的。

夏衿見狀，輕輕嘆了一口氣。

對於夏家，她打心眼裡生厭。在她看來，舒氏被休沒準兒是好事。以後只要她想辦法賺錢，養活舒氏就是了，總好過在夏家整日被老太太折磨。

但舒氏顯然離不開夏正謙和一雙兒女，而且古代女人被休之後，日子定然不好過；夏正謙這邊呢，老太婆還會給他娶妻，到時候後娘來了，日子還要過得雞飛狗跳，不得安靜。

無論從哪方面來說，她都不能看著舒氏被休。

她抬起眼眸，淡淡地道：「大家都知道我娘是老實人，不會撒謊。要是被休回去，別人問起緣由，得知是因為反對老太太逼自己的親孫女沖喜才被休的，也不知會不會影響二姊姊的婚事。」

大家被這話說得頓時一愣，臉色都變得十分難看。

舒氏娘家兄嫂雖沒本事，但她嫂嫂那張嘴卻是厲害的，這要被她嚷嚷出去，夏家的名聲可就徹底臭了。有這樣為點小利就出賣親孫女的老太太當家，以後誰還敢把女兒嫁進夏家，又有誰敢娶夏家女孩？

老太太不愧是經歷過風雨的人，一愣之下就回過神來，冷笑一聲。「好厲害的一張嘴。」一看向夏衿的目光如刀子般犀利。「妳是在威脅我老太婆？」

夏衿沒有說話，只抬起眼眸，與老太太對視，目光寧靜裡帶著堅定不移。

這無聲的眼神，比任何語言都要厲害，簡直就是赤裸裸地挑戰老太太的威嚴。

老太太大怒，拿起旁邊的茶碗就砸過來。「孽畜，敢這樣看我，我砸死妳！」

夏衿哪裡會被她砸到？一閃身，茶碗從耳邊擦過，砸到站在後面的夏正慎胸前。

「老爺！」大太太驚叫一聲，朝夏正慎撲來。「傷著沒有？」

夏正慎被砸得胸口生疼，搗著胸卻不好說什麼。那茶碗可是他親娘砸的，他不能怪她，卻也不能去怪避讓的夏衿吧？

老太太似乎被氣著了，大口大口地喘氣，胸口急遽地一起一伏，嚇得二太太大叫。「娘、娘，您沒事吧？您可別嚇我！」又叫。「大哥，快來看看娘。」

夏正慎也顧不得胸口疼，連忙上前給老太太撫胸順氣。「娘，您快別氣了。您要是氣出個好歹，我們可怎麼好？」

夏衿站在一旁，只管看戲。

老太太雖六十多歲了，卻氣色頗佳，根本不像有心疾的人。這會兒不過是嚇唬人，再給自己找臺階下罷了。

舒氏就被嚇傻了，生怕老太太被氣死，夏衿揹個忤逆之罪，身子禁不住地微微顫抖。

好半天，老太太似乎才緩過氣來，長長地吐了一口氣，頹然地對夏正慎擺擺手，無力道：「扶我進屋。」

大家立刻上前，七手八腳地扶老太太進了房。

夏衿見屋裡只剩了個丫鬟木然地立在角落，拉了舒氏便想離開。舒氏卻怎麼也不肯走，拽著夏衿的胳膊哀求地望著她。「衿姐兒，娘知道妳心疼娘，但咱們真不能這樣走了。」

夏衿只得陪著舒氏在廳堂裡站著。

好一會兒，二太太才出來，走過來低聲道：「沒事了。」輕輕拍了拍舒氏的肩膀。

「二嫂，多謝。」舒氏對二太太十分感激。

老太太性情偏執，處理起事情來隨心所欲，毫無分寸。每每這時，二太太總會出來打圓場，救她於水火之中。今天要不是二太太求情，她也不會只挨耳光了。

「瞧妳說的。咱們妯娌兩人，還說這些客氣話。」二太太白她一眼，轉臉對夏衿道：「衿姐兒，今天二伯母可是要說妳，老太太是長輩，妳怎麼能這麼跟她說話？她老人家要被氣出個好歹來，妳可怎麼辦？妳不為自己想想，也要為妳爹娘想想吧？」

舒氏嘆了口氣，正要說話，門外忽然匆匆闖進來個人。

待看清楚這人是誰，二太太搶先叫了起來。「三弟，你終於回來了。」

第十二章

夏正謙一眼就看見舒氏的面頰紅紫一片，有的地方比夏衿方才見著時更腫了幾分，眼裡頓時蓄滿了怒氣。

「相公，我沒事。」舒氏怕夏正謙抑制不住怒氣，再一次衝撞夏老太太，忙出聲道。卻不想一時著急說話，扯著了傷口，痛得她臉皺成一團。

「妳怎樣……」夏正謙急上前一步，想要伸手去摸舒氏的臉，意識到這裡還有外人，忙縮回手來。

二太太的那一聲驚叫，把屋裡的夏正慎招了出來。「回來了？」

「大哥。」雖對夏正慎不滿，夏正謙仍做足禮數，對兄長作揖施了一禮。

夏正慎嘆了口氣，似乎極不願意說下面的話。「娘說，你回來了，就到祠堂裡去跪著。她老人家不發話，你就不能起來。」說著轉過臉，對夏衿道：「還有妳，也是一樣。」

夏正謙敢到羅家說那些話，早就預料到眼前的情形。其實，更糟糕的事他都想過，不過或許是忌憚著他的醫術，夏老太太沒敢做得太過分；但夏衿被罰，卻是他沒想到的。

他臉上的怒氣怎麼也掩蓋不住。「怎的？她沒拿自己的一輩子來給夏家換好處，就罪大惡極？」

夏正慎極尷尬，不管他如何自私，逼姪女去給人沖喜，說起來總不好聽。

「不是的。」二太太忙解釋。「是剛才衿姐兒……」

「我不管。」夏正謙打斷她的話。「有什麼衝我來，就是別衝著我的媳婦、兒女。」

夏正謙人如其名，歷來都是謙謙君子，很少發脾氣；但一旦發起脾氣來，便是老太太和夏正慎也拿他沒辦法。

夏正慎也知道不能逼得太過，仁和堂還得靠夏正謙撐著呢，只得道：「行吧，衿姐兒先回去，老太太那裡，我幫你求情。」

夏衿沒有動彈，只看著夏正謙。

夏正謙轉過頭來，表情變得柔和。「扶妳娘回去，那臉先用冰敷一敷，再將我放在床頭櫃上的那小瓶子藥給妳娘搽上。」

「是。」夏衿應道，扶著舒氏往外走。

「衿姐兒別擔心，我這臉只是看著嚇人，其實不怎麼疼，回去敷點冰，再搽些藥，明兒早上就好了。」舒氏見夏衿一路上默不作聲，以為她嚇著了，出言安慰。

夏衿看到舒氏一說話就直吸涼氣，連忙道：「娘，您快別說話了。」

將舒氏送回房，夏衿照著夏正謙的吩咐給她處理了臉上的傷，又給她喝了點安神的藥，看著她睡了，這才從她院子裡出來。

對於退親一事，老太太雖然生氣，但夏正謙是仁和堂的主力，如果他跪傷了，在家裡躺上幾日，損失的還是夏家。所以跪了一個半時辰，夏正慎去求了兩次情後，老太太便讓夏正謙回了院子，並放出話來，明日夏祁就得到醫館做事。

得到這個消息，夏衿匆匆去了正院。

彼時舒氏正在房裡一面掉淚，一面給夏正謙上藥。聽到丫鬟通報，把夏正謙的褲管放下，再將長衫前襟整理好，方道：「讓她進來吧。」

進得門來，夏衿關切地看了夏正謙一眼，見他臉色並不難看，顯然傷得並不重，放下心來，這才開口道：「爹，明日讓我去醫館吧。」

「不行。」夏正謙一口回絕。「妳哥哥那裡且放心，我會去跟老太太求情，讓她寬限幾日。等她老人家氣消了，再說唸書的事。」

「老太太不會同意的。」夏衿語調淡淡的，卻說得很肯定。

夏正謙驀地抬眼看著夏衿，嘴唇動了動，卻找不出什麼話來反駁，沈默好一會兒，才道：「不管如何，也不用妳去那雜亂的地方。妳且在家安心待著，妳哥哥的事，我會安排妥當的。」

夏衿沒有再說話。

屋子裡一下安靜下來。

舒氏嘆了一口氣，柔聲開口道：「衿姐兒，娘知道妳懂事，但女孩兒家，最重的就是名聲；要是被人知曉妳女扮男裝去醫館做事，不光以後難說親，便是老太太那裡，怕是都得打死妳。這話，再不要提了。」

夏衿面無表情地站了起來。「那我回去了。」說完便走了出去。

舒氏站在窗前，看著夏衿在廊下站了一會兒，這才悶悶不樂地下了臺階，她轉身擔憂地對夏正謙道：「衿姐兒跟咱們越來越生分了。」

夏正謙長長地嘆息一聲。「都怪我，沒本事護著你們，讓你們受了很多委屈。衿姐兒心裡怨我，也是應當。」

舒氏垂下眼，低聲道：「老太太怎麼對我都行，可祁哥兒唸書和衿姐兒訂親的事，萬萬不能妥協。」

夏正謙點了點頭，卻沒有再說話。

第二天早上，夏衿起床鍛鍊了一通，又用夏祁早已幫她買來的藥燒水泡了半個時辰澡，便派菖蒲出去探聽消息。

隔了一盞茶的工夫，菖蒲跑了回來。「姑娘，老太太派人前來，要少爺跟著老爺去醫館。老爺跟那婆子爭執半天，現在那婆子回去稟報老太太去了。」

夏衿微瞇了一下眼。「再去聽來。」

「是。」菖蒲飛快地去了。

隔了沒多久，她又回來了。「那婆子又來了，說老太太下令，令少爺立即去醫館，否則她就要親自來請了。」

夏衿點了點頭，站起身。「把昨兒少爺那衣服抱好，再把我的衣服首飾收拾一套出來。」

「是。」菖蒲竟隱隱有些興奮。對於一個在內宅裡長大的小女孩來說，外面的世界有著莫大的吸引力。

夏衿看她一眼。「我去醫館，妳不能去，一看妳就是個女子，少爺總不能帶妹妹的丫鬟去醫館做事吧？」

菖蒲火熱的心，被這盆冷水澆得冰涼。她沒精打采地「哦」了一聲，這才去拿衣服。

「走吧。」夏衿見她收拾好，站起來出了屋門。

到了夏祁的院子，果然見一婆子趾高氣昂地站在那裡，口沫橫飛地說著什麼；而夏正謙被舒氏扶著，一個勁地喘著粗氣，顯然是氣得不輕。

夏衿也不理會他們，沿著迴廊繞到夏祁屋子門前，見外屋沒人，直接進了屋，便聽見裡屋傳來夏祁的大丫鬟紫蘇的聲音。「少爺，老爺不讓你出去，你還是好好躺著，別讓老爺、太太擔心吧。看看，傷口又裂了。」

「哥哥，我來了。」夏衿叫道。

門簾被掀開，卻是舒氏給夏祁新買的丫鬟紫菀。「姑娘來了？少爺叫您進去。」說著，高高打起了門簾。

夏衿進去，便見夏祁趴臥在床上，床邊站著紫蘇。

「紫蘇，妳先出去。」夏衿道，又接過菖蒲手裡的包袱對她道：「妳也到外面等著。」

「這是什麼？」夏祁盯著那包袱，饒有興趣地問道。

這段時間，夏衿屢屢給他帶來驚喜。今天老太太不顧他身上有傷，定要命令他去醫館，這讓他氣憤之餘，又十分鬱悶。此時見妹妹神神秘秘地拿來個包袱，心裡不由得升起一絲期盼。

夏衿也不理他，左右看看，見旁邊有個屏風，正是夏祁平時換衣之所，便拿起包袱進了屏風。反正此時屋裡沒人，夏祁又身上有傷，行動不便，不會跑過來看，她便無所顧忌。

前世出任務，變裝速度有時能決定生死，因此才幾息工夫，她就把衣服換好、把頭髮梳好了；再從包袱裡掏出小圓鏡，對著鏡子描眉抹粉，又是幾息，化妝便完成。

夏祁不知妹妹跑到屏風後面搞什麼鬼，正疑惑地想開口問話，便見屏風後面出來一個人。定睛一看，他的嘴巴頓時張得跟鵝蛋一樣大。

「在下夏祁，見過公子。」那人走過來，對他施了一禮。

聽這聲音，夏祁身體一震，只覺如夢一般，實在不真實。他抬起手揉了揉眼睛，看看站在面前的那個「自己」並未消失，又不顧身體疼痛，掙扎著把櫃上的鏡子拿到手裡，照照鏡子，再抬頭看看眼前的人，如此反復幾次，似乎才確信自己沒有變成別人，但眼前的這個人確實變成了自己。

他吁了一口氣，將鏡子放在枕邊，盯著眼前的人呆呆地看了好一會兒，才將心裡的猜詢問出聲。「妹妹？」

夏衿「噗哧」一笑，換回自己的聲音。「如何？像不像？」

「真是妳?!」夏祁「騰」地想爬起來，「哎喲」一聲又趴了下去，疼得臉皺成了一團。

「你小聲些。」夏衿擔心被外面那幾人聽見，趕緊擺手，上前把夏祁小心地扶起來，讓他側坐著，然後拿出自己的衣裙。「來，趕緊換上。」

夏祁一看是女裝，瞪大眼睛望著妹妹。「幹什麼？」

「哪那麼多廢話？」夏衿腦子裡可沒有男女授受不親的觀念，也不管夏祁疼不疼，拉過他的手就開始脫他衣服。

「妹、妹妹，這不行，這樣不行……」夏祁嚇了一跳，拚命掙扎。

「啪。」夏衿打了他一下，生氣道：「你喊吧，喊得讓那老婆子聽見，爹娘再被打，你就高興了。」

夏祁只得閉了嘴，可仍然死命拽著自己的衣服，不讓夏衿脫。

可夏衿是什麼人？雖然這副小身板沒幾兩力氣，但技巧是不缺的，對人體肌肉骨骼穴道又瞭若指掌，這一碰、那一點，夏祁就不由自主鬆開手，任由她擺布。

把衣服換好，夏衿又開始梳頭，見夏祁還想把穿好的衣服脫下來，她照著他腦袋又是一巴掌，低喝道：「還想讀書，就聽我的，要是不聽，我管你死活！」

這樣粗暴凶殘的夏衿，一下子把夏祁震住了。他雖仍覺得不妥，卻沒有再反抗，乖乖地由著她梳頭上妝。

待看到鏡子裡的「衿姐兒」，再看看面前凶巴巴的「祁哥兒」，他想死的心都有了，弱弱地抗議道：「妹妹，這樣不行，爹爹不讓妳去醫館。」

夏衿瞪他一眼。「你不想考功名？」

夏祁默然。

這段時間，他三番兩次被夏禱算計，可是被打、被罵、被罰的，只有三房的人，這使得他成熟不少。他也想明白了，只有自己考取了功名，三房在夏家才有地位，才不會被人肆無忌憚地算計欺淩。所以對於老太太叫他去醫館，他是極抗拒的。

可他知道，如果他不去，老太太鬧出一哭二鬧三上吊的把戲，這醫館最終他還是得去的，到頭來，爹娘還會傳出不孝的名聲。這樣的事，又不是沒發生過。

見他不作聲，像是被說動了，又聽得院子裡那婆子高叫一聲。「三老爺要是不聽老奴的勸，老奴只得請老太太來了。」

她忙叮囑夏祁一聲。「一會兒我走後，你跟著菖蒲回我那去待著。菖蒲是可信的，你嗓音裝得不像，只待在屋裡，使喚她一人即可。」

說著，她走到門邊，掀開門簾，臉上頓時露出痛苦的表情，一挪一挪地艱難舉步。紫蘇見了，忙上前扶住，擔憂地喚了一聲。「少爺。」

菖蒲則死命地盯著夏衿看，弄不清眼前這位到底是自家姑娘假扮的，還是貨真價實的祁少爺。

夏衿也不理她，扶著紫蘇的手走到門口，大喝一聲。「別吵了，我去就是！」

「祁哥兒！」舒氏歉意地叫了一聲，眼淚就流下來了。

「紫蘇，去，把要帶的東西撿好。」夏衿命令道。

「是。」紫蘇擔憂地看了夏衿一眼，放開她，進房去收拾東西。

夏衿轉過頭來，透過紫蘇掀開的門簾望進去，見夏祁穿著她的衣裙，已站在地上，便放下心來，對紫菀道：「扶我出去。」

紫菀忙上前攙扶她。

「祁哥兒……」夏正謙看著「兒子」蹣跚地走到面前，滿臉愧疚，欲言又止。他原來拍著胸脯說這事由他處理，然而他昨晚從祠堂回來，跟夏衿說過話後，又去老太太屋前跪了一夜，都未能讓老太太收回成命。今早上老太太更是拿不吃飯來要脅他，他也無可奈何。

夏衿不理他，見紫蘇已收拾東西出來，對婆子道：「走吧。」率先朝院門走去。

「這就對了，這才是孝道。」那婆子得意地看了夏正謙一眼，忙跟在夏衿身後出門覆命去了。

出了三房院門，卻見夏佑正在那裡來回踱步，見夏衿出來，忙迎上來扶住。「六弟。」又往遠處招了招手，幾個婆子抬著軟轎從屋角處轉了出來。

「六弟，趕緊上轎。」夏佑道：「到了醫館也只管歇著，等傷好了再做事。」

夏衿感激地看他一眼，拱拱手道：「多謝大哥。」

夏佑嘆了口氣。「謝什麼，自家兄弟。」扶著夏衿上了轎，又對紫蘇道：「妳們回去跟三老爺和三太太說，六少爺有我照顧，叫他們放心。」

紫蘇趕緊行禮稱謝。

老太太要的也只是令行禁止的威嚴，並不是要整治夏祁多吃苦頭，因此一路也沒人出來干涉。夏衿被軟轎抬到大門口，又被小心地挪上鋪了厚厚軟墊的馬車，到了醫館，被安置在特意收拾出來的屋子裡躺著，被夏佑照顧得十分周到。

接下來那小半天，夏衿就躺在屋裡看書，除了邢慶生抽空送了火盆過來，再無人來打擾。

待過了午時，看到所有人都去了前面醫館，夏衿從床上下來，對天冬道：「一會兒我出去一下，你在茅廁前待著，有人問起，你就說我在上茅廁。」

「少、少爺……」天冬被這話嚇了一跳。「不行的，少爺。被人發現就糟糕了，老太太那裡……」他咬著嘴唇，沒有把話說完。

「沒事。」夏衿不在意地擺擺手，抬腳就往門外走去。

天冬苦口婆心地又勸了幾句，見夏衿根本不理，只管往外走，他只得皺著個臉跟在後面出了門。

夏衿下了臺階，往前走了幾十步，便向左邊的角門走去。到了角門門口，她停下腳步，對天冬道：「你就待在這裡，小心別讓醫館的人看見。」

因出院子必須穿過醫館，所以夏衿要出去，只能另闢蹊徑。她上午上茅廁的時候就觀察過地形，這角門外面是一塊荒蕪的菜地，菜地旁邊建了四個茅廁，菜地和茅廁後面就是一堵圍牆。圍牆正好塌了一角，夏衿估摸著，以她現在羸弱的小身板，站在圍牆下的廢磚上，應該勉強爬得過去。

只是醫館連鋪面加上後面的院子，就這麼一處茅廁，醫館的人要上茅廁都得上這裡來。天冬待在菜地旁，反而引人注目，引起不必要的麻煩。所以夏衿叫他待在角門裡側，這樣醫館的人不容易發現他，出了狀況又可以掩護她。

天冬愁眉苦臉地答應一聲，叮囑道：「少爺，你可要快些回來。」

「好。」夏衿隨口應道，看看四周沒人，飛快地朝圍牆那角落走去。

天冬的嘴巴張得老大，好半天才閉上嘴，艱難地吞嚥了一下，不可置信地喃喃道：

「這、這……怎麼可能？」

受傷頗重，走路都要人攙扶的「少爺」，竟然如猴子一般，跳了幾下就躍上了圍牆，消失在牆頭處。

第十三章

一盞茶工夫之後，夏衿出現在城東的一座兩層樓茶館一樓大廳裡。

城東是富貴人家聚居的城區，閒人自然比較多。此時雖是未時，茶館裡客人卻不少，有的坐在裡間一邊品茶一邊聽臺上的中年男子彈琴；有的則坐在外間跟朋友閒聊。整個茶館瀰漫著悠閒散漫的氣氛。

夏衿在外間找了個靠窗的位置坐下，要了一壺價錢便宜的毛尖。

她前世不缺錢，而且今日不知明日事，養成了花錢如流水的習慣；無奈穿越到小門小戶的夏家，自己還沒辦法賺錢，前一陣子又拿了錢給夏祁請客買藥，她如今阮囊羞澀，荷包裡只有前日舒氏給她的月錢，只能算計著口袋裡的錢來辦事。

「陳老爺，可有日子沒見你來了，近來忙些什麼？」

「哈哈，可不是。想買幾畝田地，忙了好一陣，今日才閒下來。」

「看來陳老爺是發了財了，今天可得請客……」

夏衿喝著茶，聽著四周這些人的閒談。不過讓她失望的是，這些人談的無非是在哪裡買房買地，或哪裡新來了美人，並沒有她感興趣的家長裡短，尤其是關於羅家的。

她端起茶杯，準備飲盡杯中茶，便起身離去。

這時，門外傳來一陣吵雜之聲。

「快看，是羅大公子。」身後傳來一陣驚呼。

羅大公子？

夏衿心裡一喜，轉頭朝窗外看去。只見茶館門前，兩個健壯男子正對著一個十三、四歲衣衫襤褸的男孩拳打腳踢，旁邊站著一位身著錦緞長袍的青年男子，一個小廝則站在他身邊，指著地上的小男孩喋喋不休地訓斥著。

這羅大公子是羅推官的大兒子？

夏衿打量了他兩眼。

羅大公子眉宇間依稀能看到羅維韜和羅三公子的影子。他站在那裡，身姿挺拔，表情冷峻，看起來是個教養不錯的人。

夏衿的目光落在他的衣飾上。

石刻青絳紋蜀錦夾袍，銀色鏤空雲紋鑲邊；頭上束髮的玉冠鑲嵌著寶石；腰間懸掛的玉珮通透碧綠，無不顯示出這位羅大公子對衣飾的講究。

心裡對羅大公子有了定論之後，夏衿便將注意力轉移到小廝的訓斥聲裡。

聽了幾句，她才知道，原來那衣衫襤褸的男孩剛才從旁邊衝過來，撞到羅大公子，順手把他懷裡的荷包給偷了。這一幕被跟在後面的隨從發現，這才把男孩抓住。

「這該死的小偷，就應該把他給打死！」身後的那位陳老爺憤憤道。

「唉，看看，那孩子只穿著一件薄薄的單衣，瘦得只剩一把骨頭，要是過得下去，誰願意做這種事？」另一人顯然心存悲憫。

夏衿聽著身後的幾人議論，看著躺在地上被打的男孩，眉頭慢慢皺了起來。

在她看來，偷東西既然被抓，那就要有被打的心理準備；就像她前世做殺手，隨時做好了被殺的打算。但偷東西畢竟不是殺人，打幾下懲戒一番就好了，沒必要往死裡打。

可羅家的這幾人似乎不這麼想，打人的隨從也不管男孩受不受得住，每一拳、每一腳都用了七、八分力氣，直打得男孩抱著頭，在地上滾來滾去，嘴裡大聲呻吟著；而羅大公子站在一旁盯著男孩，眼裡流露出厭棄之色，並未制止隨從的毆打。

「唉，再打下去，就要出人命了。」身後那心存悲憫的聲音道。

「怕什麼，羅大公子可是推官之子，無緣無故打死人都無所謂，更不用說這還是個小偷。」

夏衿盯著窗外，眉頭越皺越緊。

眼看那男孩抱著頭的手漸漸鬆開，露出骯髒的臉龐，緊咬的唇也鬆開了，夏衿便知情況不好。

她「騰」地一聲站起來，正要出去喝止，與此同時，一聲暴喝響起。「住手！」

緊接著，一個人影閃了過去，漂亮的旋身踢腳便把快要落到小男孩身上的拳腳擋下，隨即「砰砰」兩腳，羅家的兩個隨從便飛落到旁觀的人群中，摀著胸口倒在地上半天爬不起來。

「小兄弟，你沒事吧。」那人上前，扶起男孩。待看到男孩已處於昏迷之中，那人抬起頭來，怒視羅大公子。「不過是偷了點錢，你就把人往死裡打，一條人命，在你眼裡就只值幾兩銀子嗎？」

羅大公子沒想到會有人出來打抱不平，微微怔了一下。回過神來，他也沒有馬上回答，微瞇著眼睛打量了一下對方，確定對方眼生，並不是這城東哪家公子，也不是衣著不凡的權貴之人，這才冷冷道：「古代行律，便有竊宮者臏，拾遺者刖（注）的處罰。我這不過打他幾下，已是仁慈，萬不會要他性命。公子跳出來指責我草菅人命，意欲何為？莫不跟這偷竊者是一家？」

這是臨江城東，住在這裡的大多認識羅大公子，想要巴結或交好羅家的人更是不計其數。

羅大公子的話剛一落，四周便有無數幫襯的聲音。「年輕人，請慎言。羅大公子的為人我們都知道，向來是仁善仗義的。他打這一頓，不過是想給小偷一個教訓，望他改過自新，怎麼可能打死人？身為推官之子，這點律法還不懂嗎？年輕人你無端把罪名加在羅公子頭上，到底是何居心？」

「可不是，我看沒準兒這小偷就是跟他一夥的。兩人唱這雙簧，指不定就是哪個在背後指使，想藉此壞了羅大人的名聲。」

「就是就是，這世道，人心不古……」

那人大概沒想到周圍的人會如此說話，甚至連陰謀論都出來了，指著羅大公子和四周。「你、你們……」脹紅著臉半天說不出話來。

夏衿這才看清楚那人的長相。

那人不過十六、七歲，雖然穿著一件深青色綢緞長衫，面料不錯，做工精良，但顏色陳舊，顯然是穿得久了；衣襟下襬和鞋子上還有些灰塵，看上去灰撲撲的。不過他容貌卻是不錯，雖皮膚黝黑，卻也劍眉星眼，鼻梁高挺。那雙睜圓的眼睛尤其乾淨，如同一汪清澈見底的湖水，能照得見人影。

「公子、公子……」人群裡擠進一個人來，十五、六歲年紀，眉清目秀，小廝打扮，身上揹著個巨大包袱，手裡還拎著一把劍。他見那年輕人蹲在人群中間，懷裡還抱著一個人，嚇得聲音都尖細了幾分。「公子，你沒事吧？」

年輕人此時已放棄跟羅大公子爭辯，正低下頭去看那昏迷的男孩。聽到自家小廝的聲音，他頭也不抬地道：「沒事。」伸出手去掐男孩的人中。

羅大公子本也不想把事情鬧大，此時見那年輕人不再說話，轉過身去，對四周拱手作了個揖。「多謝各位仗義執言，羅宇在此謝過。」說著對隨從一揮手。「走吧。」穿過避讓的人群，朝羅府去了。

見沒熱鬧可看，圍觀的人也逕自散去。

夏衿見那男孩還沒醒來，連忙結了帳走了出去。「我來看看。」

年輕人聞聲抬起頭來。

對上他的眼睛，夏衿頓時一愣。

注：窺宮者臏，私入他人宅第，逕自窺視者，剜去膝蓋骨；拾遺者刖，路上撿到東西卻占為己有者，砍斷雙腳。

她沒想到，除了新生嬰兒，她還能在世人身上看到這樣一雙乾淨的眼睛。對，就是乾淨。

不光是眼睛，這年輕人給人一種極乾淨舒服的感覺，就像那秋日裡湛藍深渺的天空，透明純淨，一塵如洗。

「我掐了他的人中，卻還是不醒。」年輕人微皺著眉。「你們這裡哪裡有醫館？」說著就要把男孩抱起來。

夏衿回過神來，忙叫。「別動他。」低下頭去看那男孩。「我瞧瞧。」翻了翻男孩的眼皮，又拿過他的手來，摸了摸脈象。

「你還懂醫？」年輕人眼睛一亮，看到夏衿的手收了回去，忙又問：「他怎麼樣？」

「還好，沒事。」夏衿用指關節對著正會穴用力一頂，「唔」地一聲，男孩眉頭皺起，呻吟出聲，隨即緩緩睜開了眼。

「醒了，他醒了！」小廝在一旁驚喜地叫道。

「能說話不？哪裡不適？」夏衿看著男孩的眼，輕聲問道。

「手……」男孩嘴裡吐出一個字。

剛才夏衿把過他左右兩隻手的脈象，並不見異狀。她抓起他的右手，便要將袖子往上捲——手掌、手腕沒事，那受傷的就應該是手臂了。

「不！」男孩不知哪兒來的力氣，側身猛地一翻，將右手手臂壓在身子之下。但這一動作觸及傷處，痛得他臉上皺成一團，在微冷的春風中，額上竟然冒出豆大的汗。

「你這是……」年輕人鬆開的眉頭又皺了起來，耐心道：「這位公子懂醫術，你讓他給你看看。」

「不、不要……」男孩搖搖頭，臉漸漸紅了起來，一直紅到耳根。

夏衿心裡一動，轉移視線朝男孩的胸部看去，只見薄薄的、打滿補丁的夾衣裡，明顯有一圈用布條纏繞的痕跡。

待年輕人還要再勸，夏衿對男孩問道：「除了胳膊，還有哪裡疼不？如果沒有，你看能不能試著坐起來。」

男孩身上其實有很多傷，哪裡都疼，尤以胳膊為甚。不過聽了夏衿的話，他等痛勁稍過，還是掙扎著想要坐起來。

年輕人見了，忙上去攙扶。

「謝、謝謝您，我自己來就好。」男孩的臉越發紅得厲害，躲避著年輕人的手，不願意讓他碰自己。

年輕人疑惑著沒有說話，小廝卻不高興了，拉了拉主子的衣袖。「公子，咱們走吧。天色不早了，咱們還要找住處呢。」

夏衿聽了也趕緊站起來，準備離開。

身為殺手，她可不是什麼愛心氾濫的好人。在她看來，做小偷被打，根本不值得人同情，剛才伸手相助，也只是出於醫者的本能。現在年輕人要離開，她自然也不可能留在此處。以她如今的身手和身分地位、所帶錢財，不允許她惹上任何麻煩。

見三人誤會自己，男孩大急。「我不是……我不是那個……」卻半天說不出話來。

年輕人道：「阿墨，你給他一兩銀子。」

「公子！」小廝大驚，左右看看，生怕別人聽到這話，小聲道：「我們……我們一共只有二兩銀子，這要是給了一兩……」眼睛盯著男孩，戒備的神情很是明顯。

夏衿看了年輕人一眼，在心裡搖了搖頭。

要知道，一個走街串巷的小販，一年的收入不過是二十兩銀子；而五十兩銀子，就可以在郊外買一棟小宅子了。

這年輕人人生地不熟的，隨隨便便就施捨出一兩銀子，而且還是給個小偷。他就不怕這小偷恩將仇報，設個陷阱將他身上的錢財偷了去？就算這男孩有良知，可這財露了白，把別的壞人招來，也是一場禍事。

「叫你給你就給。」年輕人倒是挺有主子的派頭，又對男孩道：「拿著這銀子做個小營生，再別偷東西了。」

「公子……」男孩泣不成聲，翻過身來跪在地上，一個勁地磕頭。「多謝公子、多謝公子。小人本不是小偷，只是哥哥病重，無錢買藥才出此下策……」

「行了、行了。」見四周的人又看了過來，連茶館樓上都伸出幾個腦袋，朝這裡望，小廝把這男孩恨個半死，在懷裡摸了半天，摸出幾文錢，扔到地上，發出幾聲脆響，高聲道：「我家公子心善，給你幾文錢，你可別再偷東西了。」

年輕人見了，眉頭一皺，正要說話，卻見小廝湊近男孩，低聲耳語道：「一會兒分頭走，你到前面巷子來我再給你銀子，這會兒太顯眼，銀子給了你都要被搶。」男孩倒也機靈，感激地看了小廝一眼，嘴裡直稱謝。「多謝公子、多謝公子。」跪在地上一枚枚地把銅錢撿了起來。

「公子走吧。」小廝拉著年輕人就往前走。

夏衿早在年輕人說給一兩銀子的時候，就踱到路邊的商鋪簷下，做出不關我事的姿態。此時見年輕人走了，她趕緊也快步朝另一方向離去。

一盞茶工夫之後，她的身影已回到仁和堂的屋子裡。

折騰這麼久，夏衿也累了，躺到床上很快就睡去。這一覺睡得極香，直到傍晚時分，天冬進來叫她，這才醒來。起身穿了外衣，夏衿便匆匆出門，到了前面醫館，夏佑等人已收拾好東西在等著她了。

夏禪本是個調皮搗蛋的，今天被拘在夏正慎眼皮底下做事，在藥櫃前抓藥、秤藥站了一天，腰痠背疼，還被夏正慎責罵了幾次，早已一肚子火氣。

此時見夏衿還讓大家等，越發不忿，看夏正慎不在，陰陽怪氣地道：「老天真是不公呀。狎妓飲酒的人，進出有軟轎送迎，躺在屋子裡吃香喝辣，還得大伯、大哥探望安慰；咱們這些老老實實的，出入靠兩條腿走，站在櫃檯整整一天，辛苦勞作一刻未停，腰痠背痛就不說了，還得在這裡等著送別人回家。唉，苦命呀。」

「四弟，六弟不過是身上有傷，哪來那麼多說法？」夏佑在一旁道，又揮了揮手。「行了，廢話少說，趕緊走吧。」說著，頭痛地率先出了門。

對於唸書好又乖巧懂事的夏祁，夏佑是極有好感的。再加上對夏正謙的敬重，以及夏禱陷害夏祁的愧疚，夏佑便想在醫館裡好好照顧夏祁，因此今天特地到父親那裡求了情，給夏祁行了諸多方便。

卻不想引出了夏禪這番牢騷。

要是這兩人都是他親弟弟，倒也沒什麼，直接喝斥一通就完了，偏這兩人代表了夏府的二房和三房。

「大哥，我傷口不那麼疼了，明天可以做事。」夏衿跟在夏佑後面，輕聲道。

「六弟。」夏佑停住腳步，轉過身來感激地看了夏衿一眼，拱了拱手。「多謝六弟。」

夏禪在旁邊冷笑一聲。「裝得倒挺像！我看這傷早好了吧？這會兒拿來哄大哥。」

夏佑忍不住了，高喝一聲。「四弟！」

對於這位大哥，夏禪還是有些怕的。他撇了撇嘴，不說話了。

有夏佑護著，夏衿自然不會在這時跟夏禪爭論，一聲不吭地跟在夏佑後面，一拐一拐地出了醫館。

如此一來，這份識大體的行徑，又獲得了夏佑的一分好感。

第十四章

乘著馬車回到夏府，夏衿拒絕了夏佑讓軟轎來接的提議，扶著天冬，慢慢回了三房院子。

回到內院，夏衿先去見了夏正謙和舒氏。一看他們只關心她的傷勢和在醫館裡的處境，她便知道兄妹易裝的事，夏祁竟然連父母都瞞著，心裡極是滿意，在正院裡說了幾句話，藉口要去看妹妹，就直奔她住的小院。

薄荷正在廊上做針線，一見夏衿進來，便迎了上來。「少爺，您回來了。」

見薄荷並無異狀，顯然是不知真相，夏衿一挑眉。「妹妹呢？」

「姑娘在屋裡躺著呢，奴婢這就去通報。」薄荷說著，回身快步往屋裡去。

卻不想不知是夏祁耳尖，還是一直在窗邊看著，還未等薄荷掀簾進去，夏祁就一拐一拐地走出來，張嘴便想說話，可聲音一出，鴨嗓就出來了，把他自己都嚇了一跳，連忙閉了嘴，還不忘心悸地望了薄荷一眼。

夏衿忍住笑，扯著他的衣袖，吩咐薄荷道：「妳在外面就好。」一掀簾，直接將夏祁拽進了屋。

進了裡屋，夏祁便急急問道：「如何，被人看出來了嗎？」

夏衿白了他一眼。「被人看出來，我還能平安回來？」

夏祁長長地吁了一口氣，拍拍心口道：「我這心呀，可是懸了一天。妹妹，以後可不能這麼玩了，再來一回，我非要得心疾不可。」

夏衿也懶得跟他廢話，在床上趴了一天不能動彈，她一身都痠痛著呢，轉頭吩咐菖蒲。「拿衣裙首飾來，給我換裝。」又指著夏祁，毫不客氣地命令道：「先到外屋等著。」

夏祁也不知原來跟小貓一般溫順膽小的妹妹，何時變成了女土匪。他苦笑著摸了摸鼻子，轉身去了外屋。

夏衿換了女裝，便把夏祁叫進來，讓菖蒲給他換衣梳頭，自己出了外屋。等都收拾妥當，這才對夏祁道：「明日還是這麼辦。」

「妹妹……」夏祁大驚，還想勸說，夏衿卻舉手止住了他。「如果你不想過這樣的日子，就發憤唸書，在童生試上一舉考上秀才。」

夏祁默然。半晌，臉上露出堅毅的神情，抱起桌上的書本，轉身去了。

第二日，兄妹倆又如法炮製，夏衿扮成夏祁，跟著夏佑出了門——夏正謙跪得太久，膝蓋的傷勢極重，因而沒能去醫館。

夏正慎見夏衿今日沒有乘轎，而是走著出來，顯然是傷勢已好，能幹活了。倒是挺高興。虛情假意地關心一番，這才上了馬車。

到了醫館，夏正慎便給她派了抓藥的活兒，吩咐道：「跟著兩位師傅好好學著，抓了藥給師傅看過方可交給客人。」

夏衿答應一聲，也不逞能，照著新學徒的模樣，接過病人的藥方抓起藥來，速度雖然極慢，但好在穩妥，不出差錯。兩位抓藥師傅見了，放下心來，自顧忙自己的去了。如此足足忙了一個上午，直到正午時分，夏衿才回了自己昨天待的那間房。

天冬早已提了飯菜候著，此時見夏衿進來，忙端水給她淨手，又將飯菜擺上。

夏衿剛吃過飯，就有醫館的學徒石華進來。「六少爺，外面來了個人，說要見你。」

「什麼人？」夏衿心裡一緊。她擔心夏祁的同窗過來找她，如此一來，兄妹易裝的事就容易露餡兒。

「不知道，是一個小廝。他原本要找夏郎中，我說夏郎中沒來，他又說想在外面見一見你。」

聽著是小廝打扮，夏衿心裡一動，點頭道：「那我出去看看。」

跟著石華出了醫館大門，夏衿就見一輛馬車停在不遠處，一個小廝正面帶焦急來回踱步，還時不時抬頭往這邊看上一看。

看見夏衿出來，小廝十分高興，忙迎了上來，恭敬地叫了一聲。「夏少爺。」

認出他是羅三公子院裡的下人，夏衿心裡一喜，轉頭對石華道：「這是我同窗的小廝，找我有些事，剛才有勞石師兄了。」

石華笑著點頭，轉身回醫館去了。

「走吧，到那邊說話。」夏衿轉身朝前走去，直到進了一個胡同口，這才止住腳步。

「說吧，什麼事？」

「小人是羅家小廝樂山。我家公子喝了您開的藥，感覺好了一些，便讓小人過來請您再去看一看。」
夏衿盯著小廝問道：「剛才怎麼不進醫館？」
樂山面露尷尬之色，結結巴巴道：「我、我家老爺不願意讓公子服用您開的藥……」他抬起眼來。「我家公子的意思，是想病情穩定一些，再告訴老爺。」
夏衿點了點頭。
羅三公子的做法，倒正合她意，這件事，她也不想鬧得人盡皆知。
「你趕了馬車來？」她回頭望了那馬車一眼。
「是。」樂山見夏衿懂他的意思，表情輕鬆許多。
「那走吧。」夏衿領著天冬上了馬車。
一炷香後，馬車在羅府的一個角門前停了下來。
「夏公子。」樂山跑過來，臉上露出歉意的神情。「因要瞞著老爺，所以只能委屈您走角門了。」
「沒事。」夏衿倒是無所謂，掀開車簾下了車。
樂山又為難地看了看天冬，對夏衿道：「夏公子，您這下人……能不能讓他在這裡等著。」
夏衿知道羅騫住在後院，天冬跟進去多有不便，轉頭對他道：「你在這兒等著。」天冬這兩天提心弔膽地習慣了，乖乖應了一聲，回身上馬車等著。

夏衿跟著樂山進了角門，轉來轉去，最後進到一處花園。

「夏少爺，請稍等。」樂山忽然緊張地停住腳步，伸手就想把夏衿往旁邊假山拉。夏衿哪裡肯讓他觸碰自己？一閃身把他的手避了開來，靜靜地看著他，等他說話。

一進這花園，她便聽到有女子的聲音，自然知道這是羅府的後花園。如今樂山這緊張的神情，想來是怕遇見什麼人。

只是，樂山怕，她可不怕。她是來給羅三公子治病的，大大方方就好。如果躲躲藏藏，再被人發現，怕是要被誣衊成竊賊。而樂山此時這麼害怕被人發現，想來也不會為了她這個小人物出面作證，到時候，她就是跳進黃河都洗不清。

樂山見夏衿不動，心裡著急，張嘴正想說話，假山後面的小路上就迎面轉過來幾個人。

樂山眼看躲不過去，只得上前去給走在中間的一位婦人行禮。「小人樂山，給章姨娘請安。」

夏衿抬了抬眼眸，只見那婦人杏眼桃腮、蛾眉輕掃，極是美貌，穿著一身蜜蕊色窄袖小襖、紫羅蘭繡花長裙，頭上戴的珠花足足有小拇指一般大，顆顆渾圓，穿著打扮比羅夫人還要講究幾分。

她心裡一動，對這女人的身分有了幾分猜測。

章姨娘並未停住腳步，只不經意地朝夏衿瞥了一眼，漫不經心地問道：「這是誰？」

樂山只得轉過身答道：「這是三公子的同窗，來看望三公子。」

章姨娘聽著，停住了腳步，上上下下打量著夏衿。

夏衿便站在那裡，隨她打量。

「你是哪家的孩子？」章姨娘忽然問道，態度倒還溫和。

「城南夏家。」夏衿道。

臨江城是三面環江，一面靠山。城雖不大，因有四個城門，卻也分出了城東、城西、城南和城北四個區域。城東地勢平坦，住的都是豪門世家或官宦之家；城南緊靠城東，有錢的商人、小吏都往這區擠；城西因緊靠山峰，地勢逼仄不平，住的大多是小門小戶和貧戶；而城北則介於城東和城西之間，較為魚龍混雜。

章姨娘聽得這孩子家住城南，便不以為意，微一頷首便將手遞給身邊的丫鬟。「走吧。」繼續緩緩前行。

直到章姨娘一行人轉了個彎看不見了，樂山這才直起身子，對夏衿道：「夏公子，請吧。」

夏衿瞥了他一眼，跟著他往裡走。

順著花園走了一會兒又過了兩道拱門，樂山這才帶著夏衿進了一個院子。

「樂山，你可回來了，公子都問了好幾遍。」一個丫鬟迎上來嗔怪道。

轉眼看見夏衿，她又連忙屈身行禮。「夏公子你來了，我家公子在屋裡等著。」

「嗯。」夏衿點了點頭。

這個丫鬟，是羅騫的貼身丫鬟，叫做彩箋，她上次來時見過。羅騫還有一丫鬟，似乎叫尺素。

進了外屋，彩箋腳下未停，直接打起裡屋的簾子。

夏衿進去，便看到羅騫依然靠坐在床上，閉目養神。不過臉色比她上次來時要好看一些，不再那麼青灰嚇人。

「公子，夏公子來了。」尺素在他耳邊輕輕說了一聲，便搬了一張凳子，放到床前，又轉身去沏茶。

羅騫緩緩睜開了眼。

夏衿走到他面前，拱手行了個禮。「羅公子。」

羅騫微一點頭。「坐。」從被子裡伸出手來。「麻煩你……再看看。」

彩箋忙上前去，將他的衣袖挽了上去，露出竹竿似瘦瘦的手腕。

夏衿也不多話，伸出手來，仔細把脈，幾息之後，將手縮了回來。

微閉著眼睛的羅騫又睜開眼。「如何？」

夏衿點點頭。「情況已有好轉，再吃上一段時間藥，羅公子便可下床走動了。」

羅騫盯著夏衿，慢慢露出淺淺的笑意，聲音微弱地道：「有勞夏公子了。」

夏衿頷首，站起來走到桌前，將藥方寫了下來，遞給羅騫。

他將藥方認真看了一遍，點了點頭。「多謝。」示意彩箋將旁邊的竹枕打開，將藥方放到裡面。

做完這些，他才道：「給夏公子……封十兩謝銀。」說著他抬眸望著夏衿。「待我病好，再登門拜謝。」

夏衿露出淡淡的微笑。「羅公子客氣了。」

羅騫定定地看了她一眼，輕輕點了一下頭，便緩緩閉上眼睛。

夏衿轉身往外走。

跟著樂山原路返回，出了門坐上了車，夏衿掀起車簾，深深地看了羅府那扇側門一眼，嘴角微翹，顯得心情極好。

到了醫館，夏衿下了車，不疾不徐地朝裡面走去，一進後院，就聽到夏禪陰陽怪氣的聲音。「喲，這不是六弟嗎？出去玩回來了？」

夏衿蹙眉，轉過身去，冷冷地看了夏禪一眼，舉步就往自己屋裡去。

仁和堂午時休息時間是半個時辰。剛休息時那一番爭吵花了些時間，她再去羅府轉了一圈，時間已不多了。天冬提著食盒去廚房將飯菜熱了熱，主僕兩人稍微吃了一點，邢慶生就在門口叫了。「師弟，該到前面去了。」

「馬上來。」夏衿趕緊就著冰冷的濕布巾淨了一下臉手，走了出去。

邢慶生見她出來，正要說話，就聽身後傳來一個聲音。「祁哥兒，你中午出去了？」

邢慶生和夏衿聞聲望去，便看到夏正慎站在廊下，身後還站著個夏禪。

夏衿定定地看了夏禪一眼，笑著解釋道：「是的，大伯。同窗看我沒去學堂，擔心我出事，便叫小廝來打聽一下。我想著應該跟他們打聲招呼，說我以後不去學堂了，就出去了一會兒。」

幾番接觸後，她也看出來了，只要不是夏正慎自己的妻兒，夏家其他人最好是只賺錢，不花錢。她表明以後不再去學堂，夏正慎只有高興的分。

果然，夏正慎聽了這話十分高興，不再追究她出去的事，只叮囑道：「以後中午還是在醫館裡歇息得好，歇息好了，下午才有精神做事。」

「是。沒什麼事的話，我不會出去的。」夏衿表現得很是聽話。

夏正慎滿意地點點頭。「走吧，前面醫館開門了。」率先朝前面走去。

夏禪恨恨地瞪了夏衿一眼，跟在夏正慎身後進了醫館。

第二日，夏正謙的膝蓋已好得差不多了，跟著夏衿一起去了醫館。一個上午的時間，大家都在忙碌中度過。

到了未時，醫館來了一個中年男子，雖著青衣小帽，卻昂首挺胸，十分有派頭。

他一進來，就掃視了屋裡一眼，高聲問道：「哪個是夏郎中？」

夏正慎醫術淺陋，平素並不敢給人看病；夏佑則未出師，這仁和堂內能被稱作「夏郎中」的，就只有夏正謙一人。

權貴人家來請人看病，就是這般模樣，夏正謙早習慣了。一聽到這人問話，他就站起身來，拱手笑道：「在下就是。」

「哦。」那人大大咧咧地走過來。「我是羅推官府上的下人，我家老爺聽聞夏郎中醫術高明，想請夏郎中給我家三公子瞧一瞧病。」

這話一出，旁邊的病人輕聲議論起來。「呀，是羅府的。」

「他家三公子可病了有一段時間了。」

「可不是，聽說請了京中的御醫來看呢。」

「御醫都看過，還來請夏郎中，難道御醫都瞧不好羅公子的病？」

「要是羅公子的病被夏郎中看好了，這豈不是說咱們夏郎中比御醫還厲害？」

夏正謙一聽是羅家來找，心裡一驚，轉頭看了夏衿一眼，忐忑不安。

夏正慎一聽是羅推官府上，立刻喜得見牙不見眼。當初夏正謙跑去羅府退親，他還憂心得罪羅家，整天提心弔膽就怕衙役來醫館找麻煩，後來一直平安無事，他這才放下心來。如今羅府竟然不計前嫌，來請夏正謙去給羅三公子看病，這結交羅府和揚名立萬的大好機會，他怎麼會放過？

他上前笑咪咪地拱手道：「原來兄台是羅大人府上的，難怪舉手投足間氣度不凡。兄台貴姓？」

聽得這話，一直從容抓藥的夏衿手上一抖，差點把戥子上的藥給撒了下來。

羅府那下人倒是很受用，聲音明顯緩了下來，不像原來那麼咄咄逼人。「免貴姓于。」

他環顧一周，催道：「夏郎中呢？趕緊叫他收拾東西跟我走。」頓了頓又補充一句。

「對了，還有夏郎中的那位公子，也一起去。」

這話一出，夏衿頓時感覺好幾道目光朝她望來。

「這就走、這就走。」夏正慎點頭哈腰，轉過頭對夏正謙道：「三弟，趕緊提了藥箱跟這位于管家去羅府。」又望向遠處的藥櫃。「祁哥兒，把手上的事交給石華，你跟你爹去一趟羅府。」

「好的。」夏衿應得很是乾脆，把手上的藥方交給石華，告訴他自己抓到了哪一個藥名，淨了手便去了夏正謙身邊。

夏正謙見夏衿一臉平靜，從表情上根本看不出一點端倪，而且像沒看到他的目光一般。他心裡不安，卻又不好當著眾人的面相問，只好一個勁地向她眨眼睛。

夏衿心裡好笑，卻依然裝作未見，只低著頭看著地面，一臉老實乖巧。

夏正慎見夏正謙愣著不作聲，生怕惹于管家不高興，連連催道：「三弟，愣著幹啥？還不趕緊走？」

「好。」夏正謙也不敢耽擱，提起藥箱，對夏衿叫了聲。「走吧。」便跟著于管家出門。

那于管家在夏正慎面前擺架子，但在夏正謙面前卻比較客氣，讓他們上了馬車，自己則坐在車轅上。

夏正謙等著馬車緩緩朝前行駛，這才湊到夏衿面前，低聲問道：「你是夏祁還是夏衿？」

第十五章

夏衿笑了起來，頑皮地眨了眨眼。「您猜。」

這下不用猜了，夏正謙吁了一口氣，坐直身子。「這幾天來醫館的一直都是妳？」

「嗯。」夏衿點點頭。

夏正謙長長地嘆息一聲，不說話了。

不讓女兒來醫館，就意味著夏祁不能在家裡看書。一邊是女兒的聲譽，一邊是兒子的前程，哪一個都很重要；偏他沒本事，不能同時保全兩者，這讓他心裡很不好受。

夏正謙為什麼嘆氣，夏衿不用想都知道，她低聲道：「爹，放心吧，我不會讓人發現的，影響不了聲譽。」

夏正謙又嘆了一口氣，也只能如此了。

等到夏祁考中秀才之後，夏衿就不用拋頭露面了，到時候，羅公子的病也該好了吧？

夏衿坐在一旁，想的則是另一回事——不久就到童生試了，她得在這之前讓三房從夏府搬出來才好，否則一個秀才孫子，老太太怕是捨不得放手；再說羅騫的病總不能拖上一、兩個月不見丁點兒起色吧？到時候，影響的還是夏正謙的聲望。

馬車很快地駛到羅府門前。于管家領著他們到了二門處，交給等在那裡的一個小丫鬟，小丫鬟又把他們帶到羅騫院裡。

這一次，羅夫人也在那裡，見了夏正謙父子來，她的態度比起上次熱情不少。「夏郎中來了？」又叫丫鬟。「趕緊上茶。」轉頭寒暄。「外面挺冷吧？趕緊喝杯熱茶暖暖身。」

屋子裡卻不見羅維韜。

因為對羅家的情況有了一定的瞭解，夏衿這一次對羅夫人的興趣明顯增加。

她藉著飲茶的當口，隱晦地打量了羅夫人一下。

如果沒有比較，羅夫人也算得上品貌端正，風韻猶存；但跟章姨娘一比，就差了不止一星半點兒——光是年齡就老了幾歲，皮膚蒼白還有些雀斑，眉宇之間還隱含著鬱氣，便是笑起來笑意也不到眼底。

這就是個在婚姻中不幸福的可憐女人啊！夏衿在心裡嘖嘖嘆息了兩聲。

夏正謙喝了兩口茶，便站起來。「羅夫人，我還是去看看令公子吧。」

「那好。」羅夫人對夏正謙的態度極滿意，放下茶杯款款站了起來。「夏郎中裡屋請。」說著，瞥了夏衿一眼。

早有丫鬟打起簾子。

夏正謙和夏衿跟著羅夫人進了裡屋，便看到羅騫仍靠坐在床上，不過手裡卻拿著一本書，正看得聚精會神。

「哎呀，騫哥兒，你怎麼又看起書來了？不是告訴你別勞神嗎？」羅夫人立刻化身為慈母，嘴裡不停嘮叨著，跟剛才矜持的貴夫人模樣全然不同。

直到手中的書被拿走，羅騫這才依依不捨地將目光收回，嘴裡道：「我好多了，而且坐在床上實在無聊得緊。」抬眼看到夏正謙和夏衿，他眼睛一亮，綻開笑容。「夏郎中、夏公子，你們來了。」

夏衿暗自點頭。

這才一天不見，羅騫的精神比昨日又強了許多，說話也不像原來那般有氣無力。果然是練過武功的年輕人，身體的底子在那裡，只要用對了藥，恢復起來，比一般人要快。

夏正謙上前給羅騫把了把脈，半瞇的眼睛一下睜圓了，他看向夏衿，又看看羅騫，試探著問道：「羅公子，這幾天你用的藥就是犬子上次開的方子？」

羅騫點點頭。「是的。」

夏正謙站起來看著夏衿，半天說不出話來。

雖然上次夏衿說了一通理論，把他震住了，但理論終究是理論，如今看到像羅騫這樣連御醫都束手無策的病，竟在女兒手中被治好，他一下子百感交集。

夏衿也上前把了一下脈，點頭道：「方子不用調，繼續吃就是了。」

「夏公子，這次多虧了你。」羅夫人神情頗為激動，眼眶有些泛紅。

「羅夫人不必客氣，治病救人，本是醫者本分。」夏衿對於這位疼愛兒子的婦人，還是挺敬重的。

羅夫人抹了一下眼淚，向尺素招了招手，對夏正謙道：「令公子救了我兒子，這份恩情，銘記在心。這點心意，還請收下。」

尺素將荷包裡的東西倒了出來，托在手掌上——是兩錠五兩的銀子。待夏正謙看清楚，尺素又將銀子裝好，將荷包遞到夏正謙面前。

「不不，這太多了。」夏正謙連連擺手。

羅夫人道：「應該的，拿著吧。待騫兒病好，必另有重謝。」醫家出診，收診金也是天經地義的事。夏正謙去給大戶看病，把重病之人救活，對方感謝個十兩、二十兩銀子也是有的。他剛才不好意思拿，也不過是因為羅騫的病剛有好轉，尚未痊癒。

此時見羅夫人說得真摯，他便也不推託，接過荷包連聲感謝。看了病，夏正謙和夏衿便告辭離開。

出了羅府，上了馬車，夏衿看著夏正謙，正色道：「爹，我有件事要跟您說。」

夏正謙正沈浸在複雜的心緒之中——女兒醫術高明，比御醫都還厲害，這是喜；可醫術高明的卻偏偏是女兒，她還喜歡這種拋頭露面、為人看病的生活，這是憂；而他學醫數十年，醫術還不如十四歲的閨閣女子，這是沮喪和惆悵。

看女兒表情嚴肅，他忙收斂情緒。「妳說。」

「我為羅公子治病一事，一經傳出，有什麼後果，想來爹爹您也清楚。所以回去後，還請爹爹為此保密，只說羅家是請您看病。」

夏正謙聽了，一時沒有說話。

他自然知道，夏衿就算是以夏祁的名義行醫，也年齡尚小，原來又一直在學堂裡讀書，這會兒忽然間說她醫術高明，比他、比丁郎中和京裡的御醫還要厲害，說出去，就是一大笑話。

醫術這東西，不是天資聰明就能一蹴而就的，得經歷許許多多的病例積累經驗。光是一個脈象，細分起來就有二十幾種病因，不接觸各種病人，又如何能準確區分？

退一萬步說，就算羅府出來幫著說話，夏衿又用幾個醫案證明她醫術高明，可那又怎樣？她頂的可是夏祁的名！等大家紛紛上門來找她看病、稱她為神醫、夏正慎更把她當成仁和堂的頂梁柱時，真的夏祁將如何自處？當她的女兒身被發現時，她又何去何從？

想清楚這些，夏正謙深吸了一口氣，盯著夏衿道：「這件事，絕不能往外說，妳就裝作學徒，頂過這一、兩個月，等妳哥哥考完就好了。」

「好。」夏衿表現得很是乖順。

跟夏正謙爭辯無用，所以她懶得再說。反正到時候該做什麼就做什麼，她可不會受這禮教的束縛。

「還有，羅公子的病雖有好轉，但誰也不敢保證中途不出狀況。所以待會兒大伯問起來，您就說沒把握，先試試看吧；否則萬一治不好，祖母那裡……」夏衿笑了一下，沒有說下去。

夏正謙自然明白夏衿的意思。如果他一開始就說可以治好羅騫的病，到後來卻又治不好，那老太太怕是又要大鬧一場。

他露出疲憊的神色。「放心吧，我知道怎麼說。病這東西，誰能打包票能治好？」

夏正謙既然這樣說，夏衿便放下心來。

到了醫館，兩人剛下車，夏正慎就從醫館裡迎了出來，面帶急切之色。「如何了？」

「進去再說。」夏正謙進了醫館，穿過大堂直到後院，這才把羅騫的病情跟夏正慎說了一遍。「我尋思著，羅大人找了那麼多郎中，大家必是開止血藥，但都不見效，我就另開了個方子試試。」

「那把握有多大？」夏正慎急切地問。

夏正謙深深看了夏衿一眼，端起茶來喝了一口，這才道：「沒什麼把握。」

夏正慎皺起了眉頭。

想來想去，他也沒什麼法子，只好盯著夏正謙，意味深長地道：「治好羅公子的病，其中的好處，就不用我跟你細說了吧？你可要好好地治。」

夏正謙不高興了，抬眸正色道：「不管是誰，只要是我的病人，我從未不盡心的，大哥這話要給人聽到，還不知怎樣想我呢。」說著站起來。「我去前面了。」拂袖就往前頭醫館去。

「唉，你爹就是急躁，我可不是那個意思！」夏正慎只得對夏衿抱怨道。

夏衿笑笑，不置可否，將茶碗放下站了起來。「大伯，那我去前面了。」

「去吧去吧。」夏正慎揮揮手。「好好勸勸你爹，別那麼拗，沒事多琢磨琢磨羅公子的病症。治好了他，你妹妹退親的事人家也不會計較了不是？」

「是，我知道了。」夏衿敷衍了一句，去了前堂。

或許是因著羅三的病，夏禪對夏正謙父子有了顧忌，又或許是夏正慎警告了他，接下來那半日，他再沒出什麼么蛾子。

晚上回到夏府，夏正謙和夏衿剛到院子門口還沒來得及換衣服，就聽人來報，老太太有請。

夏衿沒法，只得跟著夏正謙去了上房。

「老三來了，趕緊坐吧。」老太太難得對夏正謙露出笑容。

她這個笑容卻沒讓夏正謙感覺到母愛和關切，反而生出惶恐來。「兒子不敢。娘讓兒子過來，不知有何吩咐？」

見夏正謙不順著自己的意思上演母子情深的戲，老太太頓時不耐煩了，口氣極衝地道：「叫你坐你就坐，囉嗦什麼？」

夏正謙這才鬆了一口氣，在下首找了張椅子坐了下來。

對於老太太的秉性，夏衿太清楚了。她知道，如果她也跟著坐下，老太太立刻會指著她大罵一通，說她沒教養、不懂尊卑。她自然不會去討那個罵，便站到了夏正謙身後。

老太太看了她一眼，見沒什麼可挑剔的，這才對夏正謙道：「羅大人府上請你去給三公子看病了？」

「正是。」夏正謙欠身回道。

「你有幾分把握？」

夏正謙抬起頭來，望了夏正慎一眼，回道：「兒子醫術不精，對羅三公子的病，並無把握。」

「醫術不精就好好學，別整日裡跟老婆、孩子躲在屋裡玩鬧。你看你爹，哪時不是手裡拿著醫書，腦子裡盡琢磨醫術的？你再看看你，像什麼樣子……」

老太太又數落了一通。

夏衿聽了只感到無言。

夏家三兄弟，老大夏正慎早上按時去醫館，傍晚再按時回家，平日在醫館裡，只是四處瞧瞧看看，防止大家偷懶，然後就拿著茶杯喝茶，最是悠閒自在；老二夏正浩就更不要說了，今日參加詩會，明日城裡哪個秀才老爺請去看花，後日就跟幾個小妾在府裡吃酒玩樂，整日無所事事。

只有夏正謙，每日在醫館裡忙得連喝口水、上廁所的時間都沒有，這些都不用說。半夜有病患來請，不管颳風下雨，暑九寒天都得去；出外診的話，有時候一出去就是一天，夜深才得回家。像今天這樣能按時回家的，一年之中也沒有幾次。

偏偏到了老太太嘴裡，他卻成了最閒的人，整日裡啥事不做，就只在家裡跟老婆、兒女玩鬧！

說出去，就是天大的笑話。

夏正謙想是被罵習慣了，老太太在上頭罵著，他就木著臉聽著，時不時地應答一句。

「娘教訓的是，兒子知錯了。」

罵了一通，見夏正謙態度還算恭順，羅家的病也還得靠他去治，老太太終於喘了口氣，不罵了。「不管怎麼說，羅公子的病，你定得給治好了。你二哥如今閒在家裡，沒個營生。你治好羅公子的病，到時候跟羅大人說說，在衙門裡給你二哥討個差事。他要求也不高，給知府大老爺做個幕僚、師爺倒也使得。」

這話一出，夏正謙一臉苦笑。

這臨江城也算得鍾靈毓秀，人才輩出，秀才一抓一大把，想做個私塾先生，孩子家長還得琢磨琢磨，考校考校你學問好不好呢；至於舉人，也不在少數。可現在，老太太一張嘴就是給知府大老爺做幕僚、師爺，這癡人說夢呢。

不過，夏正謙知道此時要是跟她講道理，劈頭蓋臉就只有一頓臭罵，只得應道：「兒子定然盡力。」

老太太揮揮手，滿臉不耐煩地道：「行了，那就這樣吧。」說完又厲聲道：「定要好好治，要是讓我知道你留丁點兒的力氣，我定不饒你！」

「是是。」夏正謙苦笑著站起來拱拱手，轉身就要出去，夏祁自然跟在後面往外走。

老太太看到夏衿，似是想起什麼，忙又叫道：「對了，老三。」

夏正謙只得轉過身來。「娘，何事？」

「明兒去羅府，你帶禪哥兒去吧，那是你自己的親姪子，好歹也提攜些。祁哥兒以後有的是機會，這次羅府他就別去了。」

夏正謙半天沒有說話，但袖子下的手掌卻緊緊握成了拳頭。好半晌，他才出聲道：「娘，這事不是我不願意，而是羅三公子他指定要祁哥兒過去；要不您問問大哥，羅府人來時，是不是指名祁哥兒？」

老太太冷哼一聲。「那羅三公子病了些時日，久沒跟同齡人說話，見了祁哥兒免不了有幾分新鮮，所以點名叫他。你帶禪哥兒去，他認得禪哥兒了，自然也會特地叫禪哥兒。」

夏正謙還想再說，夏衿拉了拉他的袖子，低聲道：「爹，就照老太太吩咐辦吧。」

夏正謙看看她，再看看老太太，嘆了口氣。「是，兒子知道了。」

老太太這才滿意地揮手。「行了，去吧。」

夏正謙父女倆剛下臺階，就聽老太太在屋裡叫道：「趕緊去叫他們過來吃飯，為了那兩個孽畜，耽誤這老半天時間，想必我那乖孫子早就餓了。」

夏正謙深深地吐了一口心裡的鬱氣，快步出了院門。

出了院門走了好一會兒，眼看離得上房遠了，他才出言安慰夏衿。「待明日去了羅府，我私下跟羅夫人提上一提，來人到醫館時只點名叫妳去，不提禪哥兒，他們自然就沒法了。」

「沒事。」夏衿笑道：「羅公子的病，守方就行，我不去沒關係，您帶四哥去好了。」

夏正謙見夏衿是真的無所謂，並不是說氣話，不由得感動又愧疚，喊了一聲。「衿姐……」

「爹！」夏衿趕緊打斷他，左右看了看。

夏正謙一驚，知道自己失言，趕緊也四處觀望。見近處並沒有人，這才放下心來。

「爹爹，以後請慎言。」夏衿正色道。

劃。

要是被夏府人知道她女扮男裝，還不定鬧出什麼事。鬧事她倒不怕，只擔心打亂原定計劃。

「放心吧，下次不會了。」夏正謙卻更加愧疚。

第十六章

第二日，羅府人來叫時，夏正謙果然帶著夏禪去了羅府。

小半個時辰後，他回來了，把夏衿單獨叫到一邊。「羅公子問妳為什麼沒去，我說是家裡老太太的意思，想讓禪哥兒見見世面。」

夏衿倏地抬起頭來，看向夏正謙，她沒想到夏正謙會這麼回答。

他為人謙和，可從來不說讓人難堪的話，做讓人不舒服的事；更何況，這事還涉及老太太！

看到夏衿詫異的神色，夏正謙解釋道：「如果不這麼說，羅家還以為咱們搪塞他們，拿羅公子的身子開玩笑。已經有過一回這樣的誤會了，我不想讓他們再誤會。」

他嘆了一口氣，望向別處，聲音變得低沉。「反正請咱們去，羅家人一定調查過妳我，夏家的大小事，瞞不過他們。」

夏衿眨了眨眼，對這事不予置評。「那羅家人怎麼說？」

「羅夫人當場便發了火，說要派婆子過來斥責老太太，不過被羅公子攔住了。羅公子說，如果妳想要正大光明給他治病，他會全力支持妳；待他病好了，也會告訴別人他是妳給治好的。」

聽到這話，夏衿的嘴角微微翹了一翹。

羅騫如此力挺，看來很願意與她合作，這樣就好。

夏正謙看了夏衿一眼，繼續道：「羅公子說，他的病還得請妳治，所以讓我轉告妳，請妳到巷口街角那裡去等著，他會派人在那裡接妳。」說著，臉色便不大好看。

聽羅騫那意思，是要派人私下把夏衿接過去給他瞧病。可夏衿是女孩子，現在天又這麼晚了，就這樣單獨去羅府，被人知道的話，她的名聲可就要毀了。

偏自己沒能耐醫治羅三公子的病，而自己老娘還無事攪三分，夏衿這樣做，也是為了給他和老太太彌補過錯，女兒不光沒有錯，還十分委屈呢。所以這事他沒法阻攔，也不能說什麼。

真讓人鬱悶！

夏衿看了看天色，發現天已暗下來了。「那我去換衣服。」

夏正謙想了想，找了夏祁的小廝天冬，叮囑他到了羅府一定要緊跟著少爺。

天冬雖然嘴上答應，心裡卻十分納悶。這幾天他總覺得少爺怪怪的，如今連老爺都變得奇怪起來，到底出了什麼事？

以至於夏衿打扮成夏祁的樣子，跟天冬在二門外會合時，就發現天冬老偷偷打量她。

她低頭打量了一下自己，沒發現有何不妥，疑惑地抬起頭來問天冬。「怎麼了？」

天冬連忙避開目光，結巴道：「沒、沒什麼。」

夏衿揚了一下眉，思忖著要不要把自己假扮的事告訴天冬；但一想天冬忠心有餘而機靈不足，膽子又小，知道真相後怕會緊張失措，只得打消這主意。

主僕倆到達約定地點時，樂山已在那裡等很久了。

「夏公子，我家公子說了，如果夏公子覺得有必要，小人可以到夏府去請您出診。」樂山的態度比起上次更為恭敬。

夏衿擺擺手。「不必那麼麻煩，我直接去就好了。」說著逕自上了馬車。

到了羅府，仍是樂山送到二門，由彩箋接了進去，羅夫人不在，屋子裡只有羅騫和尺素兩人。

今天的羅騫，穿著一件繡著銀色紋飾的紺藍色綢緞長衫，更顯得皮膚白皙，眼如點墨；他的唇也不再像原來那麼蒼白，此時已帶了一層淡淡的紅暈；臉上也有肉了，再不像原先那般顴骨突出，瘦得厲害。在高挺的鼻梁映照之下，整個臉龐如大衛雕塑一般，五官立體，英俊逼人。

「今天氣色不錯。」夏衿朝他點頭微笑道。

羅騫抬起眼，望著眼前這位醫術厲害的少年，頷了頷首。「謝謝。」聲音低啞，卻如大提琴的旋律般動聽。

見尺素拿了碧綠色綢緞棉墊來，他主動伸出手，放到墊子上。露出的一小截手腕強壯有力，手掌寬大厚實，手指修長卻指節突出。

夏衿把自己的手放上去，搭在他的手腕上，兩人的手一大一小，一粗獷、一細膩，瞬間形成鮮明的對比。

羅騫抬起眼眸，靜靜地看了她一眼。

這一下，心無旁騖的夏衿，忽然不自在起來。她匆匆把了個脈，便把手收了回來，下意識地攏在衣袖裡。

夏衿定了定神，走到彩箋早已備好文房四寶的桌前，背著羅騫道：「我給你開個食療方子，配著藥吃，效果更好。」

「有勞。」羅騫也不知本身就是個沈默寡言的，還是身體不適，不想說話，夏衿來了幾次，言談之間，他都是用辭簡短而又禮貌周全。

夏衿寫好食療方子，又把原來的藥劑微調了一下用量，吹乾後將其遞給尺素，拱手道：「如果羅公子沒別的事，我就告辭了。」

羅騫抬起眼眸。「往後你每日……」

夏衿接過他的話。「其實羅公子這病好得差不多了，照著這藥方吃下去即可；如有需要，公子再派人去叫我便是，不必每日都來的。」

見夏衿收拾東西要走，三人中最沈不住氣的彩箋急了，也顧不得自己是不是該插話，便道：「我家公子身體矜貴，夏公子還是每天過來看看才好。」

夏衿沒有說話，只看著羅騫。

羅騫卻沒接這話茬兒，抬起眼眸，注視著夏衿，忽然很認真地道：「你家的情況我都知道，你想不想搬出來？」

饒是夏衿經歷兩世，心思沈穩，也被羅騫這不按牌理出牌的節奏弄得詫異了一下，沒有馬上回答。

羅騫也不著急，只靜靜地望著她。

心思急轉之間，夏衿終於找著了頻率，也很坦然地點了點頭。「是。」

「我可以幫你。」羅騫簡潔地道。

夏衿望著他的俊臉，忽然間就笑了。

羅騫這直來直往很坦然的性格，很對她的胃。

她開口道：「你想要什麼條件？」

羅騫望著夏衿，挑了挑眉，片刻之後，也笑了起來，露出雪白的牙齒。

坦蕩大氣，沒有一絲小家子氣。他還真好奇夏家是怎麼養出這樣的少年的？難道，是受他那師父的影響？

兩人都不再藏著掩著，打開天窗，把陽光放進來，整個屋子的氣氛便好了起來。

「以後開醫館，咱們五五分成。」他道。

夏衿搖頭。

她知道羅騫的處境，所以，不用想都明白他的想法。

世間之人，無論貴賤，都會生病，生病了就得去尋郎中。權貴之人又更為惜命，一旦有人把他的病治好，內心感激自不必說，為了以後性命無憂，還會跟這醫術高明的郎中保持良好關係。

如果由羅騫出資開醫館，夏衿和夏正謙坐堂，他來出面宣揚他們的名聲，推薦給他認識的權貴，那麼夏家父子行醫所獲得的人脈便是他的人脈。以後他考上進士做了官，夏衿還可以跟他到京城或任上去，繼續為他拓展人脈，這絕對是一大利器。

除此之外，醫館還能在金錢上帶來一定收益。

這對於他，所有好處是顯而易見的！

而從另一方面來看，對夏正謙和夏衿，這事也是大有裨益的。

首先夏家三房不用再給夏家人做牛做馬，就算賺再多的錢，也不必再看別人的臉色。

其次，有了醫館五成的收益，三房可以在外面置私產，還可以借羅騫的權勢在臨江城獲得一定地位，以後到京城或任上，還可以完全擺脫夏家，開創一方天地。而羅騫能走多遠，就能給夏衿撐起多大的一片天。官與醫，互相扶持，互惠互利。沒準兒，他們還能混到京中成為御醫。

可這，絕不是重生一回的夏衿所想要的。

死過一回，她名利心很淡，只想賺些錢，嫁人生子，過一段平凡普通而有滋有味的日子。

上輩子臨死前，她是有遺憾的。普通女人相夫教子的婚後生活，她從未體會過。

把自己和頗有野心的羅騫綁在一起，一輩子追隨著他的步伐向前奔跑，即便她是男兒身也不願意，不光她不願意，她也不希望讓夏正謙這麼做。

人生苦短，何必為了名利與金錢，活得那麼累呢？做一道美食，與家人坐下來一起細細品嚐；再飲一杯香茗，看看窗外餘暉，多麼愜意自在。憑她的醫術與頭腦，這樣的生活，唾手可得！

她何必捨近求遠？

「為什麼？」羅騫沒有什麼情緒的臉上露出好奇的表情。

他從未想過夏衿會拒絕，而且連想都不用想，拒絕得如此乾脆。

答案是現成的——「我跟你一樣，也想走仕途。我不想跟我爹一樣，被人召之即來，揮之即去，明明濟世救人，卻連豪門的下人都不如。」

羅騫的臉上竟然浮現出一層赧然的紅暈。

或許他想起了夏正謙和夏衿來府上自薦時的情景。羅維韜對夏家父子，並無好臉色；而他，對待夏正謙或許都沒有對待于管家那麼用心——于管家是左膀右臂，許多事都需要其去操辦張羅，他離不開這樣能幹而忠心的人；而夏正謙，這種郎中一抓一大把，只要有錢就可以請來，根本用不著費心。

他握拳放到嘴邊，輕咳一聲，放下手時，已恢復常態。

夏衿不願意，這話題就談不下去了。夏正謙雖醫術高明，但臨江城裡比他醫術高明的人也不少。而且他年紀不小了，過上十年或許就要頤養天年了，跟不上自己的步伐，這樣的人，沒有什麼培養價值。

他嘆了一口氣。「那還真是遺憾。」說著，端起了茶碗。

這是要端茶送客了。

夏衿卻沒有起身，也將桌上的茶碗端了起來，輕呷一口，然後放下茶碗，抬起眼道：

「開醫館不行，但開食肆，卻是可以。」

「什麼？」羅騫那好看的鳳目一下睜得極大。

不是他不沈穩，而是夏衿這轉折太大。

夏衿的臉上浮起淺淺的笑意。「我師父喜好美食，我也是個吃貨，對於吃，我頗有研究，能做上一些別人未見過的小吃，推出一些別人未吃過的新鮮菜式，我想，我們的食肆還是能賺錢的。」

羅騫輕笑著搖頭，興趣缺缺。「你想開食肆，這沒問題。我對吃沒什麼心得，別的幫不了，就湊個本錢吧。」

說著，他喚尺素。「拿五十兩銀子給夏公子。」又問夏衿。「夠不夠？不夠我再添些。」

「差不多了。」看羅騫這表情，夏衿也不點破。開食肆，自不是賺點小錢那麼簡單。她現在嚴重缺資金，羅騫能拿五十兩銀子出來，也算能解決資金問題了。而且推官的兒子開的店面，那些流氓地痞、衙門小吏誰敢惹？這個招牌，還是很好用的。

開醫館是從屬關係，開食肆是合作關係。羅騫二話不說就拿出五十兩銀子給她，也算是講義氣了。

「不過……」她道：「現在這銀子還用不著。等我忙完這段，把家分了，安頓下來，再慢慢找地方，尋鋪面，把食肆張羅起來；到時候，我再找公子你拿銀子。」

羅騫也知道夏衿在夏府的處境，身上揣著五十兩銀子，沒的惹出不必要的麻煩來。他點點頭。「也好。」

「那麼，分家的事就請公子幫一幫我。」夏衿道。

「你說。」羅騫抬眼。

夏衿壓低聲音。「如此如此，這般這般……」

聽得這些打算，羅騫連眼皮都沒抬一下，直接點頭。「行！」

倒是惹得尺素、彩箋頻頻往夏衿臉上看。

夏家這少年，白白淨淨，斯斯文文，一雙如墨般黑亮的眸子，清澈乾淨，不染纖塵。這樣清秀乖巧如同鄰家哥哥的少年，算計起家人來，竟如此狠戾乾脆，還不動聲色，緩緩柔柔的語調，波瀾不驚。兩個小婢只覺背後涼颼颼的好不心驚。

還是自家公子好，雖有城府，但依然純良，與這位夏家公子相比，行事簡直太規矩了。

談攏此事，夏衿便起身告辭。

依然是彩箋送她出去，交予樂山。

等彩箋回轉，進到羅騫的屋裡，便聽尺素跟羅騫道：「……依奴婢看，這夏家公子不像是好人。雖然他家人不堪，但那終是他的親親祖母和伯父，這樣算計太過心狠。那食肆，公子還是不要跟他合夥了吧？咱們又不缺錢。更何況，開個小食肆，也賺不了多少錢！」

「不是好人？心狠？」羅騫臉上帶著笑，但那笑容，尺素只感覺到冷。

「我倒是好人，我對家人倒不心狠？可妳看，我落到了什麼地步？沒了我，我母親又會落到什麼地步？」

尺素默然。

這身病，是羅騫自己練武受傷不假；當時參加葬禮，大家顧不上他也不假。但羅騫又不是幼齡孩子，怎麼可能不會照顧自己？而且，還有一個視他如命的母親呢。

可就這麼湊巧，羅夫人當時就病倒了，高燒不退，又找不出原因，整日躺在床上，自顧不暇；而羅維韜，出喪下葬，迎來送往，忙得連面也見不到，沒幾日，他也病倒了。

羅騫這裡，由羅府與之親厚的二房嬸娘出面，請了個郎中來，吃了幾劑藥，不光沒見好，反而有病情加重的跡象。回稟了嬸娘，再請一個郎中來，結果病情越發得重。羅騫心疑有鬼，不敢再假他人之手，自己悄悄到鎮上看病；然而因頭兩個大夫做了手腳，下的虎狼之藥，他病情加重，一般大夫根本治不好。

待得羅夫人病情好轉，再看到兒子時，他就已是吐血不止的狀態了。羅夫人去查了二房嬸娘，又查了章姨娘，卻找不到一點做手腳的蛛絲馬跡。

要不是夏衿妙手回春，她家公子，早已成了一抔黃土了。

經歷了一場生死，羅騫已變得心智沈穩。一瞬間，他便收斂了冷意，淡淡地繼續道：「那夏公子，妳看他進府時，東張西望、面露羨慕之色沒有？他見到我爹時，表現得神色惶恐、畏首畏尾沒有？我打賞銀兩時，妳看他欣喜若狂、興奮不已沒有？他剛才拒絕我時，妳看他忐忑不安、有絲毫猶豫沒有？」

尺素連連搖頭。

羅騫抬眸望她一眼。「他才十四歲，這樣的人，能是普通的人？」

「此子本非池中物，一遇風雲便化龍。」尺素不由得想起這首詩。

「沒錯。」羅騫用力地點了一下頭。「即便他沒有高超的醫術，也值得拉攏。」

他拳頭緊握，目光堅毅深沈。「我不能再渾渾噩噩，得做些什麼，才對得起這一場病，對得起老天讓我不死。」

尺素沒有再說話，望向羅騫的目光既心疼又擔憂。

她家公子，以前只埋頭讀書練武，一心想讓自己更優秀，好博得父親的目光，把章姨娘所出的兩個兒子比下去，讓父親真心後悔沒好好對待他們母子倆。

而現在，公子不再埋頭向前，開始左右兼顧。

這變化，應該是好的吧？

第十七章

而此時，夏衿被樂山用馬車送回了夏家。

天已完全黑下來了，夏正謙在院子裡急得團團轉。看到夏衿回來，他大鬆一口氣之餘，又埋怨道：「怎的這麼晚才回來？」繼而又緊張。「不會是羅公子那裡有了什麼變故吧？」

「沒有。」夏衿道：「羅公子精神好，拉著我聊了些閒話，所以回來晚了。」

夏正謙蹙起的眉頭仍未鬆開，嘆氣道：「妳這事該怎辦是好？女孩兒家……」

說到這裡，他警覺地四處看看，見下人都在遠處，想來沒聽到他剛才所說的，這才放下心來，不過沒有再數落下去，只是憂心忡忡地長嘆了一口氣。

看他這樣，夏衿有些好笑，見夏正謙沒再說話，便道：「爹，那我回房去了。」

「嗯，去吧。」夏正謙揮揮手。見夏衿要走，他不放心想要叮嚀兩句，可張了嘴卻不知說什麼，只得眼睜睜看著夏衿去了。

接下來幾天，仍是每日羅府派人到醫館接夏正謙和夏禪去給羅騫看病，而隔上一天，又會在傍晚派樂山來接夏衿過去。在夏衿的精心治療下，羅騫的病一日好過一日。

如此過了五、六日，那天傍晚，醫館裡好不容易沒人請外診，夏正謙跟夏衿按時回了家。剛吃過晚飯，就聽二門上的婆子來傳，說羅府請夏正謙過府治病。

「不是說，羅公子的病已慢慢好轉了嗎？」舒氏心裡擔憂。

跟了夏正謙十幾年，對病患的情況她心裡也有數，像這種一直治著病的，忽然晚上又派人來叫，一般都不是個好兆頭。

夏正謙也是心中擔憂，看了夏衿一眼，轉頭對夏祁道：「你跟我去一趟。」

夏祁先是一愣，不過隨即便反應過來。他也看了夏衿一眼，對夏正謙連連稱是。「我換件衣服就來。」說著，站起來就要出去。

「爹，這樣不好，您還是帶四哥去吧。」夏衿卻道。

夏正謙臉色一變，斥道：「這種時候人命關天，還去想那些幹什麼？趕緊走！」

夏衿被他這一斥，嚇得後退兩步，躲到舒氏身後，嘴裡小聲嘟囔道：「就知道人命關天，我才不讓哥哥去呢。羅公子病情好的時候就讓四哥去露臉，現在病情不好，就讓哥哥去頂罪，這世道還真是沒天理了。」

這話說得舒氏臉色大變。

「祁哥兒不去！」她道，伸手護在夏祁前面，神色堅定、目光犀利，盯著夏正謙如同遇到老鷹的母雞。

夏正謙沒有理她和夏祁，轉頭定定地看著夏衿，嘴巴微微翕動，似乎想說什麼，不過最終什麼也沒說，轉身出了門，目光裡帶著深深的失望。

夏衿自然知道夏正謙失望的是什麼。

作為一名醫者，心中應沒有利益得失，只有病患的性命。

可她只因一點小小的意氣之爭，就不去看病情忽然有變的病人，枉顧病人性命，在夏正謙看來，她就是品行有缺，不配做醫者。

因為夏家做的是醫藥營生，時不時有人半夜來求醫，夏府的門房就得知道哪些是需要馬上稟告主人、不能怠慢的，哪些又是可以緩一緩等天亮再報的。所以對於臨江城有頭有臉人家的名字，他們最是熟悉。

今天羅府來請，門房通知夏正謙的同時，也馬上稟報了夏正慎。所以夏正謙走到二門時，就遇見匆匆而來的夏正慎。夏正慎一臉擔憂地問：「三弟，到底是怎麼回事？羅公子的病情是否有變？」

夏正謙搖搖頭。

「不知道，門房沒說，估計羅府的人也不清楚。」

「那趕緊去吧。」夏正慎催道。

夏正謙看了看西院的方向。「禪哥兒那裡……」

夏正慎掃了四周一眼，並未見夏禪的身影，他眉頭一皺。「你這一去，也不知何時才能回來，小孩子嗜睡，要不禪哥兒就別去了。」

夏正謙是君子，對於老太太硬要把夏衿撤下，換夏禪上去的行徑，他雖氣惱，卻也不打算計較。但是剛才夏衿的那番言論徹底挑起他的火氣，此時見夏正慎偏護，夏禪臨陣退縮，他頓時火冒三丈。「如果今晚禪哥兒不去，那以後也不用去了。」說著就往外走。

「這……」夏正慎愣了一愣，隨即便以為夏正謙是發洩對夏禪頂了夏祁名頭的不滿。

他想了想，對隨從道：「趕緊去西院把禪哥兒叫來，就說我和三老爺已在門口等著他了。」

隨從應聲去了。

夏正慎這才快步往前去追夏正謙。

他得把夏正謙的情緒安撫妥當了。羅三公子的病不容有一點差錯，夏正謙帶著情緒去羅府，那可不行。至於夏禪和夏祁兩人，同樣是他姪子，他還真沒偏袒哪一個，但老太太偏心，他無可奈何。

夏正浩夫婦和夏禪一向安然度日，哪裡知道做郎中這一行所蘊含的凶險？聽得夏正慎傳話，夏禪忙忙地換了衣服，趕到院門處，跟著夏正謙上車去了羅府。

而這一去，就是一夜，第二天直到天亮，叔姪兩人都沒回來。

「到底怎麼回事？打聽清楚了嗎？」夏正慎一面洗漱，一面問去探聽消息的人。

「小人在前面跟門房打聽，門房只說不知；小人又去了後門，跟出來買菜的下人打聽，那人說，昨晚羅三公子院裡燈火通明，想來是有些不妥。不過羅夫人對三公子向來要緊，吃食都是自己人一手操持，根本不用府裡的廚房，所以具體情況他也不甚清楚。」

夏正慎將布巾往盆裡一扔，煩躁得來回走了幾步，對那人一揮手。「再去打聽。」

「是。」那人唯唯應聲，退了出去。

然而，那一整天，夏正謙和夏禪都沒回來。夏正慎派去的人使盡了渾身解數，找從府裡出來的下人打聽消息，都一無所獲。夏正慎心裡更慌，讓大太太去了薛家，半個時辰後大太太回來，說羅大人今天一天都沒去衙門。

聽得這個消息，夏正慎腿軟得一時站不住，癱倒地坐在椅子上，好半晌才道：「去叫老二過來。」

大太太也知道此事後果嚴重，趕緊派人去叫夏正浩。

可不一會兒，下人來稟報。「二老爺去賞花還沒回，派了人來說要明兒晚上才能回來。」

「咯噹」一聲，夏正慎把手裡的茶碗摔了個粉碎。

「老爺！」大太太嚇了一跳，站起來抖抖裙子上的茶漬，望著夏正慎囁嚅半天不知如何是好。

夏正慎向來脾氣溫和，很少發脾氣。她嫁過來二十幾年，夏正慎發這麼大的火她還是頭一次見。

「整天就知道花天酒地、胡亂花錢，關鍵時刻連個人影都見不到，狗東西！」夏正慎罵道。

大太太自然知道夏正慎罵的是二老爺夏正浩，心裡不由得十分爽快。

這個家，夏正慎要去醫館守著，還要管田裡和商鋪的事，一年到頭沒個歇息的時候；老三每日出診，早出晚歸也甚是辛苦。只有老二夏正浩，拿著秀才身分作幌子，今兒看花，明日遊園，遊手好閒地不幹正事，還時不時地納個小妾，現在屋裡姨娘就有四個，光每月開銷都是一大筆錢。偏老太太偏心，每次她一提這事，老太太就叫夏正慎把田地和商鋪的事交給夏正浩管，弄得大太太十分惱恨。

「去老太太那裡。」夏正慎站了起來，穿了件外衣就往外走。

大太太連忙跟上。

兩人到了上房，一進廳堂，就見二太太兩眼紅紅的坐在那裡，正跟老太太說著什麼。見兩人來，她並不像往日站起來問好，只端坐著垂淚。

老太太拍拍她的手，抬眼問夏正慎。「聽說，禪哥兒昨晚半夜就跟著老三去了羅府，到現在還沒回來？」

「是的。」夏正慎道，沈著臉坐了下來，說了這兩個字便再無下文。

老太太看他這樣，頓時氣惱。

「還要我問一句才答一句不成？是什麼情況趕緊說說！」

「就是您說的那樣。至於羅府裡出了什麼事，老三他們為何沒有消息，兒子不知道，也打聽不出來。」夏正慎板著個臉道。

「什麼？」老太太一聽這話急了。「怎麼會打聽不出來？你派人去打聽了？」

「嗯。」夏正慎接著道：「還去薛家打聽過了，說羅大人今天都沒上衙。」

「啊？」老太太被嚇得不輕。「難道羅公子有了好歹不成？」

這話沒人回答。不過誰都知道，事情恐怕就是這樣了。

屋裡一片沈默。

「那怎麼辦？我們家不會被羅家遷怒吧？」老太太又問，滿臉惶惶不安。

「應該……不會吧？」大太太弱弱地道：「羅公子的病，連御醫都醫不好，三叔醫不好再正常不過，總不能因為這個就怪罪到我們頭上吧？」

屋裡又是一陣沈默。

大太太的話雖有理，可羅家人如何想誰知道呢？夏家無權無勢，羅家人如果失去理智，想要找個替罪羊以洩喪子之痛，夏家再合適不過了。

早在來上房的時候，夏正慎就叫人通知了夏佑。他是長房長孫，夏家發生大事，他理應知道。

夏佑剛才就到了，跟他一起過來的還有夏禱。

此時，夏禱忽然開了口。「要不是他逞能，自薦給羅三公子看病，又怎麼會給家裡惹來如此大禍？」

「什麼？」老太太和夏正慎幾乎同時驚問。

夏正慎看了老太太一眼，繼續問：「你是說，你三叔給羅三公子看病，是他上門自薦的？」

夏禱點了點頭。「正是。不信等四哥回來，您問四哥。是四哥的小廝秦艽聽天冬說的。」

聽得這話，大太太立刻問夏正慎。「秦艽好像沒跟禪哥兒一起去吧？」

夏正慎沒有理她，卻轉頭吩咐下人。「去將秦艽叫來。」

下人應聲而去。

一直默不作聲的夏佑開了口。「就算給羅公子看病是自薦的，三叔也沒有錯。」

「沒錯？怎麼沒錯？要不是他自不量力，哪裡會惹來如此大禍？」老太太似乎找到了宣洩的堤口。

「可如果他把羅公子的病治好了呢？」一向溫煦的夏佑激動起來。「治好了就咱們全家受益，治不好就是三叔一個人的罪過，天下間哪有這樣的道理？」

老太太還沒說話，大太太就「啪」地一下輕拍了大兒子背後一掌，嘴裡嚷道：「怎麼跟祖母說話的？如果是羅家上門來求的醫，不管治不治好，那自然不怪你三叔，便是羅家也沒辦法怪罪於咱們；可偏不是！你那三叔沒那本事還去自薦，那不找死嗎？既然找死，就別連累咱們。」

這話一出，二太太早已止住的眼淚又流下來了。「我的禪哥兒可怎麼辦呀?!」

老太太心煩得緊，衝著二太太道：「哭什麼哭？什麼情況還不知道，就知道哭！就是羅公子有個三長兩短，那也是老三下大獄，萬不會扣著禪哥兒不讓他回來。」

二太太止住了哭聲，紅著眼睛望向夏正慎。「大哥，當真如此？」

夏正慎本想來討個主意，卻不想這一屋子人哭的哭、罵的罵，沒一個有主意的，他早已被鬧得一腦袋亂麻，此時只胡亂點頭。「正是如此。」說著便站了起來，想到院子裡走一走，散散步。

「老太太、老爺、太太，秦艽來了。」下人卻來稟報。

夏正慎只得又坐下。「帶他上來。」
秦艽白著張臉，滿臉緊張地走了進來，對屋子裡的人行了一禮，便低著頭等著問話。
夏正慎也不看他，用手提著茶碗的蓋子，撥了撥茶上的浮沫，這才不緊不慢地問道：「秦艽，聽你說，三老爺給羅三公子看病，是自薦去的，可是屬實？」
這三堂會審的架式，讓只有十三歲的小廝秦艽喉嚨發緊。
他艱澀地吞嚥了一下，這才結結巴巴地道：「小人……小人是聽六少爺的小廝天冬說的。」
「他是怎麼說的，你把原話複述一遍。」
「是。」秦艽定了定神。「昨日在醫館裡閒聊，小、小人說起從少爺處聽來的羅大人府上的氣派，天冬就不忿地說，四少爺能去羅府，還是六少爺的功勞；要不是六少爺給三老爺出主意，叫他去羅府給羅三公子瞧病，哪有如今四少爺出入羅府的機會。」
夏佑一聽這話就皺了眉頭。夏正謙向來謹慎沈穩，最不願意給達官貴人看病——沒有尊嚴不說，風險還大。他絕不可能聽了夏祁的話，就主動去羅府自薦行醫。
夏正慎也是不信，沈著臉道：「一會兒我就叫人把天冬綁來跟你對質，要是讓我知道是你造謠生事，捏造是非，我定不饒你。」
秦艽一聽頓時慌了。
夏禪去羅府一天一夜都沒回來，如今老太太、大老爺又提他問這些話，他自然能猜出是羅府出事，大老爺要追究責任。如果天冬抵賴，護著三房死不承認他說了那話，自己豈不是要揹黑鍋？

這一急一慌，他的口齒倒伶俐起來。「小人所說句句屬實。小人當時也不信天冬的話，還笑他胡說八道，三老爺素來沈穩，豈會聽了六少爺這幾句慫恿就到羅府毛遂自薦？可天冬說，三老爺這樣做，是為了五姑娘。一旦羅公子病好了，就不需要五姑娘去沖喜了。」

「孽畜！」老太太氣極，「咯噹」一聲把手中的茶碗砸個粉碎。可憐秦艽跪在堂下，被碎瓷片劃著，胳膊的袖子上立刻滲出血來。

生怕老太太氣出個好歹，大太太正待出言安撫，就聽見院子裡有匆促的腳步聲，那被夏正慎派去打探消息的下人跑了上來，到了門前急施一禮。「老爺，四少爺被羅府人送回來了。」

夏正慎騰地站了起來。「三老爺呢？」

「三老爺還在羅府，四少爺他……」那下人說到這裡，意識到老太太和二太太也在座，趕緊緊咬著嘴唇，沒有再把話說下去。

二太太聽著夏禪被送回來了，本來放下心，站起來便想要去看兒子。此時見那下人吞吞吐吐，似有什麼難言之隱，她頓時心裡一緊，停住腳步問道：「禪哥兒？他怎麼了？」

那下人為難地瞅了瞅夏正慎，囁嚅著沒有說話。

「快說，禪哥兒到底怎麼了？」二太太卻不放過他，疾聲問道。

這一下老太太也反應過來了，忙問：「禪哥兒怎麼了？」

那下人不敢再拖延，老實答道：「四少爺是被打了板子送回來的。」

二太太腦子裡「嗡」地一聲，身子踉蹌了一下差點站立不住。

「什麼？」夏正慎訝道。

他回頭望了老太太一眼，看見老太太同樣變了臉色。他定了定神，問道：「四少爺可帶了什麼話回來？」

「回老爺話，帶了。」下人道：「四少爺說，羅三公子危在旦夕。羅夫人讓人帶話給老爺，如果三公子真有個好歹，她就要夏家給三公子陪葬。」

夏正慎只覺得兩腿發軟，扶著椅子扶手，緩緩地坐回到椅子上。

二太太原先一心只在兒子身上，聽到兒子被打，心疼之餘對夏正謙那是滿腔怨恨，早已沒有了平時的溫婉賢淑。此時聽到下人的話，這才反應過來，夏禪被打不過是羅夫人給夏家的一個警告，夏家，怕是要大禍臨頭了。

她頓時歇斯底里地叫了起來。「陪葬？為什麼要我們給他陪葬？是誰逞能攬的這事，就叫誰去陪葬！」

「對。」大太太向來跟二太太不和，但此時也應聲附和。「誰逞能就叫誰陪葬！」說著就看向老太太。

說到底，這個家還是得老太太作主；而她和二太太當著人家的面敢說這話，也是篤定老太太一定會同意她們的說法。

老太太的臉色黑得跟鍋底似的。她一拍椅子扶手，咬牙對夏正慎道：「你去跟羅大人說清楚，這件事是老三自作主張，他一人做事一人當，醫不活三公子，要他償命也是合理。羅家是要把他杖斃還是下大獄，我們都沒意見。」

夏正慎沈吟片刻，點了點頭。「事已至此，也只能這樣了。」

夏佑聽得這話，只覺渾身一片冰涼。

這就是他慈愛的祖母和父母！這就是他的家人！如果有一天，他也惹了禍端，家裡人是否也會像對待三叔那樣對待他？

他不敢想下去。

便是向來跟夏祁不對盤的夏禱也緊抿著嘴，坐在一旁默不作聲。

二太太說了那句話，就急急往外走，一邊走還一邊吩咐下人。「去叫管家把丁郎中請來。」

要是平時，夏正慎和大太太聽了這話，鐵定不高興。自家就是開醫館的，即便夏正謙不在家，仁和堂也有其他郎中，叫他們來給夏禪看傷是一文錢也不用花，哪裡用得著再花錢去請外面的郎中，而且還是臨江城有名的郎中？

真是不當家不知柴米貴！

可現在，他們也懶得跟二太太計較這個了。

「娘，我先去問問禪哥兒詳情。如事情真如他所說的，我明兒就備一份禮去羅府請罪。」夏正慎站了起來。

既然羅夫人讓夏禪帶話，他作為夏家當家人，就不能裝作不知道。不管最後是不是由夏正謙一人頂罪，他就先得有所表示。

老太太也明白這個道理，氣呼呼地揮一揮手。「叫那個孽畜死在外面，別再讓他回來！」

夏正慎看了大太太一眼，抬腳便出了門。大太太連忙跟上。

夏正浩不在家，夏正慎這個大伯要去二弟媳的院子，她這個大嫂自然要在場。

第十八章

「祖母，孫兒先回去了。」夏佑也站起來告辭。

「去吧。」老太太雖在氣頭上，對夏佑卻仍慈愛得緊，和顏悅色地揮揮手，還吩咐婆子。「天快黑了，打了燈籠照著點佑哥兒。」

夏佑表情複雜地施了一禮，轉身走了出去。

出了北院，夏佑望著通往南院的路，徘徊良久，終於跺了跺腳，吩咐下人道：「去南院一趟，就說禪哥兒回來了。羅公子病情有反覆，三老爺還得在羅府多待一段時間，羅夫人讓禪哥兒回來歇息一晚，報個信，明兒個還要去的。讓三太太別著急，羅府對三叔很是禮遇，吃住都安排得極好。」

看著下人應聲去了，他嘆了一口氣，轉身回了自己院子。

夏正謙一天一夜沒回，舒氏擔心得不得了，早已派了下人去門口守著探聽消息。夏禪回來的事自然瞞不過她，此時她正要親自到上房打聽消息呢，就接到了夏佑所傳的口信，她心裡稍安。

往時遇到重病甚至難產者，夏正謙也曾這樣守上一、兩天方回的。

夏衿聽到夏佑院裡下人的話，只是在心裡冷笑。

那一夜，夏正謙仍沒回來。而夏家主子除了夏衿和幾個不知內情的孫輩，所有人都沒有睡好。

到了第二日，夏正慎備了一份禮，就去了羅府。可半個時辰還沒到，他就回了家。

老太太早已等急了，見他回來劈頭就問：「怎麼樣？羅大人怎麼說？」

「誰也沒見著。」夏正慎一臉沮喪。「我剛到羅府，就遇到上次到醫館來求醫的于管家。他倒還客氣，帶著我進了府，叫我在偏院裡坐了，他進去稟明主子；可去了沒多久就出來了，說羅大人叫我先回家，一切等三公子的病好了再說。沒奈何，我就回來了。」

老太太心裡一沈，抬眼問道：「你沒把我教的那話跟于管家說一說？」

夏正慎脹紅了臉。「說、說了。于管家說會把我的意思轉告給羅大人的。」

老太太狐疑地望著他，不相信地道：「既然說了，你臉紅什麼？莫不是拿謊話騙我老婆子？」

「您沒看見，于管家聽了我的話，那看我的眼神……」想起當時的情形，夏正慎還渾身不自在。

「哼，站著說話腰不疼。要是他遇上這事，也會跟我們一樣。這叫斷尾求生，我做老人的，不捨小家，保大家，夏家能有活路？」

說完這話，老太太沈吟片刻，吩咐夏正慎道：「你派人把舒氏和祁哥兒、衿姐兒送出去。」又厲聲道：「除了幾身衣服，不許他們帶任何東西；身契在你手上的下人也不許帶走一個！」

這下夏佑再也聽不下去了，站起來道：「祖母，如果把三嬸他們趕出去，等三叔治好了羅公子回來，咱們怕是不好收場。」

老太太一呆，望向夏正慎。「羅公子還有可能會被治好？」

這個夏正慎可不敢打包票。「難說。」

老太太想了想，擺擺手道：「算了，那就先別趕他們，等事情弄清楚了再說。」

等到了那天傍晚，去羅府打探消息的下人回來了，稟道：「老爺、老爺，三老爺回來了。」

「當真？」夏正慎「騰」地站了起來，快步往外走，走到二門處，就遇上滿臉憔悴的夏正謙。

他迫不及待地問：「三弟，羅公子怎麼樣了？」

夏正謙疲憊地擺擺手。「進去再說。」

夏正慎本以為夏正謙把羅公子救了，這下成了羅家的恩人，夏家好處多多，正滿心歡喜。可看夏正謙，疲憊裡帶著沮喪失落，他心裡頓時一緊，一面跟著夏正謙往裡走，一面忍不住問：「怎麼，羅公子仍是病重？」

夏正謙表情凝重地點了點頭。

夏正慎望著他半天說不出話來。

此時兩人已進了南院了，夏正慎回過神來，顧不得還在院子裡，揪住夏正謙的衣袖。

「到底是怎麼一回事，你給我好好說說。」

夏正謙在羅府裡兩天兩夜沒有合眼，早已疲憊不堪，再加上心情不好，實在沒精神在院子裡站著說話。

他將衣袖扯了回來，淡淡道：「進屋再說。」直接進了廳堂。

夏正慎只得跟著一起進了屋子。

兩人在廳堂裡剛一落坐，舒氏就急步進了屋。「老爺，你可回來了！」看到夏正謙那樣子，她的眼眶就紅了，顧不得大伯在場，問道：「你這是兩天沒合眼了吧？吃飯了嗎？要不吃點東西、沐個浴，歇息一下再說吧？」

妻子的噓寒問暖讓夏正謙心中生暖，他正要開口，就見夏正慎瞪了舒氏一眼。「全家這兩天都跟著擔驚受怕，娘現在還等著你的消息呢，你倒有閒情吃喝沐浴？」

夏正謙眸子一冷，對舒氏擺了擺手，轉頭對大哥淡淡道：「這兩天，我連羅公子的面都沒看到。被接進羅府後，就一直待在偏院裡。聽羅家的下人說，羅公子陷入昏迷，羅家請了蘇省名醫來治，請我去，不過備著便於讓名醫問原先的病情。」

夏正慎蹙眉，又問：「那禪哥兒為何被打了板子？」

「禪哥兒被打了板子？」夏正謙吃了一驚。

「你不知道？」

夏正謙搖頭。「羅家的人不是這麼跟我說的呀。原本禪哥兒跟我在一起，後來于管家過來，雖說言辭嚴厲，說羅公子危在旦夕，把我斥責了一通，但並沒打人啊。不過禪哥兒當時倒是頂了他幾句，說了兩句不服氣的話，于管家就生氣了，說要把他送回來，接著就把他帶了出去，怎麼會被打了板子呢？」

夏正謙的說辭，倒是跟夏禪一樣。而且夏正慎也知道，自己這個三弟是正人君子，從來不撒謊，他這樣說，事實只怕就是如此。

他沈默了好一會兒，才道：「那羅家到底是什麼意思？請了你去，卻又不讓你經手，另請了高明。既如此，那羅公子的病，就不是你的責任了吧？」

夏正謙搖搖頭。「這個不清楚。我怕你們擔心，說要回家一趟，于管家惡聲惡氣的，態度並不好。」

夏正慎的臉色慢慢沈了下去，冷聲問：「我聽說，當初並不是羅府主動來請你去看病的，而是你為了衿姐兒的事，主動上門求著給人看診的？」

「正是。」夏正謙承認得極乾脆。

夏正慎蓄積的怒氣終於暴發出來，大聲喝斥道：「你怎麼能這麼做？難道你不知道羅公子的病就是御醫都治不好嗎？你覺得你比御醫還有本事？為了一個衿姐兒，你就要拿全家人的性命去冒險？我們在你心裡算什麼？」

這幾天，夏正謙在羅府裡也是備受煎熬。如果羅騫病死，夏家會是什麼下場，他也設想過，更無比後悔主動上門要給羅騫看病。

不過夏正慎這樣說，他心裡仍不舒服，尤其是夏正慎去羅府說的那些話，正好讓他聽到了。他當時，真叫一個心灰意冷。

「那我搬出去好了。」他道：「搬出去，就連累不了你們了。」

這話一出口，不光是夏正慎，便是夏正謙自己都吃了一驚。

「你、你……」夏正慎指著夏正謙，半天說不出話來。

把壓在心頭多年的話說出了口，夏正謙倒是輕鬆許多。

他直視著夏正慎，把剛才的話又鄭重地重複了一遍。「如果娘和大哥覺得我連累了你們，大可把我們全家趕出去。」

舒氏站在一旁，聽了夏正謙脫口而出的話，本來是心疼大於驚喜——她盼望分家出去已多年，但她更知道，夏正謙一直不願意離開這個家。當年他在老太爺臨終前，曾答應要照顧老太太和兩位兄長，不輕易提分家的事；另外，他還是個責任感極強的人。要不是老太太、大伯做的事太過分，他無論如何不會說搬出去的話。舒氏能體會到，說這句話時他的心該有多疼。

可聽到「把我們全家趕出去」這話，舒氏還是大驚。「相公你……你知道了？」

「知道？」夏正謙疑惑地問：「知道什麼？」

舒氏看了夏正慎一眼，咬咬嘴唇沒有說話，可眼裡的怨懟任誰都看得出來。

夏正謙看見妻子這神情，再回想一下剛才所說的話，頓時明白妻子話裡的意思。

他盯著夏正慎，半瞇著眼睛，聲音低沈。「你準備把我們趕出去？」

夏正慎連連擺手。「不不，哪裡話？什麼趕出去，三弟不要聽弟妹胡亂猜測。」說著，還抬頭責怪地看了舒氏一眼，到底是哪個下人碎嘴，把他和老太太的商量傳了出去？

夏正謙冷笑一下，站了起來。「且容他們娘兒仨在此再住一、兩天，等找好地方我們就搬走。」

夏正慎的臉色猛地一沈，斥道：「你為了給衿姐兒退親，不顧家中老老小小幾十口人的安危，擅自到羅家自薦行醫，累得一家子為你擔驚受怕。如今回來，不好生反省自己，到母親面前請罪，反而一進門就說分家，你到底是何居心？是不是早就想分家另過了？你可別忘了當初在父親床前許下的諾言！」

「我沒忘。」夏正謙望著門外熟悉的小院，神態索然。「我當時說，如果母親和兩位哥哥不提分家，我就永遠不分家；可現在，是你們先放棄我。」

夏正慎知道這個弟弟向來一言九鼎。當初他說不提分家，這麼多年無論被老太太如何凌辱，受到怎樣的不公平對待，他都強忍著。現如今既說出了分家兩字，那真的是吃了秤砣鐵了心。

其實如果羅家怪罪夏正謙，此時把他分出去那是再好不過；可現在羅家還肯放人回來，似乎又不像是要追究夏家的意思。這時候容三房分家出去，那夏正謙真是跟夏家離心了，以後要想讓他待在仁和堂繼續坐堂，怕是不可能！

心裡盤算著得失利益，夏正慎恨恨地瞪了舒氏一眼，轉過來對夏正謙點點頭。「這話，你找老太太說去吧。」說著，拂袖而去。

夏正謙望著大哥離去的背影，長長地嘆了一口氣。

舒氏雖盼著分家盼了那麼多年，但此時對丈夫的擔憂遠遠大過了分家之喜。她吩咐下人準備熱水、衣服，便扶著夏正謙回房，問道：「羅家不用再去了吧？」

去。」

夏正謙搖搖頭。「于管家說了，只允許我在家裡待一個時辰，一個時辰之後就要回羅府去。」

舒氏忿忿道：「他們不是另請了高明嗎？怎麼還要你去那裡待著？」

夏正謙苦笑。「人是我治壞的，如果羅公子有個三長兩短，自然要追究我的責任。」

舒氏強忍著眼淚。「咱們又不是神仙，哪能包治百病？羅家這也忒不講理。」

夏正謙搖搖頭，疲憊得不再說話。

「爹。」門口一聲清脆的叫喚，夏衿掀簾進來，滿臉擔憂，看著夏正謙欲言又止。

夏正謙自然知道女兒要問什麼，把羅家的情況說了一遍。「這幾日，羅家沒說要請妳過去，我也沒提及。既然人家不信妳，妳也不要再往前湊，老老實實在家待著便是。」

「是。」夏衿看著夏正謙，心情極為複雜。

羅家的這個局，自然是她跟羅騫佈置的，為的就是激起夏家的衝突，好得以分家出去。所以夏正謙這幾天在羅府的情況，她知道得清清楚楚。

那日去羅府前，夏正謙還責備她沒有擔當。但到了羅府，聽說羅騫病情危急，羅家有追究責任的意思，他當即便對于管家說，夏祁給羅騫治病，一切都是他授意的，藥方也是他開的，這樣做只是為了給兒子揚名鋪路；如果羅府要追究責任，追究他就好了，不關夏祁的事。

聽到這話，她當即鼻子一酸，差點掉下淚來。

從那刻起，她才把夏正謙當成了真正的父親。

看到夏正謙此時的憔悴疲憊，她心裡充滿歉意——這件事，還是太急了啊！

本來依她的計劃，激化大房跟二房潛在的矛盾，讓他們鬧分家，三房再藉此從夏家脫離出來。可那樣的話，就得慢慢醞釀布局，才能不露痕跡，夏正謙也才不會受傷。

可與羅騫的一番話，她便下了決心借羅騫之病，讓三房從夏家脫離出來。

如此一來，就急躁了些，陣痛不可避免。

如果有一天，夏正謙得知今天一切都是她在背後搗鬼，他會如何想呢？

想到這裡，夏衿晃了晃腦袋，將心裡的愧疚甩開。

重生一回，她的心變軟許多。以前，她為達目的不擇手段；可現在卻東想西想，難道，這是受了這身體潛意識的影響？

且說夏正慎氣沖沖出了門，就放緩了腳步。沿著迴廊慢慢地走了許久，在腦子裡來回權衡利弊得失，足有一刻鐘時間，才去了上房。

「怎麼樣？」老太太早已等急了，坐在椅子上伸長了脖子問。

在座其餘人都迫切地盯著夏正慎。

夏正慎長嘆一口氣，把夏正謙所說的情況複述了一遍。「三弟知道咱們想讓三弟妹和祁哥兒他們出去避風頭的事了，鬧著要分家呢。」

「分家？」老太太的嗓子無比尖銳，刺得坐在旁邊的夏禱忍不住皺起眉頭，掏了掏耳朵。

本來老太太聽到一向看不進眼裡的三兒子竟然膽敢提分家，就忍不住火冒三丈，喊了這一嗓子後，卻忽然想起羅府的態度，頓時冷靜下來。

她抬起渾濁的眼睛看向大兒子。「羅府的事，你怎麼看？」

她沒點明，但夏正慎自然知道她指的是什麼，搖搖頭道：「不好說，這要看羅三公子命大不大。命大的話，羅家自然不會再追究責任；可要是……」

他看了老太太一眼，沒有把話給說下去。

但在座的都聽得明白，如果羅騫有個好歹，羅夫人定然會遷怒夏家，到時也不用他們說什麼，自然會有想討好羅府的人找各種藉口為難夏家。

老太太想了想，問夏正慎。「你是怎麼想的？」

他看了二太太和夏佑一眼，沒有說話。

老太太和他做了四十幾年的母子，對這兒子還有什麼不瞭解的？他這是想放棄三房了，只是礙著面子不好說出來，生怕在二房面前落下口實，也擔心大兒子對自己有看法。

夏正慎不好說話，老太太卻沒顧忌。她掃了眾人一眼。「我看，還是讓老三一家暫時搬出去吧。老太爺創下這份基業不容易，我不能讓它敗在我手裡。這個家除了三房四口，還有大房、二房十幾口人，三房做錯了事，就由他們自己承擔，犯不著把你們也綁在一起。留著根基在，老三家日子不好過了，咱們也能拉他一把，總好過大家一起落到水裡；如果是虛驚一場，到時再叫老三回家就是了。」

說著她吩咐下人。「去叫三老爺和三太太過來。」

「祖母！」夏佑忍不住出聲。

老太太伸手止住下人，朝夏佑望去。

「患難中見真情。這時候叫三叔搬出去，豈不是寒了他的心？到時候再想叫他回來，怕是不可能了。」

老太太淡然一笑，瞇著眼睛悠悠地望著門外。「佑哥兒你不懂，當初你三叔在你祖父床前發過誓，說一輩子不離開夏家的。這會兒咱們也不是分家，只是叫你三叔暫時搬出去避一下風頭罷了，事情過了，他自然要回來。」

說著她對下人揮了一下手。「去吧。」

那下人應聲而去。

夏佑望著那下人，藏在袖子裡的手緊緊握成了拳頭。

「我先回房了。」他賭氣道，轉身離去。

夏袗望了大太太一眼，躊躇片刻，卻不敢動彈。

她不如夏佑受寵，這時候走了，老太太必會將氣撒到她身上。

第十九章

那邊夏正謙剛沐了浴，正拿起筷子吃了口東西，就得了老太太傳喚的消息。他心裡發涼，轉頭卻對舒氏笑道：「去叫祁哥兒、衿姐兒收拾東西吧。以後咱們再不用看別人臉色了，自己賺錢自己花，真是再自在不過。」

「老爺！」舒氏知道他心裡不好受，望向他的目光裡滿是擔憂。

夏正謙擺擺手。「我沒事。」他放下筷子，接過舒氏遞過來的手巾擦了擦手，起身道：「走吧。」

舒氏對羅嫂點了一下頭，便跟在夏正謙身後，去了上房。

羅嫂沒有跟著去，眼看著夏正謙夫妻倆出了門，她便吩咐屋裡的丫鬟。「趕緊收拾東西。」又匆匆出了門，去告知夏祁、夏衿。

以她對老太太、大太太的瞭解，老太太既發話要三房搬離，必不會給他們太多時間收拾東西，就怕他們把值錢的都搬光了。如果不怕撕破臉，沒準兒大太太還要出面做惡人，讓人攔下他們檢查包袱呢。

夏衿得到消息，忍不住搖了搖頭。她的目的，達成得如此容易，這簡直就是一種悲哀。

夏家是小戶人家，三房又歷來被剋扣，夏衿的屋子根本沒有什麼值錢的，將妝奩匣子帶上，再把衣服打包，左右看看，就沒什麼可收拾的了。

「走吧，去哥哥那裡看看。」夏衿道，抬腳出門。

「姑娘……」菖蒲跟在夏衿後面，滿臉不安。

夏衿瞧她一眼，笑道：「是去是留，都由得妳。」

菖蒲眼睛一亮。「真的？那我爹、我娘也能跟著姑娘出去嗎？」

「自然。」夏衿道：「你們的身契在我娘手裡，又不是在大太太手裡，自然是跟著我們。」

菖蒲整個人頓時一鬆，笑容重又出現在臉上。「薄荷她們也很擔心呢。姑娘，我去跟她們說說？」

夏衿笑了起來。「去吧。」

看著菖蒲帶著幾分雀躍跑回院裡去，夏衿搖了搖頭，重重嘆了一口氣。

這幾個下人都比老太太和夏正慎重情義。

待夏衿去幫著夏祁收拾好東西，跟他一起到正院時，夏正謙、舒氏已回來了。不用問，看夏正謙那冷冽憤恨的神情和舒氏紅腫的雙眼，夏衿就知道老太太、夏正慎的話說得很不好聽。

「東西收拾好沒有？」見到兄妹倆，夏正謙轉頭問道，聲音仍有些冷。

「收拾好了。」夏祁輕聲道。聽說要搬出去，他本來很高興，可看到父母這樣，便有些惴惴不安。

「收拾好就趕緊走吧。」夏正謙道：「我只有一個時辰的時間，現在已過了半個時辰，所以要抓緊，總要看到你們安頓下來，我才放心。」

「爹！」夏祁看著父親，嘴裡囁嚅著不知說什麼好。

家裡發生這麼多事，他卻什麼忙都幫不上。他第一次發現自己這麼沒用。

夏正謙拍拍他的肩。「祁哥兒，你長大了，是個男子漢了。我不在家，以後家裡就得靠你撐著。以後家裡有什麼事你多擔待，別讓你娘和你妹妹受累。」

「嗯。」夏祁用力地點點頭，眼睛眨巴著，想把湧出來的淚水逼回去。「爹，您放心吧。」

老太太安排給三房住的地方，是夏家的老宅。

這座老宅位於城西，原是老太爺發家前的住處，夏正謙小時候還在這裡住過。後來老太爺名聲漸起，積攢了些錢財自己開了醫館，賺了些錢，這才在城南置辦了房產，即如今的夏府。因老宅是祖屋，老太爺不捨得賣，也不願意出租，便留了一對老夫妻在此守著。老太爺過世後，大老爺夏正慎倒是打過這處房子的主意，想把它私下賣了，可老太太死活不同意，於是就這麼放著。

這座宅子只有一進院落，正房三間，東、西廂各三間，倒座還有幾間下人住的屋子。雖有人守著，但因久沒住人，整個院子瀰漫著荒廢的氣息。階下都是青苔，屋裡一股霉味，角落裡還有蜘蛛網，偶爾還會有不知哪裡竄出來的老鼠。

舒氏看著這破敗的院子，臉上不但沒有沮喪，竟還帶著幾分潮紅的亢奮。

她眼眸亮亮地問夏正謙。「老爺，這座老宅以後是不是就歸咱們了？」

夏正謙點點頭。

從夏府搬出來，他就沒想過再搬回去。既然一有難，母親和大哥就一腳把他踢出門，他自然不會再由著他們召之即來、揮之即去。在同意分家之前，他問老太太要了這座老宅的地契——他在仁和堂辛苦這麼多年，如今算是淨身出戶，這座老宅歸給他自然是應當的。

美中不足的是，這宅子的房契寫的還是夏正慎的名字。

「先把三間正屋整理出來。」舒氏吩咐羅嫂。

此時她無比慶幸前面鬧過一場，把幾房下人的身契拿在手裡，這一次被掃地出門，才不至於連個使喚的人都沒有。

三老爺、三太太不受老太太待見，連帶著三房的下人在府上也受人欺負。這下搬出來另立門戶，又是一家人在一起，幾戶下人都很高興，幹起活來賣力得很。

不一會兒工夫，正屋就被整理出來。將舒氏陪嫁的樟木雕花床鋪、桌椅放置進去，竟然也有模有樣，像個過日子的人家了。

夫妻多年，舒氏對夏正謙再瞭解不過。把家收拾出個模樣，也能讓他放下心來，回到羅府也安心一些。

果然，看到這家終於有點像家的樣子了，夏正謙眼底的鬱氣消散了些，臉上浮現出笑容，對妻兒道：「我回來前，關門閉戶好生在家待著，有事就叫下人去做。羅家不是那等不講道理的人家，必不會胡亂遷怒到醫者身上，想必過幾日就會放我回來，不必憂心。」

舒氏知道夏正謙是個君子。他既然跟羅家說回來一個時辰，就必不會超過，更不會逃到別處，不再去羅家。

她強忍著淚意，給夏正謙揀出一些衣物，又包了些點心，帶著一雙兒女，送他出了門。回過頭來，她便叮囑夏祁、夏衿。「聽你們爹爹的話，不許再出門。」

夏祁正因父親剛才那番話亢奮呢，覺得自己是大人了，如今父親不在家，他就是頂梁柱了，正想著這段時間要幹出什麼事業來，好讓父親放心，卻不想母親一句話，就把他打回原形。

「我又不是小孩子，為何不許出門？」他輕聲嘟囔著，乖乖地跟著舒氏回了正屋。

羅嫂他們此時已把廂房整理出來，將夏祁、夏衿的東西各自搬了進去。夏祁住東廂、夏衿住西廂，倒是合適。

「還得去買些家具回來。」舒氏看了一回屋子，心裡盤算著，回屋拿了錢，叮囑兄妹倆老實在家，帶著羅嫂夫婦出了門。

以前夏衿扮成夏祁出門行醫，舒氏毫不知情，此時搬到這裡，主子、下人全都住在一個院子裡，避都避不開，這讓夏衿行事十分不便。

看到舒氏出門，她二話不說，拉著夏祁就進了西廂，不顧他的反抗掙扎，強按著讓菖蒲給他梳了頭、換了衣服，低聲道：「老實裝睡，我一會兒就回來。」

夏祁怎麼也掙不脫妹妹那鐵爪似的手，鬱悶得快要死掉了，用盡全力才把頭稍稍抬起來一點，斜著眼睛望向夏衿。「妳到底要去哪裡？別忘了爹叫我們別到處亂跑。爹那裡還不知會怎麼樣呢，妳這裡如果再出事，叫我和娘怎麼辦？」

夏衿見這小子嘮叨個沒完，乾脆抬手往他後腦勺用力一按，夏祁的腦袋就垂了下去，失去知覺。

「姑娘！」菖蒲大驚。

「我點了他的睡穴。」夏衿道，把夏祁挪到床上躺好，再蓋上被子，自己則換了男裝，施施然出了門。

「姑娘，太太一會兒就回來。」菖蒲十分不放心，跟在她身後提醒。

「知道了，趕緊回去守著，如果太太先回來妳就拖一會兒。」夏衿頭也不抬，直接走到角落，看看其他下人正在倒座那裡收拾他們的屋子，加上這幾日功力回來了些，一個縱身就從牆頭翻了出去。

一盞茶工夫後，夏衿出現在羅府附近的茶館裡，被羅騫派在那裡的樂山把她領進了羅府。

今天風和日麗，羅騫並沒有待在屋子裡，而是坐在花園一隅，拿著本書在看。見了夏衿來，他也沒有起身，只指著對面的籐椅道：「坐。」

只素又給夏衿泡了一杯茶。

見羅府一切如常，夏衿微微提起的心便安然地放了下去。

她端起茶，飲了一口，挑了挑眉，復又飲了一口，然後微閉著眼睛，將甘醇鮮爽的味道順著舌頭徐徐而下。

明前龍井，她前生的最愛。

羅騫看到她這鮮活的表情，不由得心情大好，說話都沒那麼惜墨如金了。「喜歡的話，待會兒我讓彩箋給你包一包帶回去。」

夏衿抬眸一笑。「多謝。」

想起羅騫所說的話，尺素看向夏衿的目光便帶了一抹深思。

她笑道：「這茶產量不多，每年也就十來斤。除了上貢，所餘不多，京中勛貴人家，花大價錢都不一定能買得著呢。咱們是產茶的省分，占著地利，我家老爺才得了一點，也就兩、三兩。分了些給大公子、二公子，我家公子得的也就一點點，所以能給夏公子的不多，夏公子不要嫌棄才好。」

聽著這話，夏衿著實羨慕。她倒不是羨慕羅騫能喝到好茶，而是羨慕他有好幫手。外有于管家、樂山、樂水，內有尺素、彩箋，做什麼事都有助力；不像她，連個能帶出門的下人都沒有，更不要說幫她辦事了。

「如此倒要多謝羅公子厚賜了。」

看到夏衿即便知道這茶的來歷，仍是大大方方的，羅騫與尺素對視一眼，都沒有再說話。

夏衿來此，可不是品茶的。她又飲了一口茶。「我們搬出來了，不過老宅的房契仍寫著我大伯的名字。」

羅騫瞭然地點點頭。「放心，我知道怎麼做。」

夏衿對他一笑。

果然跟聰明人相處就是舒服，話都不用說那麼多。

羅騫看了看夏衿，覺得還是說一聲比較好。「不過你父親怕是得吃一點苦。」

夏衿點點頭，長嘆一聲。「這也是沒辦法的事。」

「你放心，只去走個過場，待你大伯看到就放出來。」

夏衿點點頭，將杯中茶飲盡，站了起來。「如此，我就先回去了。」

「彩箋替我送夏公子。」羅騫也不留她，目送著她的身影，直到她消失在假山拐角處。

回到家裡，舒氏已回來了。夏衿避過下人，悄悄來到西廂後窗時，看到菖蒲正在屋子裡一個勁地在原地打轉，顯然等急了。為防菖蒲被嚇忽然驚叫出聲，她輕敲了一下窗戶，待菖蒲看過來時，一個縱身跳進屋裡。

「姑娘，妳怎麼這時才回來？可急死奴婢了。」菖蒲跑過來嗔道。

「沒人來問吧？」夏衿望望門外。

「怎麼沒有？太太一回來就問起妳，奴婢說妳睡了。太太不放心，進來看了一回，見少爺躺在床上，摸摸頭沒有發燒，才放心離去。」

說到這裡，她朝外努了努嘴。「太太又問起少爺，紫蘇姊姊說少爺正在看書。太太怕打擾他，才搪塞過去。」

「辛苦了。」夏衿拍拍她，直接進了裡屋。

夏祁正在看書，見她進來，也不說話，只瞪著她。夏衿哪裡理他？拿著衣服又去了另一間屋子，在菖蒲伺候下換了裝束。

「姑娘，這樣不是長久之計。」菖蒲道。

相處這些時日，她也知道了夏衿的性子，只要忠心，什麼都好說。因此她膽子便漸漸大了起來，偶爾也敢在夏衿面前開句玩笑，或說些勸諫的話。

「嗯，妳說得對。」夏衿點頭。「找個機會，我會跟娘好好說一說，不會讓你們為難的。」

菖蒲也只是隨口一勸，不巴望自家姑娘能聽進去，畢竟這麼久以來，姑娘都瞞著太太。現在老爺待在羅府前途未卜，太太心煩意亂，真不是說這事的時候。

卻不想姑娘決定在這時跟太太攤牌。

這念頭在腦子裡轉了一圈，她不安起來，試探著道：「現在說，似乎不是時候。要不，等老爺回來再跟太太說？」

夏衿笑了起來，拍拍她的手。「沒事，我自有分寸。」

收拾妥當，又將夏祁換回男裝放了出去，夏衿便去找舒氏。

舒氏雖然擔憂著丈夫，但這輩子第一次能當家作主，她禁不住亢奮。夏衿進屋時，她正帶著下人收拾屋子，臉色紅潤，眼睛發亮，一改前幾天的憔悴模樣。

「娘，有什麼需要我幫忙的？」夏衿走過去問道。

「沒有，妳好好歇著就是。」舒氏慈愛地撫了一下她的頭髮。「剛才去看妳，菖蒲說妳睡了。怎麼，覺得發睏？可有哪裡不舒服？」

這一回夏衿沒有避開舒氏的手，任由她在自己烏黑油亮的頭髮上撫了一把。

她仰臉笑道：「沒什麼不舒服，只是昨晚擔心爹爹，沒睡好，這會兒睏了。」

提起夏正謙，隱在眼底的憂愁又浮上舒氏的眼睛。她嘆了一口氣，在女兒髮際間摩挲了兩下。「妳爹會沒事的。」

「嗯。」夏衿用力點了點頭。

有事沒事，再沒人比她更清楚了。

母女倆沈默著，看著羅嫂和兩個婆子把新買的木床、帳幔等一一歸置好，夏衿拉了拉舒氏的袖子。「娘，去我屋裡，我有話跟您說。」

舒氏跟她出門，進了西廂裡，夏衿按著她在椅子上坐下，自己也在對面坐了下來，又讓菖蒲上了茶來。

「這麼鄭重其事，是幹什麼壞事了？」舒氏笑道，端起茶來喝了一口。

「我剛才……並沒有在屋裡睡覺，我扮成哥哥的模樣出了一趟門。」

「咳，咳咳咳……」舒氏被嗆得不輕，連連咳嗽。

夏衿忙上前去給她拍背。

舒氏一把擋開她的手，將她拉到面前站好，臉上怒氣浮現。「妳說什麼？妳出去了？妳爹走的時候是怎麼交代咱們的？轉個身妳就這麼不聽話！妳這要在外面出了什麼事，叫娘怎麼活？」

說著眼淚就一滴滴落了下來。

夏衿平生最見不得別人掉眼淚，一看人哭哭啼啼就煩躁不已。想前世，一夕之間她家破人亡，都沒有掉過一滴眼淚，哭天兒抹淚是最沒用的做法。舒氏這一哭，就把她心裡剛湧上的一點溫情給哭沒了。

因此，她的語氣就有些不好。「您能不能別哭！」

這嫌棄憎惡的語氣，聽得舒氏一愣，她不敢置信地望著女兒。

夏衿轉過頭去望著窗外，語氣仍是硬邦邦。「如果哭泣能救回爹爹，就算眼睛哭瞎了我也心甘情願；可是，哭泣能解決問題嗎？」

舒氏抹了抹眼淚，眨了眨紅腫的眼，低下頭去，臉色有些赧然。

夏衿見她恢復了理智，這才道：「剛才我出去，其實是去向于管家打聽爹爹的事。」

舒氏忙問：「怎麼樣？他們怎麼說？」

「還好。于管家說了，羅三公子這幾日似有好轉。只要羅三公子沒事，爹爹就不會有事。」

她頓了頓。「于管家說，就算退一萬步說，羅三公子有個好歹，羅大人也不是那等不講道理的，最多責罵爹爹幾句，出口惡氣，絕不會讓爹爹償命。畢竟羅三公子的病是自己得的，又不是爹爹害的。治病不成就責罰郎中，以後羅家人有病，誰還敢上門去看診？」

這話是紮紮實實安慰到舒氏。她長長地吐了一口氣，將身子往椅子上靠去，整個人似都放鬆下來。「這麼說，妳爹真不會有事？」

「真不會有事！」夏衿鄭重道。

舒氏盯著夏衿，眼睛裡滿是慈愛。「我家衿姐兒長大了，能為爹娘分憂了。」她垂下眼，露出羞愧的神色。「這個家就數娘最沒用，遇事就知道哭。」

舒氏這樣，倒叫夏衿心裡過不去。如果舒氏對她生氣，反倒將她推遠了；偏偏這麼一認錯，夏衿倒覺得先前的態度太過分了些。

她不會安慰人，偏過臉去，彆扭道：「誰說娘沒用？沒有娘，這個家還成個家嗎？」

夏衿這話讓舒氏心裡十分熨貼。

她是個心軟善良的婦人，而且作母親的，誰也不會跟自己孩子多計較。此時她早將夏衿先前的態度拋到九霄雲外去了，喜孜孜地瞋了女兒一眼。「妳這孩子，就會說好話哄娘！」

夏衿垂下眼，嘴角禁不住地往上翹了翹，心底一片柔軟安詳。

最終，她扮成夏祁的樣子要經常出去的話，她沒有說。

舒氏太柔弱，如果事先讓她知道，她必攔著，還會時常擔驚受怕；那還不如不說，等她發現這事再解釋也不遲，這事要一步一步來。

第二十章

沒有了大宅門的勾心鬥角，上到舒氏，下到守門的婆子，都覺得日子安靜自在，再沒有了在夏府時的壓抑難受。只是夏正謙的事，像一座高高的大山，壓得他們透不過氣來。

夏衿不忍心讓夏正謙、舒氏受煎熬，早早在灶下燒了一把柴。第二天，夏府和舒氏就分別得到消息，夏正謙被下了大獄。

雖說三房被趕了出來，但好歹沒分家，而且住的是夏家老宅，只要夏正謙有個什麼，夏家也得不著好。

夏正慎心裡發急，四處差人打聽。羅府終於有人放出話來，說要夏家拿三百兩銀子打點，他會在羅大人、羅夫人面前幫忙說說好話，放夏家一馬；否則，不但夏正謙要下大獄，仁和堂也別想好好開下去，夏祤、夏禱更別想考秀才了。

「娘，三百兩銀子，咱們哪裡拿得出來呀？」夏正慎在老太太面前哭喪著臉，百般不情願。

其實不用說三百兩，就是一千兩銀子，夏家把田地和鋪子賣上一部分，也是有的，但夏正慎怎麼可能賣掉來給夏正謙贖罪？雖然置辦這些田地、商鋪的錢，都是這些年夏正謙給人看病賺的。

「不用管他！」老太太發狠道：「去衙門把家分了，把老宅的名字改成老三的，也算對得起你爹了。羅府那裡，你拿二十兩銀子給于管家，讓他在羅大人面前美言幾句，羅公子的事，誰惹的你讓他找誰去；他要不依，老宅那處地段不錯，賣個兩百多兩銀子不是問題。老三想要保命，叫他把宅子賣了，再四處湊湊，也能湊出三百兩銀子來。」

「是。」夏正慎雖跟夏正謙還有些手足情，而且很可惜三弟不能再到仁和堂坐堂了，但能保住夏家現在小康人家的日子，才是最重要的。

「娘，這樣做是不是不妥？」這幾天才歸家的二老爺夏正浩皺眉道：「一有事就分家，把三房踢出去，讓別人怎麼看咱們？」

「是啊，娘，能不能再想點別的辦法？那羅大人應該沒這麼不講道理吧？這樣以後誰還敢給他家瞧病？」二太太見丈夫開了口，也跟著附和道。

夏禪的傷漸癒，也沒落下殘疾，她便沒那麼恨三房了。最重要的是，這分家，關係到她相公的名聲。

老太太還沒說話，大太太就嗤地一聲笑了。「二弟妹妳仁慈，跟三弟妹最是要好，乾脆妳拿三百兩銀子借給她好了。這事過了，再叫三弟妹慢慢攢錢還妳就是。」

二太太臉色一白，抬頭看了夏正浩一眼，訕訕道：「我哪裡有錢？」

大太太撇撇嘴。「這不就結了！好話誰不會說？裝著多好似的，說到拿錢就龜縮了，惡人倒叫我夫妻來做！」

「行了，都少說兩句。」老太太對夏正慎揮了一下手。「就這麼著，快去辦吧。」

夏正慎領命而去。

過了半日，舒氏就拿到夏正慎送來的戶籍和房契。

以前舒氏對這戶籍和房契夢寐以求，現在根本不敢伸手去接，只盯著夏正慎道：「大哥，是不是羅家不肯放過我家老爺？」

以她對老太太和夏正慎的瞭解，唯有如此，才會讓他們主動把三房分出來，還送一座宅子給他們。

「哪裡話？」夏正慎哪肯說實話，揚揚臉示意婆子把東西塞到舒氏手上。「老太太說既然你們願意單過，那就分徹底一點。三弟妹妳以前不是很想搬出來嗎？現在單獨立戶，妳應該高興才對。」

夏祁在一旁恨得直瞪眼睛。夏衿湊到他耳邊說了幾句，他便冷冷開口道：「大伯，夏家的財產，好歹也有二、三千兩銀子吧？我爹這麼些年累死累活，給夏家置下好些產業，如今就分這麼一座只值二百兩銀子的老宅？」

「胡說什麼？」夏正慎將臉一沈，朝外面看了一眼，心虛得怕人知道似的，對夏祁喝斥道：「夏家財產哪裡值二、三千兩？你小孩子家不知道就不要瞎說！就算是薄有家產，值個千兒八百，那也是老太爺置下的。老太太還在世呢，那些財產豈能容你說分就分？」

說著又對舒氏道：「三弟妹，不是我說妳，這祁哥兒被妳慣得真不成樣子。三弟不在，妳且得好好管教才成！」說完拂袖而去。

夏祁想追出去跟他爭執，卻聽舒氏在身後低喝一聲「祁哥兒」，只得悻悻然止住腳步，臉上猶憤憤不平，發誓道：「祖母和大伯真是欺人太甚！以後我有出息，必不理睬他們。」

舒氏還沒說話，夏衿就讚道：「有志氣！男子漢大丈夫就該如此。他們不分咱們祖產，有什麼打緊？你憑本事考上秀才、舉人，以後做了官，什麼好日子沒有？些許蠅頭小利，能看清楚一些人的面目，也是值了。」

夏祁被她讚得臉色發紅不好意思。

舒氏卻緊盯著那戶籍和房契，眼眶泛紅，聲音裡還帶著鼻音。「你們說，你們爹爹是不是回不來了？」

「娘，您別聽大伯瞎說！」夏衿趕緊寬解道：「今早上我去羅府，還聽說羅三公子已有好轉了呢。沒準兒明兒個爹爹就回來了。」

「真的？」舒氏抬起眼來，眼淚卻順著眼眶流了下來。她忙轉過身去，用手帕抹淚。

夏衿看著難受，只得跟夏祁拚命安慰她。

第二天，夏正謙果然回來了。這次倒不像上次那樣臉色憔悴，而是精神如常，衣著整潔。一見到妻兒，他便表情輕鬆地道：「羅三公子的病情從昨兒起就大有好轉，想來沒事了。」

舒氏喜極而泣。「這下不用再去了吧？」

夏正謙點頭。「應該不用了。」

舒氏的眼淚掉得更為厲害。

夏衿搖搖頭。喜也哭、悲也哭，這女人還真是水做的。

一家人歡天喜地地進了家門。

待夏正謙沐浴更衣，吃飽喝足，聽到舒氏說夏正慎送來戶籍和房契，他沈默了好一會兒，才苦笑一下。「妳別高興太早，要是知道羅三公子沒事，沒準兒明天他們又找上門來了。」

舒氏一聽頓時緊張起來，緊握著帕子。「老爺，你不會還想回府裡去吧？」

夏正謙搖搖頭。「怎麼可能，只是，他們肯放過我們嗎？」

夏衿坐在一旁托著腮，眨著眼睛一聲不吭。

結果那天晚上，夏正謙又被羅家人喚去羅府了，說羅三公子病情又有反覆。

第二天，于管家就去夏府放話，說要把夏正謙下獄，問他們怎麼辦。夏正慎拿出戶籍，說三房已分家出去，夏正謙所犯的事，與他們無關，羅家有什麼事，直接到老宅找舒氏去。

當于管家從夏府出來時，流言就悄悄傳開，大家都在議論夏家老太太因為夏郎中遭了罪，就把三房趕出門的事。

這讓夏正浩很難堪。

作為秀才，與錢財相比，他更看重名聲。這一點，他與大哥不同。但夏家是老太太和夏正慎作主，他也無可奈何。

城南的老百姓裡，受過夏正謙恩惠的人不少，一聽到這消息，便有人上門來看望舒氏。自從上次出去買家具後，就一直關門閉戶的舒氏，這一下終於知道了夏正謙下人獄的消息，一時之間竟然暈厥過去。

哭。

「娘、娘！」夏祁大駭，連忙掐人中、灌水，好不容易將舒氏救醒過來，母子倆抱頭痛哭。

夏衿聽這哭聲，頭痛地站在一旁等著他們冷靜下來，又開了個安神的方子，叫下人煎來。

好不容易舒氏喝了安神的藥睡了，她便拉了夏祁出去，攛掇道：「大伯他們早早把咱們分出來，必是得了什麼消息，知道有這麼一天。他們或許有什麼管道探聽消息，不如咱們過去問問。不管怎麼說，就算是分出來了，咱們也是夏家的人，以後爹爹賺了錢，他們來討要，咱們也是不得不給的。既如此，現在大伯、二伯就不能不管咱們！」

夏祁一聽這話，心裡的火「騰」地就起來了，冷笑道：「以前爹爹能賺錢，他們就死活拉著咱們不許分家；現在稍有波瀾，他們就趕緊把咱們撇開，生怕被連累了。羅家又不是傻子，大伯說不相干就真不相干？不管怎麼說，這事他們不能不管，我找他們去！」

夏衿連連點頭，紅著眼眶垂著眼，一臉傷心欲絕。「大伯他們的做法，真真讓人寒心，有好處就沾，沒好處就躲，這還是親人嗎？連那些熱心鄰里都不如。」

夏祁被她這麼一挑撥，心裡那股火燒得越發地旺。他咬牙切齒地出了門，邊走邊道：「就算他們不伸手，我也得鬧他們一通，好叫他們以後沒臉再來占咱們便宜。」又回頭叮囑。「妳在家好生照顧娘，我去去就回。」

夏衿哪裡放心，跟在他身後。「不行，你一個人去怕是要吃虧，我跟你一起去。」

夏祁本想拒絕。但想想如今妹妹再也不是小綿羊，言行凶狠著呢，當初他狎妓飲酒被打，還是妹妹出來鎮住場子，讓他少打幾板子，還揪出了幕後指使者。平時壓制他那狠勁，讓他都心裡發怵，許她跟著，自己膽子也壯一些。

於是兄妹兩人乘著馬車去了夏府。

因著夏正謙的事，夏家人都有些惶惶，生怕被牽累，正聚在老太太屋裡說話議論。忽聽下人來報，說六少爺、五姑娘來了，都面面相覷，一齊將目光投到老太太身上。

「這時候他們來幹什麼？不見！讓他們回去。」老太太惡聲惡氣地道。

「娘，您要不放他們進來，萬一在門口鬧起來，對咱們的名聲不好。」夏正浩皺眉道。

見老太太猶一臉不滿，夏佑也在旁附和道：「二叔還要考舉人，二弟和五弟還要考秀才，這不孝不悌的名聲傳開來，恐怕會留下不好印象，文章寫得再好也是枉然。」

一聽會影響到兒孫的前程，老太太便不能不當回事了，抬了抬下巴對下人道：「放他們進來。」

不一會兒，夏祁和夏衿進來了，對著老太太和幾人見了一禮，夏祁便跪了下去，對老太太哭道：「聽說我爹被下了大獄，我娘暈了過去，我兄妹倆年紀尚小，六神無主，惶惶不知所措，如今只能來求祖母和大伯、二伯。還望祖母、伯伯勉力相救。」

明知場合不對，夏衿的嘴角仍禁不住往上翹了一翹。

她沒想到，心思單純的夏祁會來這麼一齣。明明在門外還咬牙切齒，恨這些人恨得不行，一進門卻知道哀兵先行。

夏祁跪下這麼一哭，屋子裡便靜得落針可聞。夏正慎夫婦一臉著急，生怕老太太心軟；而夏正浩一臉唏噓，眼裡似有不忍之色；二太太則坐在那裡，目光閃爍，不知在想什麼。

「哭什麼哭？我還沒死呢！」老太太一臉嫌惡。「如今才知道來求，當初做什麼去了？為給衿姐兒退親，不顧自己有多少斤兩，貿然上門自薦行醫。我說他幾句，便嚷嚷要分家，連老母、兄長都不顧，不孝之子死不足惜！既已分家，那就各過各的，誰也別求誰。你們有難處自己解決去，別來求我，我不愛理！」

說著她便起身往裡屋去，又惡聲道：「把他們趕出去，看著我都心煩。」

老太太對三房向來如此惡劣，夏祁聽了這番話根本就不憤怒，只抬起頭高聲道：「以前我爹起早貪黑，不顧髒累地給人看病，每月至少能賺二十兩銀子，時不時還有幾兩銀子打賞。這幾年下來，也賺了有二、三千兩，府裡拿著這些錢財，置辦了好些店鋪、田地。

「可分家的時候，除了那座破舊老宅，一文錢都沒分給我們。如果平時倒也罷了，我們吃些虧，就當孝敬祖母和大伯、二伯，那些錢財且不計較；但如今羅府託人放下話來，只需三百兩銀子即可免除牢獄之災，這錢無論如何也得這邊出才是。否則，甚是不公！」

「你這是逼著我要錢來了？」老太太止住腳步，轉過身來冷冷盯著夏祁。

「這錢本是我家應拿的，什麼逼不逼的，祖母說話且好生斟酌，不要讓人誤會了去！」夏祁揚聲道。

「你、你……」老太太抖動著手，指著夏祁氣得不知如何是好。她左右看看，拿起旁邊的一個小杌子就朝他砸過去。夏衿眼明手快，拉著夏祁避到一旁，那小杌子險險地從夏祁腳邊劃過，「砰」地一聲落到地上。

「祖母！」夏佑驚叫一聲，待看到夏祁沒有受傷才鬆了口氣。老太太喜歡動手砸人的毛病，不知什麼時候才能改改。

「給我把這孽畜打出去，永遠不許進門！」老太太指著夏祁喝道。

「祁哥兒，你先回去。」夏正浩拉住夏祁的胳膊，猛向他使眼色，又湊到他耳邊想要輕聲說幾句示好的話。

可好不容易促成這局勢，夏衿哪裡會讓夏正浩在中間和稀泥？她「嗚」地一聲撲到夏祁身上，上下摸著他的衣裳，顫抖著聲音道：「哥，你有沒有傷著？你有沒有傷著？爹爹還在獄中，你如果再受傷，你叫娘和我怎麼活？」說著大哭起來，哭聲之悲戚，聞者落淚。

夏佑和夏袗聽著這哭聲，一時心酸，轉過頭去不忍直視。

夏祁被妹妹這哭聲帶著，心裡也湧上許多酸楚。他抬起眼，望著老太太和夏正慎，恨恨高聲道：「今日你們無情，也別怪我們他日無義。大禍面前，你們不顧母子、兄弟情分，避禍自顧，一毛不拔，往後這邊有事，你們也別找我們！」

說著，拉著夏衿就大步往外走。

「孽畜、孽畜！」老太太氣得渾身發抖，見夏正浩想要去拉夏祁，大喝道：「別拉他，讓他走！小小年紀便這般忤逆不孝，長大了還得了？把今天他說的話傳揚出去，我看他想考秀才簡直作夢！」

夏衿瞥了夏祁一眼，見他眼睛一瞇，眸子裡閃過一抹冷光，並沒有沮喪擔心的情緒，不由得心中大慰。

老太太這話，也不過是唬唬老實人罷了。她真要把今天夏祁的話傳出去，世人首先要問的便是老太太做了什麼，才逼得一個孩子枉顧名聲，說出不孝的話來。夏家的恩怨真傳到考官耳裡，不光夏祁得不了好，便是夏正浩、夏衲、夏禱都別想有前程了。

打老鼠傷玉瓶的事，想來老太太是不會幹的；便是她想幹，夏正慎、夏正浩定然也會攔著她。

回到家裡，夏祁、夏衿對在夏府發生的事隻字不提。舒氏則掙扎著收拾了些東西，說要去獄中看夏正謙。夏衿無法，只得跟夏祁一起帶著她去了府衙，結果獄役直接把他們攔住了，說牢獄裡並沒有夏正謙這個人。

「這……這是怎麼回事？」舒氏懵了。

「娘。」夏衿道：「羅府說那話，怕是在嚇唬咱們。就算羅大人是推官，但上面還有知府大人呢，怎麼可能一個治不好病就大下獄？這話傳出來，以後還有哪個郎中敢幫羅家人看病？既然爹不在獄中，您就放寬心，沒準兒明、後天，爹爹就回來了。」

舒氏左右無法，吩咐車伕往回走，猶豫了片刻，又對夏衿道：「要不，妳再去羅府打聽打聽？」

「嗯，好，一會兒就去。」夏衿的嘴唇忍不住往上翹。

從不許她出門，到央求她出門，她這段時間的努力，總算有了回報。

第二十一章

送舒氏回去後，夏衿想了想，乾脆也不下車，直接去了羅府。沒多久，她便回來了，告訴舒氏一個好消息，說羅三公子的病忽然間有了好轉。

這解釋了他們為什麼沒有在獄中看到夏正謙。要知道，據鄰里說，夏正慎可是先去獄中確認三弟下了大獄，才去衙門做了分家的登記的。

果然，兩天後的傍晚，夏正謙回了家，滿臉喜色，說羅三公子大好了，羅夫人託于管家向他道了歉，說當時為兒子的病急糊塗了，以後再不會為難他。

「好了就好、好了就好。」舒氏又是眼淚漣漣。除了掉眼淚，嘴裡還直唸「阿彌陀佛」。

這下一家團聚，還徹底分了家，以後就能自由自在過日子了，一家人都很高興。

不過，等夏正謙沐浴吃過飯，舒舒服服地坐在廳堂喝茶時，舒氏忍了又忍，終還是忍不住開了口。「相公，以後你打算怎麼辦？」

見夏正謙轉頭朝她看來，她低下頭去，羞愧道：「我知道你吃了苦頭，本應該歇息一陣子，但我當了首飾、衣服，現在家裡只剩一百文錢了。這麼一大家子十幾口人，都要吃飯。我本想賣些下人，但跟過來的，都是一家幾口在一起，且又忠心得用；要是一家賣了，祁哥兒和衿姐兒身邊就沒合用的人了。我娘家那邊，聽說你下了獄，都不肯借錢……」

說到這裡，她眼眶又紅了。

聽到這個問題，夏衿暗暗嘆了一口氣。

這段時間舒氏一來是為夏正謙擔心，二來焦心家裡缺錢問題，整宿整宿睡不著覺，她都看在眼裡。她雖想開食肆，但這事不急於一時，而且少了她手裡的銀子，有羅三少在，酒樓也開得起來。

問題是，她沒辦法解釋這銀子的來路。

最後她只能費盡心思，旁敲側擊瞭解舒氏手裡有多少餘錢。掐算時間，恰恰在這時候放了夏正謙回來。

「我回來了，錢的事妳就不用擔心了。」夏正謙安慰道：「下人不必賣，回頭我去借幾兩銀子先用著，再看看哪家醫館缺坐堂郎中。」

這城裡受他恩惠的商人不少；而且他回來了，就意味著有還錢的能力，借上幾兩銀子，還是不成問題的。

娘仨卻注意到他話裡的另一層意思。

「爹，你不回仁和堂了？」夏祁問道。

夏正謙眸子微冷。「不回了。」

夏祁轉過頭來看了夏衿一眼，目光裡露著喜色。

舒氏聽到丈夫口氣裡的決絕，暗地裡也鬆了一口氣。她最怕夏正謙心軟，又去仁和堂給那一大家子做牛做馬。

夏正謙打算得挺好，可第二天一早，夏正慎就上了門。

夏衿得到消息，趕緊去廳堂的後窗處，想要偷聽他們說些什麼，卻不想她剛站定，舒氏和夏祁也過來了。舒氏看到一雙兒女，臉上頗有些不自在，猶豫了一會兒，還是湊到窗前。

屋子裡，夏正慎數說自己的難處。「……這也是權宜之計。把你們分出去，保住大家，就好比我們留在岸上，隨時能伸出手來把你從水裡拉上來；但如果我們跟你一同落了水，就沒希望了，大家都在水裡掙扎，誰也救不了誰，你說是不是？」

見夏正謙沒吭聲，夏正慎又道：「還好，羅三公子病好了，這事總算過去了，娘叫我來把你們都接回去。」

「不用了。」夏正謙冷道：「我們不是分出來了嗎？連衙門那裡都登記過了，又豈能兒戲？往後各過各的日子就好。免得哪天我因醫術不好，又得罪了貴人，娘和大哥便得再為分家操心。」

夏衿和夏祁對視一眼，兄妹倆眼裡都有遺憾，看不到夏正慎此時的臉色。

好一會兒，才聽到夏正慎道：「唉，大哥知道你說的是氣話。我來的時候，娘說了，如果你心裡有氣，不願意搬回家住，也由得你，但不管怎麼說，咱們還是一家人。你現在剛逃過一劫，娘吩咐廚房備了一桌酒席，正等著你回去好好慶賀呢。這頓飯，你總不該不回去吃吧？」

聽到這話，舒氏的心都提到嗓子眼來了。

她知道，只要夏正謙回去吃了這頓飯，在老太太和夏正慎眼裡就表示冰釋前嫌了。他們必然會打蛇隨棍上，明天就要叫夏正謙去仁和堂坐堂了。

「羅府這事，算得上是無妄之災，有什麼可值得慶賀的？那酒席你們吃好了，我在獄中受了風寒，身體不適，就不去了，免得到時給你們過了病氣。」

夏正慎似乎忍了許久才出聲，聲音裡依然帶著怒氣，口氣生硬許多。「三弟既不舒服，那過兩天再設宴給你洗塵好了。不管怎麼說，進了牢獄一趟，那地方晦氣，總得要洗洗晦氣才好。」

說著，屋裡有椅子挪動的聲音，夏正慎又道：「那你好生歇著，我明兒再來看你。仁和堂那邊的老病號來問過你好幾次了，等會兒我就去跟他們解釋，說你已平安回來，過幾日就去坐堂。」

緊接著有腳步聲往外走，想是夏正慎準備離開。

「大哥。」夏正謙坐在原處不動，聲音依然冷清。「仁和堂是你和二哥的產業，我去坐堂已不合適，你們再另聘高明吧。」

夏正慎的怒氣終於控制不住了，喝道：「三弟，你生氣我能理解，但也不能太過分！如果你是家主，你也會這麼斷尾求生。你是不是覺得自己翅膀硬了，醫術了不起了，覺得我們拖累你，早就想獨自高飛，於是趁此機會脫離夏家？我告訴你，離了家族，你什麼都不是！

「你別忘了，要是沒有夏家把你養大，供你讀書、授你醫術，又有仁和堂給你施展才華，還有你二哥這秀才名頭保住你不被小人陷害，你能有今天？有幾分本事就罔顧恩義，你這麼做與小人何異？你就不怕別人戳你的脊梁骨？就不怕影響祁哥兒的前程？」

說著，腳步聲響起，漸行漸遠，顯然是夏正慎已拂袖而去。

屋子裡一片寂靜。

舒氏站在窗前，咬著嘴唇，手裡捏著的帕子被她握得死緊。

夏祁在旁邊一會兒磨磨牙、一會兒癟癟嘴，皺起的眉頭能夾得死蚊子。

夏衿想了想，轉身繞了一圈，進了廳堂。

舒氏和夏祁對視一眼，也跟在後面。

「爹，您要回去嗎？」夏衿問道。

看著這兩個月來身高長了一截，面色也比原來紅潤的女兒，夏正謙感覺十分複雜。

他瞥了跟進屋的舒氏和夏祁一眼，目光仍放在夏衿身上。「衿姐兒，妳覺得爹爹應該怎麼做？」

「當然是不回去呀。」夏衿理所當然地道。

開玩笑，她費了這麼多心思，才把夏正謙從夏家拎了出來，怎麼可能再讓他回去？

「為什麼？」夏正謙並沒放過她。

夏衿警覺地看了夏正謙一眼。她覺得夏正謙似乎對她有些起疑，想試探她一下。

她找了張椅子坐了下來，無所謂地道：「因為我不想再回去。如果您要回去，就把我跟娘、哥哥留在這裡吧，我們在夏府過的什麼日子，您又不是不知道。」

夏正謙被她用話這一頂，頓時啞然。

「衿姐兒，怎麼說話呢這是？」舒氏瞋了夏衿一眼，算是替丈夫解圍。

不過，她接下來那句帶滿愁緒的問話，仍然暴露了她的想法。「相公，你真想回去？」

夏正謙可以逗逗女兒，可不敢在妻子面前亂開玩笑。他忙搖了搖頭，正色道：「妳放心，我不會再回去。」

舒氏明顯鬆了一大口氣。

夏祁打從夏正慎說因為二伯是秀才，所以那些小人都不敢陷害夏正謙，心裡就波濤洶湧，打心底湧出建功立業的雄心。

此時見夏正謙說不回去，他興高采烈道：「爹，您別擔心，我努力唸書，一定會考中秀才。到時候咱們家不用依靠二伯，也叫那幫小人不敢作祟。」

見得他說不回去，妻子、兒女一個個歡喜得不行，夏正謙心裡一陣唏噓。

說實話，夏正慎說的那番話，還真打動了他的心。他是赤誠君子，做人的信念中，便有「受人點滴，當湧泉相報」這一條。所以這麼多年，任憑老太太如何作踐他和妻兒，他都咬牙忍著，從不提分家。

要不是這一次母親和大哥說那些讓人傷心的話、做那些絕情的事，他也不會主動提出分家；要不是這些年來他覺得虧欠妻子、兒女太多，他也不會不回去。

舒氏跟他同床共枕十幾年，豈會不知夏正謙的心情？她見丈夫表情複雜，輕聲道：「衿姐兒的孩子話，相公不必放在心上，如果你想回去，咱們就回去。」

夏衿沒有說話，倒是夏祁忍不住睜圓了眼睛，叫了聲。「娘！」

那樣子，明顯是不贊同舒氏的話。

夏衿暗嘆一聲，開口道：「爹，你想過沒有，以後你行醫，算不著哪時又會遇到羅家這種情況，到時候，不會又鬧一次分家吧？」

夏正謙明顯一愣。

夏衿悠悠又道：「行醫治病，誰也保不准以後會遇上什麼事。這次分家，便有人指指點點，說祖母處事不公、大伯背信棄義；如果再來一次，二伯和幾位唸書的哥哥怕是就沒辦法參加科舉了。」

夏正謙的眉頭皺了起來，一臉深思。

夏祁聽得這話，眼睛亮了亮，張嘴想要附和。夏衿忙朝他眨眼睛，搶先繼續道：「如果這樣，倒不如這一次徹底分了算了，以免以後有什麼事連累祖母、大伯他們。逢年過節，咱們送上銀兩禮物；那邊遇上難處，咱們盡力相幫，這豈不比拴在一條繩上，一遇上事就一鍋端的好？」

這話算是徹徹底底解開了夏正謙的糾結。

真要這樣做，他也不用兩邊為難、兩邊愧疚了。

他抬起眼來，長長地吁了一口氣。「衿姐兒這番話，說的甚有見地。行，咱們就這麼辦！」

夏祁咧開了嘴，悄悄對妹妹豎了一根大拇指。

舒氏滿是愁緒的眉眼也頓時舒展開來。

夏正謙掃了妻兒一眼，站了起來。「我出去一趟，借點銀兩，也順便看看哪個醫館請郎中。」

「爹，您先坐下，女兒有話說。」夏衿又開了口。

夏正謙看著女兒，嘴角噙著笑意，眉毛一挑，坐了下去。「妳又有何高見？」

「您去別家坐堂，總是寄人籬下，受制於人。依我說，咱們還不如自己開醫館。」

這話一出，其他三人一陣愣怔。

好不容易反應過來，舒氏便笑了起來，用手指點點夏衿的頭，嗔道：「妳呀，妳爹剛剛才誇妳說話有見地呢，這沒到片刻工夫，又說孩子話。這醫館哪是那麼好開的？要門面、要備藥、要夥計、要帳房，還得請坐堂郎中，哪一樣不是錢？沒個兩、三百兩銀子，都別想開醫館。就算有兩、三百兩銀子還不夠呢，剛開的時候沒什麼名氣，熬聲望都得熬個一年半載的，這一年半載，也得花上一、二百兩銀子呢。」

夏祁剛聽到夏衿的話時，眼睛還猛地一亮，覺得是個好主意呢。現在聽舒氏這麼一分析，頓時洩了氣，將身體往椅子上一靠，沒精打采起來。

夏正謙笑笑，又站了起來。「如果沒別的話說，我可走了啊。」

「哎呀，你們別急，聽我說完嘛。」夏衿此時的表情倒盡顯孩子氣。「爹爹的醫術高明，咱們可以不賣藥，只開方。」說著她伸手朝前一指。「咱們也不用去租鋪子，只須把倒座那堵牆打通，朝外砌出個大門來，裡面放兩張桌子，爹爹往那兒一坐，知柏與景和打個下手，這攤子就算支起來了。酒香不怕巷子深，憑您的醫術，就算咱們這裡不臨街，只要能看得好病，也照樣不缺病人。」

夏正謙心裡一動，緩緩坐了回去，一臉沈思。

夏衿繼續道：「爹您在仁和堂幹了十幾年，也知道像趙郎中他們這些有名的郎中，看一個病人，醫館給他們的錢是五文錢，而實際收取病人的看診費是十文。咱們自己看診豈不比到醫館坐堂強了一倍？除此之外，您既不必看東家臉色，又不用每日來回辛苦，家裡有什麼事，還能夠及時照應，多好的事！」

這話說得連舒氏的眼眸都亮了起來。

夏正謙卻搖搖頭。「人家病人在醫館看病，看了病就可以抓藥，方便得很；可找我看病，還得跑到這巷子裡來，再跑去藥鋪抓藥，折騰來、折騰去，誰會願意？除非是一些別人看不了的疑難雜症，想過來讓我試一試。但疑難雜症可不是看一個好一個的，治不好的機率大得很。這種病人看多了，十個裡有五個治不好，那就是砸自己招牌。」

這話把舒氏眼裡那點亮光說得黯淡了下去。

「爹，如果咱們收八文錢呢？」夏祁插嘴道：「不收八文，就算只收五文咱們也不虧啊，至少您不用去看人臉色，也不用跑來跑去那麼辛苦。」

「那可不是。」舒氏讚許道。

夏正謙眉頭微蹙，思索著這個可能性。

夏衿挑了挑眉。「爹，您照我說的辦，不光能收十文看診費，還可以有一筆額外的收入。」

「哦？」這話讓其他三人都詫異了。

「什麼辦法？妹妹快說。」夏祁興奮地道。這段時間，他被夏衿的轉變打擊得不輕，不過越受打擊，他對妹妹的各種本事就越服氣。而且他知道妹妹不是那等信口雌黃的人，她說有辦法，就一定有辦法！

與夏祁相比，夏正謙並不相信女兒，只是含笑看著她，用縱容的語氣道：「妳說說看，有什麼好辦法？」

「咱們沒有本錢鋪藥，但可以與人合作。只要您去跟相熟的藥鋪說，把收拾出來的屋子租他一間，讓他把藥分一部分鋪到這裡來賣。您這兒開的方子，都到他那兒揀藥，看那些藥鋪老闆答應不答應。」

這下不光是夏祁，便是夏正謙的眼睛都亮了起來。

第二十二章

舒氏腦筋慢，想了一想才明白過來，不由得一拍巴掌。「好主意。」她興奮地對夏正謙道：「相公，衿姐兒說的這辦法，不僅能讓你的病人不用折騰，而且咱們砌出來的屋子也可以租出去。就算一個月租一百文，那也是錢啊，夠發好幾個下人的月錢了。」

「不，哪能才租一百文。五百文，保證能收到。」夏衿道。

「五百文？不可能吧？」舒氏真不敢做這樣的美夢。要知道，外面當街同樣大小的鋪面，也才七、八百文一個月呢。

「可不可能，讓爹去跟人談談不就知道了？」夏衿說著這話，看看夏正謙，忽然不放心起來。「爹，去談這事的時候，還是帶上我吧，我怕您沒談過生意，心一軟就答應便宜租給人家。要知道，這一損失就是幾百文錢呢，夠咱們家做好多事了。」

「這孩子，倒像是她談過生意似的。」舒氏笑道，不過眼睛卻不放心地盯著夏正謙。「相公，衿姐兒說的還真是，你可不能租便宜了。」

夏衿更不放心。夏正謙的為人，說好聽是君子風度，說難聽些就是迂腐。心又軟，臉皮又薄，人家但凡說得艱難些，他就答應了。

她繃著小臉，認真地叮囑道：「爹，我怕您撇開我，自己去找人談。咱們那鋪面，開價六百文，最低四百文，不行就拉倒。藥鋪多的是，這家不成談那家，總有願意的，您可別許便宜了。」

夏正謙啞然失笑。「我是大人還是妳是大人？妳倒囑咐我起來了！而且咱們修門面的錢還沒著落呢，大家說這話是不是太早了？」

「可不是。」舒氏想起這個就愁上了。「你趕緊去借錢吧。借不來錢，咱們就得喝西北風了。」

夏正謙人緣還是極好的。到得午後，他喝得滿臉通紅回來了，將一個錢袋往舒氏面前一放。「吶，二兩銀子，張大哥借的。」

「張大哥就是仗義。」舒氏接過錢袋，把裡面的銀兩倒出來數了數，掐手盤算著這段時間過日子要花多少錢，把門面砌起來要花多少錢。

算完之後，她神采奕奕地道：「行了，下午我就請人來砌門面。」

說是砌門面，其實並不太費工夫，只把給下人住的倒座空出連在一起的寬敞三間，在朝巷子處打出門框和窗戶，安上門窗，再把通往內院的門窗用磚泥封了，就成了三間朝外的門面。一間最大的租出去做藥鋪，一間給夏正謙坐堂，還有一間與醫堂打通，給病人歇息等候之用。

而且砌這門面，只須請一、兩個懂行的，再買些原料，其餘人工皆是自家男僕。羅嫂的丈夫羅叔被夏正謙和舒氏任命為管家，帶著幾個男僕起早貪黑地幹活，不到兩天，就把門面收拾妥當了。

新分家的三房還是借錢過日子，每天十幾口人要吃喝，過十來天還得給下人發月錢，夏正謙半點都不敢耽擱，在借了錢後的第二天上午，就去找藥鋪談合作了，當然，並沒有帶上夏衿。理由是，一來夏衿是女孩子，不宜拋頭露面；二來他跟藥鋪老闆說話的時候，夏衿插進來談判，或是他退出，由夏衿跟對方談生意，就顯得對對方不夠尊重。

好在有夏衿的交代和舒氏的再三叮囑，夏正謙談判的時候牢記著夏衿給他劃出的底線，最後以一個月五百文的價錢，把那間大鋪面租給一家姓秦的藥鋪老闆；而自己在中間那一間掛上一塊匾額，匾上是夏正謙所寫的三個字——杏霖堂。

等秦老闆給藥鋪鋪好藥材，正好是夏正謙挑的吉日，他拿了串鞭炮放了就算是開張了。

砌門面那幾日，夏正謙並沒有閒著，而是上門拜訪原來的兩個老病號，告知他們開醫館的消息，再由這兩個病號將消息傳揚出去。所以這天一早，十幾個老病號就到杏霖堂等著了，也算來了個開門紅。

舒氏前兩天就拿到秦老闆預付的兩個月租金一千文，把借的外債還了一半。這天杏霖堂開張，一個上午便有一百文錢的入帳，她頓時樂得合不攏嘴。

舒氏是歡喜了，那邊夏正慎卻在仁和堂大發雷霆。

他原本還想著夏正謙會顧念情義，又回頭來為他賺錢呢，這幾天就一直在仁和堂等著。卻不想那群一直等著夏正謙回來的老病號一個個不見了，打聽之後才知道夏正謙在老宅砌了門面，自己開了間醫館！

他也知道自己這個當大哥的本事小，上次去老宅，夏正謙就沒給他面子，如果現在鬧上門去，仍會像上次一樣，起不了一點作用。當下也不理醫館的事了，怒氣沖沖回了家，把事情跟老太太說了一遍。

「咯噹」一聲，老太太氣得把手裡的茶杯摔了個粉碎。

在一旁伺候的大太太和二太太眼睛都不眨一下，向旁邊招招手，立刻有個小丫鬟上來把破瓷片撿了，另一個婆子則把地掃了一遍，片刻工夫就收拾乾淨。

「那個孽畜在哪兒？帶我去！」老太太咬牙切齒地站了起來。

「就在老宅，我這就叫人備車。」夏正慎轉身就走。

夏正浩在旁直嘆氣，勸道：「娘，別去了。有什麼話，晚上叫三弟回來再說如何？」

「你別管！」老太太怒氣上頭，對二兒子也沒了好臉色。

「可這會兒三弟那裡怕是有病人，您這一鬧，倒叫別人看笑話。」夏正浩道。

「有人在正好。」老太太威風地一擺手。「到時候我倒要看是看他的笑話，還是看我的笑話，哼！」

夏正浩還想再勸，二太太悄悄拉了拉他的衣袖，猛使眼色叫他別再說了。

老太太年紀越大，越是固執。認定了要做什麼事，誰也勸不住，弄不好勸的人還得遭殃。

這時夏正慎急步走了進來，說車已備好，夏正浩長嘆了口氣，只得閉了嘴。

老太太雖然年逾六十，身體卻仍十分硬朗，坐在馬車上頭不暈、眼不花的，直到老宅門前下車，都還保持著鬥志，氣勢比跟在後面的夏正慎強多了。

此時雖已接近中午，但杏霖堂裡仍有從仁和堂跟過來的五、六個病人等著，還沒輪到他們看診。此時見門前停了輛馬車，一個頭髮花白的老太太怒氣沖沖地闖了進來，後面跟著仁和堂的東家，那些病人頓時猜測到老太太的身分。他們立刻停止談笑，眼睛一眨不眨地看著這邊。

「祖母，您怎麼來了？我爹、娘早上還說待還了欠債有了餘錢，馬上買東西去看望您呢。」扮成夏祁的夏衿滿臉笑容地迎了上去，給老太太深深作了個揖，態度極為恭敬。

看官，你道夏正謙為何同意女兒拋頭露面，到醫館來幫忙？卻原來是夏衿使了個先斬後奏的把戲。

自打夏正謙從獄中回來，她便十分乖巧，老老實實待在小宅子裡，哪兒都不去，整日幫著舒氏管家，還裝模作樣地做些針線。這乖巧的模樣讓夏正謙甚是滿意，以為女兒以前去仁和堂做學徒，真是緣於手足情深，不忍哥哥沒時間看書；前段時間出門去羅府，也是擔心父親，須得出門打探消息，現在沒事了，就乖乖待在家裡，再也不出門。

卻不想，今天他開了杏霖堂的門，把十幾個病號迎進醫館來，剛剛坐下給病人看病，夏衿便扮成夏祁從前門進來了，一進來就給病人們作了個揖，然後挽起袖子對夏正謙道：「爹，您且看病，我來給您寫方子。」

當初在仁和堂，夏衿被打發到藥鋪給病人抓藥，病人就算覺得她面熟，也並不知道她就是夏正謙的「兒子」。

此時聽她喚夏正謙「爹」，這些老病號頓時都和善地朝夏衿笑，又紛紛對夏正謙誇道：「夏郎中，這就是令公子呀？果然是一表人才，文質彬彬。」

「是啊，你這兒子不光長得好，還有孝心！你看看，見你忙就主動來幫忙。不像我家那孽子，就知道吃喝玩樂，叫他做點事，嘴就噘得老高，嘟嘟囔囔、不情不願，看得我就想一巴掌過去。」

「夏郎中，虎父無犬子。您醫術高明，令公子的醫術想來定然不凡，待過幾年讓他接你的衣缽，你就可以享清福了。」

夏正謙心裡鬱悶得要死，卻又不好當眾喝斥女兒，只得擠出笑容來。「哪裡哪裡？過獎過獎！」見夏衿扯衣挽袖過來磨墨、寫方子，他只得咬牙認了，思慮著待中午回到內院，再好好喝斥一通。

於是這天上午，夏衿便得以留在杏霖堂，這才有了她擋在夏正謙面前，迎向老太太這一齣。

平時老太太對三房就沒有好臉色，此時明擺著就是來鬧事的，兩眼一瞪滿臉暴戾地喝道：「滾開！」說著用胳膊將夏衿往旁邊一揮。

夏衿雖將身體養得比以前好些，但正是長高的時候，依然是瘦骨嶙峋的豆芽模樣，老太太這胳膊一揮過來，她一個沒站穩就朝旁邊倒去，幸得景和眼明手快，扶了她一把，這才站穩身子。

這情形，看在眾病人眼裡，就有了別樣的意味——做孫子的，對祖母恭敬備至，禮數周全；而祖母對孫子動手就推，出口就「滾」，疾言厲色，沒有絲毫慈愛之心。

想起這陣子聽到的閒話，再想想剛才夏衿嘴裡所說的「還了債有了餘錢」，眾人望著老太太和夏正慎的目光便多了一絲興味。

老太太的性格夏正謙太瞭解了，早在決定自己開醫館時，他就有了承受老太太怒火的準備。老太太進來時，他便快速站了起來。看到女兒被怒罵推搡，他微微蹙眉，不過目光仍是十分平和，拱手作禮道：「娘，您有什麼話，叫兒子過去領訓就是，何必親自過來一趟？」

老太太將手一揮。「少來這一套！裝得跟什麼似的。你要真孝順，就別鬧分家，把這地方給關了，回仁和堂幫你大哥去。」

夏正謙饒是有心理準備，被老太太這兩句話說得心裡頓時一涼。

家醜不可外揚。就算老太太不待見他，好歹是他的親生母親，有什麼話難道不可以進屋再說嗎？偏得在這裡，當著外人的面壞他的名聲，哪個當娘的會這樣作踐自己的兒子？

夏正謙顧念著孝道，沈著臉不作聲，夏衿可管不了那麼多。

她揚聲道：「祖母，您說這話我怎麼聽不懂呢？把我們分出來，不是您跟大伯決定的嗎？我爹當時還在羅府呢，您就叫我娘和我妹妹收拾東西搬到這裡來，還叫大伯去衙門裡分了家。要沒您跟大伯同意，衙門哪裡會讓我爹分門立戶？怎麼您反倒說我爹鬧分家呢？」

眾病號本來就知道夏家的流言，此時再聽這番對話，不由得竊竊私語起來。

老太太明知道這裡病人多，還跑來鬧，而不是先去後宅，派下人叫夏正謙過去說話，就是仗著夏正謙為人孝順，又顧臉面，一定會在病人面前給自己這個做娘的留臉面。卻不想「夏祁」這臭小子，竟然敢當著眾人的面掀自己老底。

「閉嘴！」老太太怒喝一聲。「大人說話你插什麼嘴？你娘是怎麼教你的？沒教養的東西！」

被她這一罵，夏衿縮著脖子往夏正謙身後躲，好似很害怕，閉著嘴再也不說話了。

說句話讓眾人知道真相就行了，她可不想在眾人面前頂撞老太太，給人留下不孝順的印象。

夏衿不作聲，夏正謙卻不幹了。妻子賢慧，兒女懂事，在夏家時卻受欺凌，他一直覺得虧欠他們；現在好不容易分家了，剛過了兩天安生日子，老太太又跑來胡攪蠻纏，抹黑他不算，還連他的妻兒都給誣衊上了。

「娘，您說的這叫什麼話？有您這樣說親孫子的嗎？」他蹙眉道：「祁哥兒說得沒錯。既然分家了，娘分給我的是這座老宅，我就該守著老宅，老老實實過日子，而不是妄想大哥、二哥的仁和堂，免得以後說不清楚，以為我不死心，還想著去占家裡的便宜。所以仁和堂，我是不會再去。」

老太太氣得發抖，正要張嘴喝罵，卻被夏正慎攔住了。「三弟，你這話怎麼說的，誰會嚼舌根說你占便宜？身有一技之長，勝過良田千頃。我們家就你學到了爹的一身本事，娘才把仁和堂留給我跟你二哥，希望我們有點恆產，不至於餓肚子，扯你的後腿，你怎就不能理解呢？現在娘都親自請你回仁和堂去，你還有什麼可氣的？你看看，這麼多老病號跑那麼遠的路來找你看病，你就不覺得對不起人家嗎？行了，別鬧脾氣了，趕緊關了這門，回仁和堂去吧。」

這番話說得夏衿都對這大伯刮目相看了，以前她只覺得夏正慎就是個酒囊飯袋，沒想到竟然能說出這番話來。

她擔憂地望著夏正謙，生怕他被這母子兩人一說，就乖乖地回去給人賣命。

夏正謙卻搖搖頭。「大哥，你不用再勸了，我是不會回去的。」

「你……」夏正慎沒想到他會拒絕得這麼乾脆，咬著牙一時不知說什麼好。

「啪」地一聲，一巴掌甩在夏正謙臉上，聲音極清脆。

大家都愣住了。

夏正謙用手摀著臉頰，緩緩抬起眼來，望向老太太，眸子裡無波無瀾。

「你真的不回去？」老太太瞇著眼睛，陰沈沈地盯著夏正謙。

夏正謙垂下眼，遮掩住眼底的冰冷。「娘，既然分家了，咱們就各過各的吧，逢年過節或家裡有事，我自然會回去。」

如果說夏正慎上次來時，他還有些動搖，那麼今天老太太絲毫不顧念他的面子，當著外人給他難堪，甚至給他一巴掌，當真是讓他涼透了心。

「三弟，你別忘了，當年在爹臨終前，你曾答應他永遠不離開夏家的。」夏正慎在一旁道。

「我沒忘。當時我說了，如果你們不把我分出去，我就不提分家；可現在是你們先把我分出來的。」夏正謙冷冷抬起頭，注視著夏正慎。「是你們生怕我連累你們，迫不及待把我妻兒從宅子裡趕出來的。」

聽到這裡，那些病號坐不住了。

因夏正謙待在羅府，那幾天他們雖找了別的郎中看，但效果始終不如夏正謙開的藥好，所以今天得知夏正謙醫館開張，顧不得路遠，一早就趕來了。只是前面人多，才等到了這時候。要讓他們回去再等到明天才來看病，要多痛苦一天，他們很不情願，故而在老太太和夏正慎進來時，他們才沒有避開。

可現在，夏家母子起了這麼大的衝突，還涉及夏家的隱私之事，他們再待下去，就不合適了。

其中有一個，就是那曾找趙郎中看病的劉三爺。他為人仗義、性格豪爽，不像別的病人膽小怕事，找了個空插進話來道：「夏郎中，你這裡既然有事，我們就先回去了，明兒個再過來。」

「也好，各位慢走。」夏正謙也不願意讓人看自家的笑話，抬眸看了夏衿一眼，示意她送大家出去。

「慢著！」老太太卻將手一舉，對眾病號道：「孽子忤逆，為人不孝。今天之事，還請各位留下來，給我老婆子做個見證。」

眾病號一聽這話，哪裡還肯留下？急急地就要往外走。開玩笑，他們還要靠夏正謙給他們治病呢，留下來幫老太太，豈不是跟自己過不去？可老太太哪裡肯放他們走？淡淡對外面道：「阿武，留各位一留。」門口立刻站出兩個護院，堵在門口。

第二十三章

「夏老太太，妳這是什麼意思？」病號們不高興了。

他們能常年看病吃藥，家境都是過得去的，其中有些家勢比起夏家來只高不低，老太太這舉動，讓人極為反感。

老太太卻不理他們，只拿那渾濁的雙眼緊緊地盯著夏正謙，聲音尖銳而高揚。「膽怯了？怕人知道你不孝，急著把人趕出去？」

夏正謙只覺得渾身都浸在冰水裡，由內到外是透心的涼意。他的親娘，硬生生把他逼到牆角，不給他一絲活路。

他木然地抬起眼，對眾病號道：「那便煩請大家先留下。」

夏正謙都這麼說了，明知道留下沒有好事，大家也不好再說什麼，互相對視一眼，站在那裡不動了。

老太太也不理他們，自己轉過身，走到夏正謙看診所坐的那張椅子前，穩穩地坐了下來。

知柏、景和看了夏正謙一眼，機靈地招呼眾病號也坐下。

夏衿站在角落裡，望著老太太，眼裡若有所思。

只見夏正慎站在原地一動不動，眼睛望著老太太，滿眼迷茫，不知道老太太想要幹什麼，他眼裡閃過一絲不安，急步走到老太太身邊，彎下身湊到她耳邊，詢問了一句。老太太瞥了他一眼，轉過臉來，不予理睬。

「娘，咱們還是先回去吧。」夏正慎心裡更是惶惶不安，低聲勸道。

老太太又瞥了他一眼，想了想，對夏正謙招招手。「老三，你過來。」

夏正謙抬起眼來，望了老太太一眼，這才抬步走了過來。

老太太一瞬不瞬，用冰冷的目光看著他一步一步走到跟前，然後慢慢地眯起眼睛，開口道：「你真不回去仁和堂？」

這一回夏正謙沒有說話，只搖了搖頭。

老太太的眼底冷意未退，滿是怒氣的火苗又竄了上來。她提高聲音道：「我再問一次，你真不回去？」

夏正謙依然搖了搖頭。「對不住，還勞另請高明。」眼底是一片清冷。

這清冷的眼眸把老太太心裡的那一股怒氣再次挑了起來，她氣極反笑，咬著牙根，尖著嗓子，高聲問道：「要我說，你有別樣的身世呢？你也不回去？」

夏正謙愣住了。

夏正慎也是一呆，半張著嘴猛地轉過頭去，驚訝地望向老太太。

坐在那邊正竊竊私語的眾病號一齊住了嘴，抬眼朝這邊看來。

一時之間，屋子裡靜得落針可聞。

哀莫大於心死，原本夏正謙已感覺不到心傷，他站在那裡，渾身冰涼，心更是如死水一般，激不起半點漣漪。

所以起初聽到老太太這句話，他沒有反應過來。等屋子裡一片安靜，那句話所包含的意味在腦子裡漫開，他如同被雷擊中一般，「嗡」地一聲腦子一片空白。

因為老太太的嫌棄厭惡，他不是沒懷疑過自己的身世。在他十歲那年，大哥、二哥犯錯卻是他被打時，他便哭著去問了老太爺。當時老太爺責罵老太太之餘，摸著他的腦袋安撫了半天，說他就是老太太生的，只不過生他時她差點死掉，所以不喜歡他。

他跟著老太爺去行醫，曾經看見一個產婦生子，一盆一盆的血水從屋子裡端出來。等屋裡的號叫聲漸漸低下去，那家人驚呼著叫郎中救命，他跟著老太爺進屋救人時，便看到滿床滿地的血，和那個臉色白得嚇人、睜著一雙大眼一臉不甘卻斷了氣的產婦，以及被抱在僕婦懷裡「哇哇」大哭的嬰兒。

那個場景，一直深深地印在他的腦海裡，許久許久都忘不掉。

所以從老太爺說出「難產」這個詞起，他對老太太的怨氣就散了，取而代之的是愧疚和敬重。他發誓不管老太太如何對他，他都會好好孝敬母親。

要不是妻子一次一次被老太太折磨，甚至流產；要不是女兒被害得差點死掉，老太太對罪魁禍首一句責怪的話都沒有；要不是兒子被綁在長凳上打得鮮血淋漓；要不是禍事來臨時，母親和大哥一心要把他趕出去以免受連累，他這一輩子，都不會提分家！

卻不想，老太太竟告訴他，他的身世另有隱情！

他的瞳仁漸漸聚焦，眼前，是老太太那張滿是嘲諷怨恨的臉。

他閉了閉眼睛，低聲道：「什麼別樣的身世，您說。」乾澀的嗓子讓他的聲音極為嘶啞。

被這聲音一刺，夏正慎反應過來，他急匆匆跑到老太太身邊，搖搖她的肩膀。「娘，您別嚇唬三弟，這種玩笑是不能亂開的！」

老太太是個偏執易怒的人，最受不得刺激。見夏正謙絲毫不服軟，剛剛看向自己的那一眼竟然還帶著厭棄，她全身的血就直往頭上湧來，用力地擊打著椅子扶手，厲聲道：「既然你不仁，也別怪我不義。你這婊子養的孽畜，既然不念這幾十年的養育之恩，那我就把你的身世說出來，讓世人評評理！」

夏正謙此時的頭腦反倒清明起來，渾身竟有說不出的輕鬆。

「您說。」他平靜地道。

「娘、娘，有什麼話，咱們回屋說去啊，別讓他人看了笑話。」夏正慎急得額上都冒了汗珠。

老太太話說得這麼明白了，什麼意思他猜也能猜出來。回屋去說，事情還有轉寰的餘地。為了自己的身分地位，被抓了把柄的夏正謙還能老老實實回仁和堂去幫他們賺錢，而且以後叫他往東，他就不敢往西，再不會有以前的傲氣。

可一旦將這事當眾說出來，夏正謙破罐子破摔，跟夏家可能就再也不親了。

看到大兒子一臉惶惶不安，老太太稍稍猶豫了一下。

可好不容易能讓夏正謙與夏家決裂，夏衿哪裡會放過這機會？她適時地插了句嘴。「祖母，您可別瞎說，祖父一直都說，我爹是您親生的。您總不會為了讓我爹回去給你們做牛做馬，就睜著眼睛說瞎話，把自己的兒子說成別人的吧？這世上有您這樣做娘親的嗎？」

這句話無疑是火上澆油，老太太猛地站了起來，整個臉因憤怒都變形了，指著夏正謙道：「我呸！親生？你作夢！你他娘的就是個婊子養的野種，也不知你爹從哪裡抱回來，跪在我面前求我收養。我當時剛生老三，遇上難產，老三沒活，床還沒下，你爹就抱了個野種回來。我一時心軟，再加上你爹許我一輩子不納妾，他又願意去求他治好的一個大人給我爹、哥哥在衙門裡找差事，我才一時應下。

「之後你爹護你護得緊，他又威脅如果你有個三長兩短，他便讓那位大人把我爹和哥哥從衙門裡趕出去，還要讓他們不好過，我這才許你好好活著。怎麼，現在養大了你，幫你娶了媳婦，許你用我那死去孩兒的名分活了三十五年，你翅膀硬了，有幾分本事，就可以忘恩負義，把老婆子我扔到一邊了？呸，想都別想！」

她上前幾步，緊緊地拽住夏正謙的衣襟，那雙渾濁的眼睛此時異常明亮，臉上泛起不正常的潮紅，咬著牙根說出來的話，低沈而又陰森。「趕緊，老老實實收拾東西，去仁和堂坐堂。否則，老娘叫你身敗名裂！」

夏正謙一動不動，任由她揪著，眼睛卻一瞬不瞬盯著她，表情有些奇異。待老太太說完那話，他忽然將衣襟從她手裡一抽，後退兩步，臉上慢慢綻開一個笑容，緊接著，他仰面哈哈大笑起來，形若癲狂。

除老太太外，屋裡的眾人都擔憂地看著他，生怕他因受刺激，得了瘋病。

「祁哥兒，你爹他……沒事吧？」劉三爺走近夏衿，低聲問道。顯然是在委婉地提醒夏衿，讓她去安慰父親。

「沒事。」夏衿搖搖頭。

望、聞、問、切四字中，「望」這一字，就是要求醫者對病人聽其聲、觀其形，判斷病情。

夏正謙此時雖然笑得跟瘋子一樣，但他的笑聲，苦澀中帶著幾分鬆快之意。很顯然，被老太太苛責喝罵三十幾年，他心裡不是沒有怨氣、懷疑，只是被所受的教養壓制，又被老太爺哄騙，一直沒有表現出來。

如今，懸在頭頂的那把利劍落了地，即使被劍刺得血淋淋，他依然十分鬆快。

眼前這女人，不是親娘，自己再也不用為孝道所束，違著心去敬重她了。這大概，就是夏正謙心底最深的感受。

他這陣狂笑，是把心裡的鬱氣發散出來，發散得越徹底，對他而言就越好。

老太太顯然是被夏正謙這份癲狂嚇了一跳，她連退好幾步，直到夏正慎上前扶住她，這才停住腳步，瞪著夏正謙，嘴裡喃喃道：「瘋了、瘋了，他瘋了……」

夏正慎看看老太太，再看看狂笑不止的夏正謙，搖搖頭，長長地嘆了一口氣，低聲道：「娘，咱們走吧。」

「走？走哪兒去？」老太太瞪他一眼。「老三還沒回話呢，咱們怎麼能走？」

「可三弟這樣子……」夏正慎說到這裡，頓了一頓，像是想起什麼，轉臉好奇地問：

「娘，三弟真不是您生的？」

「哼，他要是我生的我能這樣對他？」老太太望向夏正謙的目光充滿恨意。「每次看到他，我就恨得牙癢癢。你說你爹娶我的時候，對我多好，結果卻在外面有了相好。我當時恨不得搶過來把他摔死，可你爹護他護得緊……」

說到這裡，她像是想起了那不堪的往事，保養得宜的臉猙獰地扭曲著。

夏正慎不說話了，望著漸漸收了聲息的夏正謙，目光閃爍，心裡不知在盤算著什麼。

「娘，不如您先回去？」他低聲道。

「幹啥？」老太太瞪著眼睛。

「如果三弟沒瘋，我總得留下來勸勸他不是？畢竟咱們來此的目的，就是為了讓他回仁和堂，恩威並施，效果才好。」

藏在心底多年的那一口悶氣終於吐出來了，老太太的神志也清明許多。她點點頭。「行，那我先走。」說著，誰也不理，逕自朝外面走去。

屋子裡沒人敢攔她。

夏正謙此時已收起笑聲，漸漸平靜下來。見老太太往外走，他側了一下身子，給老太太讓了讓路。

夏正慎見老太太被丫鬟扶著走出門口，抬起手來對病號們做了個揖，清了清嗓子高聲道：「各位，我娘她老人家前段時間病了一場，人有些糊塗，剛才她說的話都當不得真，還望大家莫要往心裡去，也別往外傳，出了這個門，拜託大家把剛才的事忘了。我和我家三弟，都承大家這個情。」

「呵呵，不當真、不當真。」大家都臉色僵硬地笑著回道，紛紛站了起來，眼睛卻瞅著夏正謙，眼底帶著擔憂。

「諸位。」劉三爺掃了大家一眼，開口道：「夏郎中的為人大家都是知道的。不管怎麼說，他給大家治過病有恩於咱們，為人又極好，咱們不能不厚道，把今天的事說出去。夏郎中不好了，咱們也沒好日子過。這一點，大家都想得明白吧？」

「明白、明白……」大家都忙不迭地點頭應道。

確實，把今天的事說出去，只圖一時嘴巴痛快，於己無益，到時候夏正謙受不了流言蜚語關了醫館，或是心中暗惱不給自己好好看病，那受損失的不還是自己嗎？

想明白這一點，大家都暗暗下決心，不往外亂說一句話。

「婆娘們最是嘴碎，大家回去，今兒的事便是枕邊人也不要說。」劉三爺又叮囑一句。

「不說、不說……」大家又連連點頭。

有那把利害關係想得透澈的，又附和著敲打了大家一句。「要是誰把這事說了出去，就讓他到別家看病。要是多幾個這樣的人，咱們排隊也不用等得那麼辛苦，大家說是吧？」

大家都輕笑起來。

「行了，等明日夏郎中精神好些，咱們再來，今兒個都先回去吧。」劉三爺揮了揮手，率先出了門。

大家都往夏正謙那裡看了一眼，只見夏正謙蒼白著臉，緊拽著拳頭站在那裡一動不動，夏正慎則在他身邊低語也不知說些什麼，顯然今天再不適合看病。大家暗嘆一聲，陸續往外走。

「對不住大家了。明兒個大家來，不用排隊，先給大家把病看了再開張。」夏衿跟在後面拱手送客。

對劉三爺的仗義和病家的理解，她十分感激。

「行了，不用送了，回去好好安慰你爹。」走在最後的一個老頭拍拍她的肩，走出了門。

待夏衿回到夏正謙身邊，就聽夏正慎在一旁道：「……傳揚出去，對你也沒有好處。雖說你已經娶妻生子，憑醫術能混口飯吃，冷不著、餓不著；但祁哥兒和衿姐兒呢，你想過他們沒有？那講究些的人家，誰願意跟這樣一個出身的人做親家？不說遠的，就說近的，單是弟妹家裡恐怕都不願意吧？」

「爹，我們不怕。」夏衿深知夏正謙對兒女的疼愛，生怕他被夏正慎說動，靠過去扶住他的胳膊。「正所謂『英雄莫論出處』、『王侯將相，寧有種乎？』有眼光的人，只看人而不是看出身，絕不會為這流言遮住雙眼；而那沒眼光的人，咱們在乎他們做什麼？巴不得離這種人遠一點呢。等我考了秀才、中了舉人，你說別人是敬我，還是敬那街頭賣燒餅的嫡出的阿福？」

夏正慎好不容易把臉色嚇人的夏正謙勸得鬆動些，夏衿又來說這番話，他頓時急道：「祁哥兒，大人說話小孩插什麼嘴？你年紀小小哪知道這其中的厲害？不懂站一邊去，別胡亂說話。」

神色一直木然的夏正謙此時抬起眼眸，看向夏正慎。

夏正慎也知道這弟弟對一雙兒女最為要緊，立馬閉上嘴，眼巴巴地回望過去，等著他的回話。

他剛才可是說了一大通，想必已把夏正謙的心說動了吧？

第二十四章

「大哥，你先回去吧。」夏正謙卻面無表情地吐出幾個字，拉著夏衿轉身就走。

「三弟，你這是什麼意思？」夏正慎沖著他們的背影嚷道：「你回不回去，好歹給個話。你也知道娘那脾氣，要讓她知道你沒答應回仁和堂，非得再來鬧不可，到時候，我可就攔她不住了。」

夏正謙停住腳步，轉過身來，定定地看著夏正慎，似乎要把他的五臟六腑都看個明白。

「你你、你這是幹什麼？」夏正慎被他這目光看得心裡發毛，連話都說得不俐落了。

「我不會回去。」夏正謙又面無表情地吐出幾個字。

夏正慎一噎，臉色一沈，翻臉怒道：「合著我說了那麼多，你都當我放屁？我告訴你，你要真不回去，也可以，反正你也不知是從哪裡抱回來的野種，是不是我夏家人都兩說。養你三十五年，幫你娶了妻，再把你一雙兒女養這麼大，這筆帳咱們可得好好算一算。

「這夏家老宅是我祖上傳下來的，你一個不明不白的野種，也沒資格住，趕緊把房契交出來，再寫個三百兩銀子的欠條，我就再不打擾你。否則，咱們明兒衙門裡見。」

夏正謙瞪大眼睛望著夏正慎，彷彿不相信這話是從他嘴裡說出來的，好半晌，才啞著嗓子道：「衿姐兒，妳去把房契拿出來。」

夏正慎輕瞥夏衿一眼，以為夏正謙大受刺激喊錯了名字，絲毫不以為然。

「是。」夏衿對夏正謙賠錢的事不但不惱，反而有些高興。以她的本事，掙幾百兩銀子不成問題。但有一群這樣的親戚，卻是十分惱人的事，能用幾百兩銀子打發他們，那是再好不過了。

她飛快地轉過身，朝門口奔去，一邊走一邊不忘塞了一張紙條給景和。「去把這兩人請來做個證。」

她說的這兩人，是住在這附近的鄰居。眼看著新開的醫館病人極多，向病人們打聽夏正謙的醫術之後，他們便也從家裡扶了老人過來看病，剛才老太太鬧騰的時候，他們就在這裡。

杏霖堂跟老宅大門相連，老太太和夏正慎乘馬車到醫館裡來時，早被守門的婆子看到了，回去稟了舒氏。夏衿進院子時，舒氏正站在院門不遠處，手裡絞著帕子，滿臉憂慮不安。一看到夏衿進來，她急急問究竟。

前面夏正慎和夏正謙正等著，夏衿生怕夜長夢多，不敢耽擱，三言兩語把事情說了一遍，又給舒氏分析了幾句利弊。「娘，您快把房契拿給我。」

舒氏聽說夏正慎不光要把老宅收回去，還要讓夏正謙寫下三百兩的欠條，心裡不踏實。丈夫雖有本事，但一時哪裡賺得來錢？怕是打明兒起，全家都要睡到大街上去。

但這事夏正謙做了決定，並放了話出去，她便不好反對。

她拿出鑰匙開了櫃子，不捨地把房契拿了出來。夏衿一把奪過，轉身就跑。

待回到杏霖堂，夏正謙早已把欠條寫好了。夏正慎拿著墨跡未乾的欠條，一臉陰鷙。

他醫術不好，帳卻算得極精。老太爺辛苦一輩子，就留下一處大宅和一間醫館。現在夏家名下的兩百畝良田和三處鋪面，都是夏正謙成名後仁和堂賺的錢所置辦的；再沒有人比他更清楚，有夏正謙在的仁和堂，就是一隻會下金蛋的母雞，沒了他，趙郎中和譚郎中根本不頂事。

而夏正謙今年才三十五歲，如果他願意回去，剩下的幾十年，不知會為夏家賺來多少銀子，這遠遠不是一處破舊老宅和三百兩銀子所能替代的。

他甩甩手中的欠條，極為鬱悶地吐了一口氣。

他知道，如果他獅子大開口，叫夏正謙寫七百甚至一千兩的欠條，夏正謙必不會同意。到時候他既不寫欠條，又不回仁和堂，拿身世來要脅也不見起效，雙方又撕破臉，恐怕夏家連這處老宅和三百兩銀子都收不回，那可就虧大了。

見夏衿跑進來，他抬起眼，沈臉問道：「房契拿來了？給我！」

說著，伸出手來就想去拿夏衿手裡的房契。

「慢著。」夏衿將手一揚，讓他抓了個空。「這房契和欠條我們給你，但你得立個字據。」

夏正慎本就心塞，此時見以前挺老實的孩子竟然敢對他這樣說話，頓時勃然大怒，反手就是一巴掌。「滾，這裡沒你說話的分！」

「爹！」夏衿驚叫一聲，輕輕一側，像是被掌風帶了一下似的，倒在夏正謙身上，順手把夏正慎手裡的欠條給抽走了。

夏正謙把女兒扶住，轉身就揪住夏正慎的前襟，咬著牙道：「你還敢打人！我本來看在爹的分上，看在咱們兄弟一場的分上，不想做得太過絕情，把房契、欠條寫給你，算是互不相欠，往後合得來就走動走動，不合就拉倒。卻沒想到你們根本不把人當人！好，既然如此，那咱們就來算算。」

他將夏正慎往外一推，把他推了個踉蹌，指著他的鼻子道：「我七歲入學，唸了八年書，從十五歲起，就跟著爹爹四處行醫。這十五年裡，穿衣吃飯，筆墨紙硯，所有花費，最多不過七、八十兩銀子。

「十五歲之後，我便開始賺錢。每個月我給夏家賺了多少錢，我又花了多少錢，你最清楚。這些年家裡置的田地、鋪子，大部分都是我賺的吧？那可值兩、三千兩銀子，這麼一算，你們得倒還給我多少？結果呢？分家的時候一文錢都不給，就給個值二百兩銀子的破屋，你還想把房子要回去，還要我寫欠條？我呸！」

一聽夏正謙這是想反悔了，夏正慎悔得腸子都青了。他手怎地就那麼賤，打什麼「祁哥兒」，這下好了，五百兩銀子就被打飛了。

「帳、帳可不能這麼算。」他話都說不索利了。「要沒我娘留下你，沒準兒你早餓死了。就算不餓死，在某些骯髒的地方生存，你不定長成什麼樣，更不會娶個好娘子，生一雙龍鳳胎。你算算這值多少錢？再說，我爹那身醫術可都傳給你了，這醫術又值多少錢？」

「大伯，話不能這麼說。」夏衿可不能讓他把歪理給說通了。「這麼多年，老太太對我爹非打即罵，又害得我娘沒了孩子，這樣還想讓我爹感恩戴德不成？那可是人命啊，你倒算算值多少錢？再說，我爹的親娘就算不是老太太，親生父親是老太爺總歸沒錯吧？我爹既是老太爺的親兒子，老太爺把他撫養長大，供他唸書，不是應當的嗎？合著到了你這裡，就該算銀子了？那你跟二伯又算了多少銀子給老太爺？怎麼一分不算，還要繼承老太爺的遺產呢？」

聽得這話，夏正慎鼻子都要氣歪了。今天每每說到緊要處，眼看夏正謙就要被說動了，都是這「祁哥兒」跳出來把話又扯回去，現在，這可恨的傢伙又插話了！

他咬著牙看著夏衿，卻不敢再動手了。

「行了，廢話少說。」他一揮手，決定耍賴了。「你要麼把房契和欠條交出來，咱們就一刀兩斷，誰也不欠誰；可要不交，那以後你就是夏家庶子，逢年過節都得孝敬老太太，家裡有事也得相幫，叫你回去你就得回去，就這樣！」

夏正謙眼睛緊盯著夏正慎，胸口一起一伏，顯然被氣得不輕。

他還沒說話，夏衿就搶先道：「你先寫個字據，就說夏家分家，我爹淨身出戶，並倒貼夏家三百兩銀子作為以後老太太的孝敬錢。往後夏家不管啥事，都與我爹不相干，更不得再來找我爹要錢。」

「你……」夏正慎被這話氣得想要吐血，他還打著時不時來找夏正謙要錢的主意呢。

夏衿不等他張口，又聲音清脆地道：「寫！不寫就不給。你說庶子什麼的都無所謂，反正來叫我們我們不去，要錢錢也沒有，最多逢年過節叫人送點薄禮，愛要不要。分家了，你又能奈我何？」

「你你你……」夏正慎手指著夏衿，手抖得跟中風似的。

「景和，鋪紙磨墨。」夏正謙在一旁道。這就是力挺夏衿的意思了。

景和早已請了兩位病人家屬來，不過看到屋裡爭執，只站在門口，沒有進來。這會兒聽到吩咐，忙將兩人請進門來，挽起袖子將墨磨好，又抽了一張紙，只等著夏正慎寫字據。

夏正慎氣歸氣，卻捨不得白花花的銀子，咬牙切齒地轉過身去，走到桌前提筆一揮而就，照夏衿的意思寫了張字據，然後洩憤似地將筆摔在地上。

夏衿可不放心，走過去仔細將那字據瞧了一遍，又吹乾了遞給夏正謙。「爹您看看，有沒有什麼不妥。」

這舉動又把夏正慎氣得吹鬍子瞪眼。

夏正謙看了看，將下巴抬了抬。「行了，把房契和欠條給他。」

請了兩位證人，就是要這會兒起作用。夏衿沒理會夏正謙，在字據上寫上兩個證人的名字，讓他們按了手印，這才把房契和欠條給夏正慎。

夏正慎拿到房契和欠條，瞇著眼睛好好看了看，這才摺起來小心地放進懷裡，惡狠狠地嚷了一句。「今天晚飯之前，我來收房子，到時候還沒搬走，我就叫人把東西扔出去。」轉身快步出了門。

夏衿看到夏正謙像是全身力氣被抽乾了一般，渾身虛脫，搖搖欲墜，雙手似乎在顫抖，連忙過去扶住他。知柏與景和也趕緊上前，一個攙扶，一個拉椅子，把夏正謙扶坐到椅子上。夏衿又快手快腳地給他沏了一杯熱茶，遞到他手上。「爹，您喝口水，暖暖身子。」

兩位證人來告辭，夏衿又感謝著將他們送了出去。

夏正謙顫抖著手將茶杯遞到嘴邊，也顧不得燙，「咕嚕咕嚕」喝了幾口，這才長長地吐了一口氣，將身子靠在椅背上，閉上眼睛，漸漸平靜下來。

好半晌，他才睜開眼睛，對夏衿擺擺手。「沒事了。」

夏衿眼角餘光看到門口站著個人，轉頭一看，卻是舒氏，她正滿眼擔憂地望著夏正謙。看到夏衿望將過來，她走了過來，將手輕輕搭在夏正謙肩上。

夏正謙抬頭看到是她，疲憊一笑。「我沒事，別擔心。」

舒氏沒有說話，只向知柏招招手。「來，扶老爺回屋去。」

幾人出了門，便見藥鋪的王管事正站在門口，想進來又不敢進來，滿臉糾結，見夏正謙被扶著出來，那樣子像是大病一場似的，他大吃一驚，問道：「夏郎中，到底出了什麼事，剛才你那兒怎麼鬧哄哄的？」

夏正謙虛弱地一笑，拱了拱手。「王管事，對不住了。我這兒出了點事，你去請秦老闆過來，到時我再跟他仔細談一談。」

王管事原是秦老闆藥鋪的夥計，因忠厚老實，又有幾分精明，秦老闆便提了他，派他來杏霖堂這邊做管事。他新官上任，又見一早上從杏霖堂過來抓藥的人絡繹不絕，正興頭著呢，忽然就見抓藥的客人斷了，緊接著隔壁就傳來吵鬧聲，於是派人過來瞅了兩眼，就見一老太太對著夏正謙又打又罵。

現在好不容易等人走了，他才按捺不住，想過來問上一問，卻不想就聽夏正謙說要請秦老闆。

這是出大事了呀！他不由得慌了。夏正謙出了事，醫館開不下去，這個藥鋪分店就得撤掉，他就得被打回原形，這哪行呢？

當下他不敢有絲毫耽擱，目送夏正謙進了院門，就飛快地坐車去請秦老闆。

知柏與景和扶著夏正謙進了院子，上了臺階，舒氏正要指揮他們往臥房裡去，就聽夏正謙擺擺手道：「去廳堂。」

舒氏明知家裡、醫館有許多事要安排，不是躺下歇息的時候，卻心疼丈夫，勸道：「老爺，您這樣子，還是先去躺躺吧。」

「不用。」夏正謙態度甚是堅決。

舒氏無奈，只得讓知柏他們扶他去廳堂。

夏正謙在椅子上坐下，定了定神，問舒氏。「現如今妳手上還有多少錢？」

舒氏眨了眨眼，聲音輕得有些飄忽。「一百二十文。」

夏正謙心裡黯然。

家裡有多少錢，其實他心裡也有數。他回家時，家裡就只剩了一百文錢，這兩、三天買菜就花光了。後來雖借了別人二兩銀子，但都花在砌門面、佈置杏霖堂上。秦老闆倒是付了兩個月租金，可他想著今天醫館開業就有收入，便把這銀子還了債，餘下的，就是今天上午看病時入帳的一百文錢了。這一百文加上舒氏手上所剩的二十文錢，可不就是一百二十文？

他長長地嘆了一口氣。

夏衿聽得這話，倒是慶幸自己從羅騫那裡所得的二十兩銀子沒有花出去——剛開始羅騫給了她十兩銀子的診金，日前眼看著病已痊癒，他又給了十兩賞銀。本來這錢夏衿是要花在兩人合夥新開的食肆上的，但這段時間，她一來沒空去選地方張羅食肆的事，二來夏家的事一直沒解決，她擔心會有用錢之處，夏正謙卻籌不出來，便不敢花出去。

現在她這錢既在身上，她自然沒有看著夏正謙和舒氏為難的道理。

她正要站起來去拿錢，就聽舒氏道：「要不，我去找我哥哥、嫂嫂借點錢吧。」

「不用。」夏正謙擺擺手。「妳等等。」說著便起身出了門，往他跟舒氏的屋子走去。

夏衿見狀，便又坐了回去，好奇地問：「娘，難道爹手上有什麼值錢的東西？」

舒氏苦笑。「他能有什麼值錢的東西？這麼些年咱們不光沒添置什麼好東西，便是我陪嫁裡稍微值錢一點的衣料首飾，都被妳祖母以各種藉口收去了。現在家裡真是一窮二白，拿不出一點錢。唉，實在不行，只能賣下人、當衣服了。」

「娘，您別擔心，總有辦法的。」夏衿安慰道。她決定等著夏正謙過來，看看他有什麼辦法。不行的話，她再把錢拿出來。

不一會兒，夏正謙回來了，他走到舒氏面前，將手掌打開。「這東西，拿去當了。」

看清楚夏正謙手上的東西，舒氏倒吸了一口涼氣。

夏衿好奇地伸長脖子張望，看到一塊晶瑩剔透如凝脂一般的玉珮，正靜靜地躺在夏正謙手掌上。那通透的玉色，把手掌都照出了一層螢光。

這是上好的和闐玉，在現代價值不菲，非豪門世家不能得見，饒是在古代，定然也十分值錢。

這樣的玉珮，如何到了夏正謙手中？

夏衿這念頭一起，那邊舒氏已問了出來。「相公，這玉珮哪來的？」

夏正謙把手掌攏起，將玉珮握在手中，聲音壓得極低，低得只有舒氏和夏衿勉強能聽見。「是老太爺臨終前塞在我手裡的。」

舒氏驚訝地張大了嘴巴。「老太太和大哥不知道？」

夏正謙搖搖頭。「不知道。老太爺囑咐我，誰也不能說。」

舒氏用手帕緊緊摀住了嘴巴。

夏老太爺行醫一輩子，自己卻死在急性心疾上。當時上午還好好的，還出去了一趟，給城東一戶人家看病，回來的路上卻感覺不舒服，回到家時人已快要不行了，彌留之際，只將兒孫召集起來說了幾句話，就斷了氣。這樣兵荒馬亂的時候，他竟然能把這樣一個東西偷偷塞到夏正謙手裡！

「娘，這塊玉珮很值錢吧？」夏衿旁敲側擊問道。

舒氏點點頭。「賣個二、三百兩銀子不成問題。」

說到這裡，她對這玉珮的來歷也好奇起來。「相公，老太爺怎麼會有這樣的玉珮？」

「不知道。」夏正謙打開手掌看了一眼，又飛快地收攏。「大概是給了什麼貴人治病，人家賞給他的。」

聽到這句話，夏衿心裡有些失望。

本來她想著，夏老太爺是小戶人家出身，這玉珮不可能是祖上傳下來的。可如果是他自己給人治病賺的，老太太不會不知道這塊玉。他臨終前不把玉珮給妻子或當家的大兒子，偏偏給了從外面抱回來的小兒子，這東西很有可能與夏正謙的身世有關。

可偏偏老太爺沒有隻言片語留下！

那有沒有可能——老太爺當時想說，但沒時間或沒機會說呢？

第二十五章

這邊夏衿皺眉沈思，那邊夏正謙已轉身往外走了。「你們在家收拾東西，我去把它當了。」

舒氏則在後面囑咐道：「活當就行了。等咱們以後有錢了，再把它給贖回來，這東西畢竟是老太爺留下的，弄沒了不好。」

「爹。」夏衿連忙喊道：「您等等。」

夏正謙停住腳步，看向夏衿。

經歷過這麼多事，他已不將這孩子當一般女孩兒看待了。今天夏衿的表現，比一心只顧著讀書的夏祁強太多了。

「有件事，我一直沒跟你們說。」夏衿站了起來。「前段時間您去羅府時，不是因為要帶四哥，我沒去嗎？其實，羅夫人私下又派人把我接了去的，只是我怕祖母知道了多生事端，來去都是悄悄的，沒讓人知道；怕娘擔心阻攔，也沒敢跟她說。當時羅家雖請了名醫，但他們開的藥方，羅公子吃了都沒用，後來還是吃了我開的藥方才治好病。您被放回來的那天，羅夫人打賞了我十兩銀子。」

說到這裡，她飛快地往外跑，一邊跑一邊道：「等著啊，我去拿來。」

夫妻倆都瞠目結舌，看著女兒出了屋門。

兩人還沒把這消息消化掉，夏衿便回來了，手裡拿著個荷包，將裡面的兩錠銀子倒出來，托在雪白的手掌上，遞到舒氏面前。「娘，您看，這是羅夫人賞給我的銀子。嘿嘿，我也賺錢了呢。」一臉興高采烈。

舒氏下意識接過銀子，目光還怔怔看著夏衿，像是不認識她似的。

「羅公子的病真是妳治好的？」夏正謙倒不是驚訝於這十兩銀子。當初羅夫人就曾給過他十兩銀子的診金，羅家的大方他是經歷過的，不過那錢他都交給夏正慎了。他這久久回不過神來，為的是女兒的醫術！

他是個赤誠君子，自己不算計別人，腦子裡沒這根弦，所以也從不懷疑別人。他根本就不知道羅三公子的病情反覆，從始至終都是夏衿設計的，為的是把三房從夏家的泥淖中拯救出來。

夏衿點點頭。「對呀。」

「妳跟我說說，他那病為何後來又反覆，妳又是如何下方的。」

夏正謙是個醫癡，對於這個醫案，早在羅府待著的那幾天他就想得抓耳撓腮，否則也不會把自己弄得那麼憔悴，現在好不容易發現治好羅騫的人就在眼前，哪有不抓著問個明白的。

這時代就那麼幾本醫書，中醫理論尚不完善。以夏衿的本事，糊弄一個夏正謙，實在是小菜一碟。

舒氏瞭解丈夫的個性，見父女兩個在那裡哇啦哇啦說個沒完，知道沒半個時辰根本停不了。她含笑著搖了搖頭，起身出去吩咐下人收拾東西。

可留給夏正謙討論醫術的時間並不多，他正跟夏衿聊得起勁，藥鋪的秦老闆就到了。

聽到下人通報，夏衿道：「爹，咱們這杏霖堂，還是得開下去，藥鋪一樣要帶著。秦老闆進來，你就跟他說，咱們搬了家，仍會租一個鋪面給他開藥鋪，不過價錢得根據地段行情調整；如果他不肯，你就把收的錢還給他，咱們另外跟別人合作就是。」

說著，她站了起來。「你們先聊，我出去找前面帶鋪面的小院子。」

「衿姐兒。」夏正謙見夏衿往外走，連忙喚住她。見她回身，奇道：「妳要去找房子？」

「對呀，怎麼了？」她剛才不是已說明白了嗎？

「妳知道去哪裡找房子嗎？」夏正謙問道。

「哦。」夏衿這才恍然。她忘了她這個原身，是個足不出戶的深閨女子了，門都沒出過幾次，怎麼會知道去哪裡賃房子？

不過，為了爭取自由，她並不想隱瞞她的能力。「知道呀，賃房子不是要找中人嗎？不過爹您放心，咱們時間緊，手頭又不寬裕，要求還挺多，我不會滿街去找中人的，不熟悉的中人，怕是要被騙。我去找羅府的于管家幫忙，就算他不清楚哪裡有合適的房子，也可以給咱們介紹一個可靠的中人。」

夏正謙聽到這番極有條理的話，半天說不出話來。

說實在的，讓他自己去找房子，他都不知該如何下手，最多胡亂找個中人。要知道以前這種雜事，都是夏正慎或夏家管家去辦的，哪裡用得著他操心？

他是除了醫術，萬事不關心的人。

本來他叫住夏衿，是想另外派人去的。賃房子這種事，哪能夠讓女孩兒去辦？可這一下，他卻猶豫了。

舒氏一內宅婦道人家，賃房之事自然不能指望她；羅叔以前在夏府只是普通下人，也沒有賃房經驗，而且忠心有餘，精明不足，派他去辦事，怕是要吃虧；至於夏祁，那就更不用說了。這麼想著，夏正謙鬱悶了。

夏衿見夏正謙的表情，便知他想什麼，趕緊噘著嘴走回他身邊，摟著他的胳膊撒嬌似地一陣亂搖。「爹，您看家裡現在這情況，靠您一人還真不成。外面的事娘不方便辦，比如賃房的事，娘就沒辦法到外面看房去；哥哥呢要專心唸書；您呢，光是看病賺錢就夠忙的了，哪裡還有時間和精力管這些？

「再說了，杏霖堂光您一個人還不成。您出外診的時候來了病人怎麼辦？總得有個人在這裡頂著吧？要是請一個郎中來，畢竟咱們醫館還沒名氣，病人不多，咱們的錢也不寬裕，給不起工錢，最好的辦法，就是我頂上。我的醫術，您是知道的，完全可以放心。」

她眨著大眼睛道：「所以呀爹，您就把我當兒子用得了。」

聽夏衿這麼一說，夏正謙還真無話可說。他們家現在這情形，還真少不了夏衿兩處相幫。

而且他也看出來了，這個女兒根本就關不住。看看她原先去羅府，還有今天早上到醫館幫忙，她什麼時候請示過他和舒氏了？明擺著就是想先斬後奏，那是死活都是要扮成夏祁出來晃悠的。

再者，夏衿有這樣高明的醫術，身為醫者的夏正謙打心眼覺得，她就這樣待在家裡等著嫁人實在是太可惜了。有多少病人等著醫者救命呢，他把能救命的良醫藏在家裡不許她出去，於心不安！

他長嘆一口氣。「行吧，我答應妳。不過，妳也得答應爹，不許到處亂跑，出門前一定要跟我和妳娘說一聲，免得我們擔心。」

「嗯嗯嗯……」夏衿忙不迭地點頭。「這您放心，絕不亂跑，出入一定稟報。」

看著女兒歡快而輕盈地下了臺階，朝外面跑去，夏正謙笑著搖了搖頭。

想當初，夏衿死而復生，對他和舒氏都極冷淡。雖然有時臉上帶著笑，嘴裡說的話也極柔和，但眼睛裡的清冷疏離，他和舒氏都能感覺得到。

也不知從什麼時候，這孩子眼裡的疏離不見了，又跟以前一樣，時不時地流露出親暱眷戀。

就算為了這一點，他允女兒扮男裝在世人面前行走，也是值了。

夏衿去了羅家，並沒有直接找于管家，而是先找了羅騫，把今天發生的變故跟他說了，再請他幫忙找房子。

「小事。」羅騫聽了，二話不說，叫了于管家來，把夏衿的要求給他交代了一遍，派著他去了，又對夏衿道：「如果找不到合意的，我娘的陪嫁裡還有一處宅子，你們到那裡暫住幾日也無妨。」

「多謝羅公子。」夏衿對羅騫又多了一分滿意。

這位羅三公子，話雖不多，但為人還算是仗義。

如果她答應為他賣命，合夥開醫館，羅騫這樣做，便是御下的手段，她自然不會承情；但她拒絕了他的提議，雖說想要合夥開食肆，但這在羅騫眼裡，不過是上不得檯面的小生意，根本不放在眼裡。能掏出五十兩銀子借給她，就算是很給面子了，他也就不欠她什麼情。

可現在，羅騫想都不想就說要借宅子給她，這也算是十分難得了。

「我也出去轉轉，半個時辰後我再回來，看看于管家那裡有什麼消息。」夏衿站了起來。

她自家的事，總不能讓別人去跑腿，她卻坐著喝茶。

「也好。」羅騫點點頭，讓彩箋送她出去。

就在夏衿抬腳準備跨出門檻時，他忽然道：「對了，我爹明日就回來了。」

夏衿停住腳步，轉過頭來。

雖說羅騫的話沒頭沒尾，她卻完全明白他的意思。

他們演這一齣戲，是借著羅家本家有事，羅維韜請假回了老家，而羅騫又派人給章姨娘跟到這邊來的親戚製造了點麻煩，讓她和她兒子無暇他顧。現在羅維韜要回來了，章姨娘那邊想來也把事情處理得差不多了，夏衿出入羅府，就需要小心謹慎起來，以免引起章姨娘的注意，惹來麻煩。

見夏衿神色瞭然，羅騫看向她的目光也更為不同，又道：「以前我曾有個同窗，是袁經歷家的公子，因與我走得近，又幫了我些忙，袁經歷所管的來往重要信件便無故丟失了兩次，惹得知府大人極不高興，將他調往別處去了。」

經歷，府衙裡經歷司的頭目，朝廷正八品官，職掌出納文書。其公子不過是與羅騫走得近些，便遭了無妄之災。章姨娘母子的手，伸得可真是長的。

朝廷八品官都如此下場，要是章姨娘知道夏衿治好羅騫的病，還與他合夥作生意，只怕他們一家怎麼死的都不知道。

但夏衿卻是不怕的。

她一現代殺手，取人首級如探囊取物，章姨娘母子最好別向她和她家人伸手，否則，她絕對會讓他們生不如死。

不過，想來經歷過一場生死，羅騫再不是以前那隻小綿羊了吧？以他現在的表現來看，收拾幾個跳梁小丑，應該不是困難的事。

她笑了笑。「我相信羅公子不會讓這種事再次發生的。」

羅騫見她即便聽懂了他話裡的意思，仍然談笑自若，神情裡沒有一絲慌張惶恐，看向她的目光越發深邃，嘴角一彎道：「你我一見如故，不必太過生分，以後我們便以兄弟相稱如何？」

「甚好。」夏衿笑道，拱了拱手。「那羅大哥，我去了。」

「祁弟走好。」羅騫站了起來，送她到門口，看著她去了，這才回到屋子裡坐了下來。

他走到桌前，提筆寫了幾個字，可想了想，又把紙揉掉，對彩箋道：「我去花園裡走一走。」見彩箋想跟來，又道：「妳不必跟著，我去走一圈便回來。」

彩箋深知自家公子脾氣，不敢違抗，應了一聲，乖乖地留在屋裡。

而夏衿這邊，因擔心夏正謙和舒氏在家裡著急，于管家這裡效率又高，她給自己定下的時間是半個時辰後回羅府聽消息，因此也不好走遠，只在羅府周圍四處轉了轉。

城東是有錢人聚集的地方，這裡的屋子都是深宅大院，有價無市。夏衿轉了一圈，自然一無所獲。看看時辰差不多了，她回到羅府，便看到于管家已在那裡等著她了。

「找到合適的地方了？」她頓時一喜。

于管家點頭。「找到了三個地方，就等著你回來定奪。」

夏衿暗嘆。

她轉暈了頭，也找了個中人看了幾處房子，都沒找到合適的。于管家這一會兒的工夫，就找到了三處，果然是術業有專攻啊，做管家的，就得有這手段。

羅騫只在花園轉了一圈，早就回了屋裡。此時見夏衿要跟于管家去看房子，忽然站起來道：「我也跟你們一起去。」

夏衿和于管家都愕然。

「公子，您身體還沒好呢。」于管家神情裡帶著些惶恐。

「沒事。」羅騫毫不在意。

「夏公子，您幫小人勸勸我家公子。」

雖然從醫生的角度來說，出去走走，對羅騫的身體有好處，他現在恢復得差不多了，正是該適量活動的時候。但夏衿知道，羅夫人對羅騫有多寶貝，出了這麼一樁事，現如今恨不得把他拴在家裡，哪兒都別去。

她正要張嘴相勸，羅騫豎起一根手頭，阻止她道：「你不必勸，我心意已決。」

夏衿只得閉了嘴。

于管家見狀，只得使了個眼色給彩箋，讓她去通報羅夫人。彩箋猶豫了一下，往後退了幾步，趁著羅騫不注意，偷偷溜出門。

夏衿看在眼裡，瞥了羅騫一眼，只不作聲。

羅騫似是沒看到彩箋的舉動，對於管家的勸說也充耳不聞，兀自對尺素道：「給我拿披風來。」

「是。」尺素進了裡屋，準備磨蹭一會兒，拖延時間，等著羅夫人來。

卻不想她一進去，羅騫便抬腳往外走，直直地就往臺階下去。

「公子、公子……」于管家急得衝著他的背影連聲叫喚。見羅騫不理他，只管往外走，他猛地跺了一下腳，快步追了上去。

夏衿見狀，抿嘴一笑，也迅速跟上。

原來于管家和彩箋的眉眼官司，他早看到了，只裝作未見，待彩箋離開，又哄了尺素去拿披風，他好金蟬脫殼。

三個下人合夥起來騙他，卻反過來被他哄了去。

有意思！

第二十六章

羅騫要出門，二門上守門的婆子、大門處的守門護衛，誰也不敢攔著，俱都恭恭敬敬地行禮，然後放行。

「兩位公子，這邊請。」于管家朝左邊作了個手勢。

夏衿詫異地看了于管家一眼。

這個時候，不應該上馬車嗎？怎麼走路？

顯然是看懂了夏衿的表情，于管家笑道：「夏公子，小人給您找的地方，離這裡不遠。」

「啊？」夏衿甚是意外。「可是城東的房子實在太貴，我怕租不起。」

其實照她的想法，在城東租房子是最好的，所謂孟母三遷，城東的住戶非富即貴，與這樣的人做鄰居，對夏祁的成長是很有好處的，以後走出去，他就不會一副沒見過世面的樣子。

而且給富貴人家看病，和給平民百姓看病，收入上差得不是一星半點兒，更何況還能拓展人脈呢！如果夏正謙給知府大人治好了病，夏老太太又豈敢對他想打就打、想罵就罵？

給貴人治病雖有風險，卻也有收益。而且這種風險在夏衿看來，已小到不能再小了，因為這臨江城，雖上有知府大人，但據她所知，知府是個平庸無能之輩。羅維韜在家事上雖然糊塗，在公事上卻極精明。這臨江城，掌實權者是他而不是知府，否則章姨娘手再長也不可能調離個八品官。

既如此，她有羅推官的公子做靠山，這臨江城的貴人又怎敢給他們臉色看？

所以說，將醫館開在城東，那是最好不過的了。

但她怕昂貴的租金，把夏正謙和舒氏嚇得晚上睡不著。

「夏公子放心。」于管家笑道：「這房子雖在城東，但租金並不貴。重要的是挺適合你們的，你看過就知道了。」

往西走了一盞茶工夫，于管家就帶著他們拐了個彎，轉到了另一條街。這條街不如前一條街那麼熱鬧喧囂，兩旁的房子有鋪面，也有住家。道路寬敞、平坦乾淨，還能行駛馬車。

沿著這條街往前走了一會兒，于管家就在一戶人家門前停了下來，對羅騫和夏衿道：「就是這裡了。」

夏衿舉目看去，便看到房子中間開了一扇朱紅色大門，大門兩邊，被砌作鋪面。看規模，鋪面似乎挺寬敞的，不過現在還鎖著，看不見裡面是什麼樣。

「這家人姓唐。」于管家介紹道：「他家也算得書香門第。唯一的兒子考中進士，被派到外地做官，老太爺、老太太被兒子接了去，這處房子就空了下來。本來想時不時回來看看的，卻不想兩個老人前段時間都歿在了那邊。想想短時間內他們也不會再回來住，這房子沒人住就敗得快，便想賃出去。」

夏衿點了點頭。

于管家又指指兩邊的鋪面道：「這兩個鋪面，原來是賃給他家一個親戚做綢緞生意的。後來那親戚嫌這條街比較冷清，便退了租，重新在前街找了個鋪面，這鋪面正好就空下來了。」

走在夏衿身邊一直不說話的羅騫，這時候開口了。「照我說，這地方開醫館正合適，太過熱鬧，對病人反倒不好。而且這裡住家多，上門看病還方便，在這裡開醫館，比前街那熱鬧的地方好。」

夏衿讚許地點了點頭，確實如此。

「這裡還留著一家四口看房子。我叫他們開門。」于管家說著，上前拍了拍門，門「呀」地一聲從裡面打開了，出來個老頭。

那老頭看到于管家帶了兩個人來，其中一個衣著華貴，丰神俊美，便知是貴人，忙迎了出來。

「王老頭，我家公子和夏公子過來看房。你把鑰匙拿出來，我們先看看鋪面。」于管家道。

「哦哦，好。」王老頭對羅騫和夏衿行了禮，便從懷裡摸出鑰匙，把右邊的鋪面打開。

夏衿進門將屋裡用目光一掃，心裡就極滿意。

這間鋪面很寬敞，兩側用木板隔了兩間房出來，中間這一間用來看診再合適不過；旁邊兩間，一間做候診室，一間給夏正謙休息用，或是收留病人過夜，都是極好。

「那邊的鋪面，跟這邊一樣的格局。」王老頭道。

夏衿點點頭。「我們去看看裡面的院子吧。」

大家跟著王老頭進了朱紅大門，迎面便是一座照壁，中間大大地寫著一個紅色的「福」字。轉過照壁，是一處院子。朝北是個外廳，東、西兩處廂房前面有迴廊，迴廊與廳堂相連。

從外廳穿過，往裡走，又是一處院子。這院子比外面稍大一些，除了正房和東、西廂房，左右還有一個小跨院。院子中間除了一棵棗樹和一個葡萄架，竟然還建了一個小池塘，幾條魚兒在裡面游來游去。

夏衿一一看過，發現這房子雖然建了有二、三十年的樣子，但因保養修繕得當，四處仍十分牢固，便是樑上的彩畫都十分鮮亮。

「這房子，一個月多少租金？」這房子，她是真喜歡，但論租金，她有點不敢想。

于管家伸出一個巴掌。「一個月五兩銀子。」

果然！「咱們還是去看下一家吧。」

「這樣一個地方，五兩銀子並不貴。」羅騫看著她，細長而黝黑的眼眸裡映出夏衿的影子。

夏衿跟他對視一眼，便轉開臉，淺淺一笑。「五兩銀子確實不貴，但我們家連預付的房租都拿不出來，新開個醫館，還得打名氣，頭幾個月根本就賺不了什麼錢，大概也僅夠吃飯而已。」

說著她望著空曠的院子，深深地嘆了一口氣。

她空有一身本事，卻因為穿越成古代的女子，綁手綁腳，來這一、兩個月了，才賺到二十兩銀子；而且還不敢一下拿出來，生怕夏正謙和舒氏懷疑來路不正，從而把她禁錮在家裡，再不許出門。

羅騫道：「如果需要，我可以借錢給你。」

「不用。」夏衿搖搖頭。「有多大碗，吃多少飯。沒錢租個差一點的房子便是，這樣日子過得安心。」

羅騫靜靜地看了她一眼，不再說話了，沈默了一會兒，忽然又問：「你師父是個什麼樣的人？」

夏衿詫異地望向他。

正說租房子的事呢，他怎麼忽然就問起她師父來了？

不過這也沒什麼不能說的，她便把原先那套說辭搬出來，說了一遍。

「沒想到，祁弟竟然有這樣的奇遇。」羅騫聽完，點了點頭。雖一向沒什麼表情的臉上一如既往，但夏衿看得出，他眼神裡竟然流露出一絲嚮往。

她這段時間出入羅府，聽下人議論個一言半語，對羅騫的處境倒也有所瞭解。

羅維韜雖出身名門望族羅家的嫡支，自身卻是個庶出。大概小時候被嫡母迫害得狠了，落下了陰影，因此對嫡妻、嫡母這一類人物，總打心眼裡反感。

羅夫人是羅維韜的嫡母為他娶的媳婦，單從這一點就不討喜了，偏她為人還極傲氣，不會伏低做小。因此夫妻倆從成親那日起，感情就沒融洽過。

如果光是這樣，倒還罷了。羅騫畢竟是羅維韜的親生兒子，羅維韜再不喜歡羅夫人，也不會忽視自己唯一的嫡子。

偏偏羅維韜還有一個青梅竹馬的表妹章嫣兒，是他親生母親林姨娘的外甥女。林姨娘的妹妹難產而亡，留下章嫣兒處境可憐，林姨娘便接她過府來撫養，因此這章嫣兒可以說是跟羅維韜一塊兒長大的，感情深厚。

章嫣兒門戶低，作妻是不行的，只能作妾，因此羅維韜在娶了羅夫人後，就納了章嫣兒為妾。這章嫣兒人生得美，手段了得，使得本就不大和睦的夫妻兩人關係進一步惡化，這麼多年，羅維韜在嫡妻房裡過夜的次數屈指可數。正因如此，羅夫人在章姨娘生了兩個庶子之後，才懷了孩子，生下羅騫。

羅夫人與羅維韜感情不好，又有章嫣兒挑撥離間，再加上羅維韜幼年時的心理陰影，因此他對兩個庶子寵愛有加，倒對唯一的嫡子漠不關心。

這種情況，夏衿早在羅府遇上章姨娘，以及在茶館外面見過羅騫的大哥羅宇之後，心裡便有了數；否則，她也不會跟羅騫合作。

羅騫想來也不願意對外人提及這種事，因此她當作沒看見他深藏的這一抹惆悵。她在院子裡踱了幾步，轉過頭問于管家。「還有兩處房子，也在城東嗎？」

「不是，是在城南。」于管家道。

夏衿轉頭看了羅騫一眼。

「公子，走太久對身體不好，您還是先回去吧。」于管家趕緊勸道。

羅騫理都不理，轉身就往外走。「走吧，一起去。」

夏衿與于管家對視一眼，只能無奈地跟在後面。

早在三人進院子之時，于管家就叫人把羅府的馬車駛過來了，就生怕回去的那幾步路累著自家公子。現在，倒正好送他們去城南。

羅騫在馬車上坐定，轉頭對跟著一起出來的樂水道：「你回家一趟，跟夫人說我在外面走著感覺很舒服，想再逛逛，一會兒再回去。」

羅騫轉過頭吩咐車伕。「走吧。」

「公子……」樂水知道這一回去，定要受夫人埋怨，苦著臉踟躕著不肯動身。

于管家深知自家公子的脾性，一旦拿定主意，那是九頭牛都拉不回的，同情地拍拍樂水的肩膀，便跳上了車轅。

夏衿見狀，自然不會再說什麼，抬腳上了馬車，在羅騫對面坐了下來。

羅騫不是話多的人，夏衿更是冷性子，兩人相對而坐，默默不語，只看著窗外風景，絲毫不覺得不自在。

一盞茶工夫後，馬車在城南的一條街道上停了下來。于管家跳下車轅，對著車廂道：「兩位公子，到了。」

夏衿望著窗外熟悉的街道，正盼著馬車走得快些，以免遇上夏正慎，多生事端呢，卻不想便聽到于管家這一嗓子。

她頓時一愣，不敢置信地指著窗外道：「于管家，你找的那處宅子，就在這附近？」

于管家無奈地道：「夏公子，實在沒辦法。您也知道，三兩銀子以下，又要臨街帶鋪面，還只限於城東或城南，這短短的時間裡，還真找不著合適的地方。相比起城南另一處，這條街上有一處宅子倒符合您的要求，所以……」

夏衿直搖頭。「這地方真不行，房子再好也不會考慮。」

于管家嘆氣。「當初得知這處有房子時，我也想著你們不願意來這兒，只是這處房子，倒是真的好。」他頓了頓，見夏衿沒接話，不死心地問：「真不下去看看了？」

「不用看了。」

「去下一處吧。」羅騫吩咐道。

「是。」于管家正要跳上車轅，便聽到不遠處傳來一陣喧囂聲。

羅騫和夏衿也聽到了。羅騫端坐不動，夏衿卻感覺聲音像是來自仁和堂，不由得伸出頭張望。

「夏公子，是仁和堂。」于管家道。

夏衿的眉頭皺了起來。

她收回脖子，對于管家道：「走吧，不用理他們。」

于管家答應一聲，上了車轅，對車伕道：「走吧。」

羅騫看了沈著臉抱臂而坐的夏衿一眼，一伸手，將車簾扯下來，擋住窗外的視線。

馬車緩緩啟程，朝前駛去，可走了沒幾步，便又停了下來，于管家的聲音在外面響起。

「兩位公子，路被堵住了，馬車過不去。」

夏衿微嘆一聲，將簾子掀了起來，朝外望去。便見兩輛寬大的馬車正停在仁和堂門口，擋住去路，而幾個女人正站在仁和堂門口，朝裡面嚷嚷著什麼。

「虎子，去看看。」羅騫對外面道。

虎子就是趕車的車伕，他顯然沒想到公子會叫自己去打探消息而不叫于管家，愣了一愣，這才答應一聲，下車去了。

不一會兒，他回來了。「是宣平侯老夫人從京城回來了，跟她一起回來的是她的二女兒，嫁給王翰林的那一位。這位大概是在路上傷了手，宣平侯老夫人等不及回府，便順路找了仁和堂的郎中看診。應診的是那個姓譚的郎中，卻多事說王夫人得了失心瘋，宣平侯老夫人不幹，正鬧著呢。」

夏衿不願意跟夏正慎再有牽扯，一聽這事並不涉及人命，便對于管家道：「我們走吧。」

不想她話聲未落，就聽見有人在車外叫道：「呀，這不是夏家小少爺嗎？」

她抬眸一看，便見一個五十多歲的陌生老頭正站在于管家身後，滿臉驚喜看著她。

夏衿的眉頭微蹙。這人，她不認識。

「啊呀，你可能不認識我，我前些日子生病，每日跑仁和堂。頭一次就看你給趙郎中打下手，後來又去櫃上抓藥。你是夏郎中家的少爺吧？」那人一副自來熟的模樣，對夏衿熱絡得很，而且還極為熱心，指著仁和堂道：「你快去看看吧，你大伯那裡鬧起來了，有人砸鋪子呢。」

第二十七章

這老頭兒年紀大了，嗓門卻不小。而且這馬車停的離仁和堂並不遠，他這一嚷嚷，站在周邊的一些人都聽見了，俱都轉頭朝這邊看來。還有些認識夏衿，又聽說夏家分家事件的，還竊竊私語議論起來。

夏衿無奈。她現在是不想下去也不成了。

她沒被人看到還好，現在被人看到了，卻連車都不下，就這麼走了，以後大家說起夏郎中那位小哥兒，必說他冷血不孝，自家大伯出了事，明明路過了，都不去看一眼。

她假裝才知道，跟那老頭兒打聽了兩句，然後對羅騫道：「我下去看看。」

羅騫見夏衿下了車，也跟在後面下了車。

于管家不放心自家公子，也跟在了身後。

家也分了，就算讓夏正慎知道羅騫是自己治好的，也無所謂，所以夏衿也沒制止他們，由著他們跟自己一起到了仁和堂。

仁和堂裡，此時桌子、椅子都被推倒了，譚郎中開方子用的筆墨紙硯散了一地，硯臺傾倒在地上，墨汁濺得到處都是，一片狼藉。

「住手，都住手……」夏正慎的叫喊聲裡已帶了哭腔。

夏佑正站在宣平侯老夫人面前勸說著什麼，額上急得全是汗；而夏禪則站在抓藥的櫃檯後面，手裡還拿著包藥的紙張，一臉驚慌，身子半蹲著，似乎隨時要躲到櫃檯下去。

夏衿進來，直接朝那坐著的病人看去。

只見這婦人三十出頭，容貌姣好，跟宣平侯老夫人頗有幾分相似；只是這婦人，臉龐瘦削，皮膚暗而發青，眼下黯黑，整個人委頓得不成樣子。此時她正坐在一張椅子上，一手被包紮過，放在桌上，另一隻手則拿著帕子，捂著口鼻嚶嚶哭泣。兩個婆子正在一旁安慰她。

「祁哥兒！」此時夏正慎看到夏衿進來，心裡頓時一喜，急急跑到她面前。「祁哥兒，你快去叫你爹過來一趟，我們這兒有個病人，譚郎中看診得不對，趕緊叫他過來看看。」

譚郎中聽得這話，氣惱不已。

以前夏正謙在這裡時，他跟趙郎中醫術沒有人家厲害，都被壓得沒有出頭之日。現在好不容易夏正謙走了，他正要好好表現，立上一功，搶得仁和堂第一郎中的地位，所以才有了今天冒險一行。

以前他看病，也是以穩為主，跟病人說病情也較委婉。但剛剛進來的這一群都是女人，這病人又明顯有癲狂之症，他頓時覺得是個好機會，這才想要先聲奪人，把這些婦人嚇住，再徐徐下藥。就好比那算命的先說你印堂發黑，必有大禍，等你回頭再細細分析一般。

他對這病是有把握的，心裡也打算得極好，卻不想竟然惹來這一場大禍。這群女人竟然如土匪一般不講道理，直接捋袖子就砸醫館。

而夏正慎還要把夏正謙請回來！

譚郎中心裡發苦，卻又不好說什麼。禍是他惹的，到頭來仁和堂的損失，絕對算在他頭上。

夏衿卻沒理會夏正慎，走到那位翰林夫人面前，對她身邊的僕婦道：「我給她把個脈。」

正苦口婆心勸夫人別哭的婆子愣了一愣，轉過頭來看了夏衿一眼，確信她剛才確實說了要「把脈」，不由得好笑，直起身子，揚聲對宣平侯老夫人道：「老夫人，這位小哥說要給我家夫人把脈呢。」

這些婦人「哄」地一聲就笑了。

宣平侯老夫人轉過頭來，上下打量了夏衿一遍，轉臉對夏正慎道：「你這人真是的，即便你家醫館沒人，也不該派個半大孩子來鎮場子，想逗我玩呢？」

夏正慎看著一地的狼藉，心都要碎了。本來夏正謙的離開，對仁和堂就是一大損失，這兩日病人都少了一半；偏今日又遇上這無妄之災，宣平侯出自臨江城，如今得罪了臨江城大名鼎鼎的宣平侯老夫人，還說她女兒得了瘋魔之症，他這仁和堂，還能開得下去嗎？

而到了這時候，夏祁這兔崽子還要攪局，這讓他殺人的心都有了。

他按捺著心頭的怒火，對夏衿低聲吼道：「祁哥兒，我說的話你聽見沒？趕緊去叫你爹來。」

夏衿就跟什麼都沒聽見似的，依然低著頭，對那哭泣的翰林夫人溫聲道：「夫人，我給妳把個脈好不好？」

那婦人本來對婆子的勸說置之不理的，但聽夏衿這麼一說，竟然停了哭泣，抬起淚眼看她，面色有些怔忡。

「我把個脈。」夏衿伸出手，目光盯著她，表情溫和。

「啊！」那婦人猛地驚叫起來，身子往後縮，雙手緊緊揪住僕婦的衣角，面露驚慌之色，嘴裡一個勁地叫道：「別、別害我、別害我……」

宣平侯老夫人深深地嘆了一口氣，走過來對婦人柔聲道：「綺兒，娘在這裡。」

「娘、娘，有人要害我。」那婦人一見母親，就撲到她懷裡，全身瑟瑟發抖。

夏衿收回手來，面上若有所思。

「怎的，你看出是什麼病了？」羅騫不知何時已到了她身邊，見她面露思忖之色，低聲問道。

夏衿點了點頭。「雖無十分把握，卻也有七、八分。只是……」

她抬起頭來，看了宣平侯老夫人一眼，搖了搖頭，對羅騫道：「算了，還是走吧。」

羅騫順著她的目光，也看了宣平侯老夫人一眼，卻沒看出什麼端倪。不過他也沒問究竟，轉身跟夏衿一起朝外面走去。

「喂，你！」夏正慎見夏衿惹了火就想走，急急走過來，攔在她前面，怒目而視。「你對這位夫人做了什麼？」

夏衿諷刺地看著他。「怎麼，你還想把這麻煩栽到我頭上？」

夏正慎張嘴正要說話，忽然看到站在夏衿身邊的羅騫。

羅騫大病初癒，今天穿得格外暖和——上身是石刻青蜀錦長袍，外面罩著一件五彩刻絲石青銀鼠褂，腳下是羊皮小靴，頭上還戴著個白狐帽子，帽子上鑲嵌的玉石晶瑩剔透。再加上他身形挺拔，相貌英俊，完全是世家翩翩佳公子。

這讓一向勢利的夏正慎半句話都堵在了嗓子眼裡。

「祁哥兒，這、這位是……」夏正慎見羅騫與夏衿並肩而立，一副共同進退的樣子，忙將那半句話嚥了下去，換了另一句話上來。

夏衿看了羅騫一眼，沒有說話。

羅騫根本就沒理他。

沒人理會，夏正慎卻不敢罵夏衿。他心裡正猜測著這是誰家公子，眼角餘光就看到于管家站在羅騫身後。

他猛地一凜，心中愕然，說話都不索利了。「你……你是……」

這莫非是羅家的公子？

可不對呀，三弟不是得罪了羅府，還下了幾天大獄嗎？怎麼夏祁這小子，轉過身去勾搭上了羅家的公子？

他正猜想著羅騫是羅府的大公子還是二公子，那邊宣平侯老夫人卻對夏正慎嚷嚷道：「我說，你這醫館的郎中都是廢物不成？除了胡言亂語，說我女兒得了瘋癲之症，就沒別的診斷了？有什麼本事趕緊使出來，否則我還要叫人砸東西！」

「這位老夫人！」夏正慎這時也顧不上羅騫了，哭喪著臉，對宣平侯老夫人道：「我家這位郎中醫術不行，誤診了貴府姑奶奶的病，在下給您賠個不是。您大人有大量，就饒了在下的醫館吧。」說著深深作了個揖，一面還不忘轉過頭來，用可憐兮兮的目光看向羅騫，希望羅騫能出面為自己說一句話。

羅騫卻始終連眼角餘光都沒給他一個，只板著臉，望著鬧哄哄的另一邊，不知在看什麼。

譚郎中卻不幹了。今天要是讓夏正慎賠了禮、道了歉，他這名聲，可就不能要了。更重要的是，以夏正慎的性格，這幾個婦人走後，仁和堂的損失，定然會找他賠償，沒準兒還要把他趕出仁和堂。

所以，這錯他是絕不能承認的。

他將脊背挺得筆直，背著手，對宣平侯老夫人道：「誰說我醫術不行？妳女兒這病，就是癲狂之症。妳要不讓她醫治，拖得久了，必有性命之憂。」

「譚文錦！」如果目光能夠殺人，譚郎中早已被夏正慎的眼鋒給殺死了。

譚郎中目光閃了閃，卻裝著沒看到夏正慎那模樣，只定定地盯著宣平侯老夫人，等著她回話。

宣平侯老夫人聽到這話，倒是有幾分意動。

她女兒成親三年，才生了個兒子，後來肚子又再不見動靜，自然視這孩子如珠似寶，生怕有個閃失。偏不想那孩子半年前發生意外落水死了，自此，她便常常悲戚。大家以為她為兒子傷心難過，過了那段時間就會慢慢好起來，只出言安慰，並沒覺得這是病；卻不想半年過去，她情緒越來越不對勁。宣平侯老夫人擔心她留在京城，被人看出，傳為瘋癲，於名聲有大損害，而且換個環境，心情一好，或許人就好起來了，所以才帶了女兒回臨江城。

剛開始聽譚郎中說，她怒不可遏，覺得這郎中是在誣衊自家孩子；可現在冷靜下來，就覺得他說的話有幾分道理。

但她惱恨譚郎中當眾說破此事，並不想讓他治；而且聽夏正慎的意思，似乎那位小哥的父親醫術比較厲害。

所以見夏正慎不上道，她只得指著夏衿道：「你不是說請這位小哥的父親來嗎？趕緊把他請來，給我女兒診斷診斷；如果說得好，我不光不追究你們造謠生事，毀我女兒聲譽，還大大有賞。」

說著，她一揮手，旁邊的婆子就從懷裡摸出幾錠銀子來，放到桌上。

看到這幾錠足有三、四十兩重的銀子，夏正慎的眼珠子都快要從眼眶裡跳出來了。

「快，祁哥兒，趕緊去叫你爹來。」他顫抖著聲音道。

這一回夏衿終於理會夏正慎了，她冷冷一笑道：「大伯別忘了，您今早上還寫字據，不光讓我爹淨身出戶，還寫了三百兩銀子的欠條，說是撫養他長大的費用，還說以後不管發生什麼事，都互不相干呢。我爹現在正求爺爺、告奶奶四處借錢，您不是限我們傍晚之前就要搬走嗎？籌不到錢、租不了房子，我們一家十幾口就要淪落街頭當乞丐了，我爹哪還有閒情幫您呢？您還是另請高明吧。」

宣平侯家的僕婦們雖把醫館砸得一片狼藉，但那些看病的病號、旁邊的街坊，以及路過的行人，早已把這處圍個水洩不通。夏正謙行醫二十幾年，在城南這一片那是出了名的，這裡沒有幾個不認識他的。

此時聽了夏衿特意提高聲音說的話，那不知情的，紛紛打聽；知道內情的，則不吝賜教。一時之間，議論聲嗡嗡作響，甚是熱鬧。

夏正慎的臉色那叫一個難看啊！

夏正謙風評一向甚好，這周圍看熱鬧的，沒有誰不向著他說話的。夏衿這話一說，他的名聲算是徹底臭了。

宣平侯老夫人一聽這話，倒高興起來，指著那幾錠銀子道：「小哥，你趕緊叫你爹來。我這女兒哪有什麼癲狂之症，只是喪子不久，心中不暢，時常啼哭，夜不能寐。叫你爹給她開幾劑調養的方子，只要能讓她好好安睡，這些銀子就都是你們的了。」

夏正慎的臉色更加難看了。這銀子要是歸了夏正謙，那還能有他什麼事？

他轉頭看到一臉倔強的譚郎中，心裡一動，對宣平侯老夫人笑道：「老夫人，我們這譚郎中，還有那邊那個趙郎中，都是臨江城有名的郎中，比起我那三弟來也不差。要不，讓他們給姑太太開些調劑的藥方吧，您看如何？」

宣平侯老夫人就跟沒聽見似的，只盯著夏衿。

夏衿笑了笑，對宣平侯老夫人道：「老夫人，我大伯限我們一家今天要從老宅搬走，否則就要把東西扔出來，所以這會兒我爹正滿城找房子呢，一時半刻地尋不到他。

「而且貴府姑奶奶現在情緒激動，也不是治病的好時候；不如你們先回府歇息一會兒，您告訴我地方，等我尋到我爹，就到府上去給姑奶奶看病？」

羅騫看了看圍觀人群，又望了夏衿一眼，不明白她為什麼不乘機看病揚名。

夏正慎聽到夏衿拒絕，懸著的心頓時放下一半，仍厚著臉皮對不理會他的宣平侯老夫人道：「老夫人，您看我家三弟也沒空，不如您讓我醫館的郎中給看看吧。要換個地方，我擔心大家會把譚郎中的話當真，不容易給姑太太正名。這樣吧。」他朝趙郎中招了招手。「這是我醫館裡的趙郎中，醫術比譚郎中還要高明，不如讓他給姑太太看看？」

譚郎中聽得此話，嘴唇都要咬出血來。

「不必了。」宣平侯老夫人淡淡道，又轉過頭對夏衿道：「小哥，我知道你爹跟你大伯有矛盾，或許不願意來；但請看在我愛女心切的分上，給我這個面子，讓他過來看看，不管能不能治好她的病，我岑家總承你們的情。」

「這……」夏衿為難地掃了夏正慎一眼。

「哦，你是顧忌你這大伯吧？」宣平侯老夫人一下明白了她的意思。

她也不說話，只盯著夏正慎。

夏正慎被她這一盯，額上涔涔地直冒冷汗，過了一會兒，他終於堅持不住了，用央求的語氣對夏衿道：「祁哥兒，我知道你看不上大伯，但今天這事，無論如何都請幫幫忙。不管怎麼說，咱們都是一家人，打斷骨頭連著筋，如果我們過得不好，你們的日子也過得不舒坦不是？你放心，只要你爹今天伸一伸手，我以後絕不會再去找你們的麻煩。」

這一回夏衿終於點了頭，不過，她睜著那雙如墨的眼眸，靜靜地看向宣平侯老夫人，聲音不大，吐字卻極清楚。「其實這病，不用我爹來，我就能醫好。」

宣平侯老夫人一時無言以對。

譚郎中早已氣得不行了。這時聽到夏衿竟然大言不慚，「嗤」地笑了一聲，高聲道：「六少爺，你說什麼？你就能治好這病？」

他這麼一說，所有人都聽到了。

大家都將目光投到夏衿身上，屋子裡一下子安靜了下來。

宣平侯老夫人雖不知夏衿是何許人，但眼前這個男孩兒，怎麼看都是十三、四歲的小孩子。

她好笑地搖搖頭道：「小哥，你可別拿老身開玩笑。別看老身老了，我這拳頭可不是吃素的，惹惱了我，有你好受。」

第二十八章

夏衿本就不想出手，此時見宣平侯老夫人不相信，她也不辯駁，只笑笑道：「您不相信就算了。」說著，便想轉身。

「等等。」羅騫一把抓住她的胳膊，對眾人道：「大家可能不認識我，我是羅推官家三公子，前段時間我得了病，御醫都不能治，卻是這位夏公子給治好的。」

「啊？」大家都驚叫起來。

不是傳言說羅三公子病重，夏郎中因為這事下過大獄嗎？夏家老大還把三房分出去了呢，怎麼這會兒羅三公子卻說是夏公子治好他的病？

大家打量著羅騫，又打量夏衿，眼眸裡仍是狐疑，轉過頭去議論紛紛。

「這真是羅推官家的公子？不是說他得了重病躺在床上嗎？可現在這人雖然有些瘦，卻不像是大病初癒。」

「是啊，就算羅三公子好了，這才幾天的工夫，哪裡就下得了床？即便可以起身，羅大人也不會讓他到街上來逛吧？」

「但你看看這公子的穿著打扮，可不就是權貴人家的孩子？夏家少爺沒理由找這麼個人來行騙吧？這於他而言有什麼好處？」

「可不是！而且夏郎中品行那麼好，他家少爺不至於騙人吧？」

響。

夏正慎的心裡更如翻江倒海，前段時間的事情一件件湧上心頭，只鬧得他腦子裡嗡嗡作響。

這是怎麼回事？祁哥兒為什麼跟他一副交好的樣子？難道這一切，都是三弟的謀劃，目的就是從府裡搬出去？

站在一旁的宣平侯老夫人忽然打量了羅騫幾眼，問他道：「羅推官？你莫不是松江白家的外孫子？」

羅夫人姓白，正出自蘇省松江白家。

羅騫甚是意外，不知道自家外祖與宣平侯家還有什麼淵源之處。

他連忙轉身拱手，向宣平侯老夫人施了一禮。「小子正是松江白家的外孫，莫非老夫人認識我家祖母？」

宣平侯老夫人笑了起來。「可不正是？你那祖母，未出閣時我們可是好姐妹，後來出了嫁，才聯繫少了。上次見面還是在京城，你母親尚未出閣，不過已經訂親，訂給了嘉興羅家。你母親出閣時，我還託人送過賀禮，沒想到一晃眼，她的兒子都這麼大了。」

說著，她無限唏噓。「我從京城回來前，便聽說你父親在臨江城任推官，當時我還想，正好能見一見你母親呢，沒想到倒先見到了你。說起來，你該叫我一聲姨祖母呢。」

羅騫又驚又喜。

他母親雖出身名門，但遠離娘家，常年跟丈夫在外任上，夫妻感情又不合，章姨娘一個妾室才會如此囂張，時不時地使些手段讓她難受。

如今宣平侯老夫人來了，地位超然，行事厲害，又對他母親另眼相看，想來就算為了自己的官帽子，羅維韜也不敢太過冷落妻子，如此一來章姨娘就會有所收斂，母親的日子就好過得多了。

他跪了下去，重新給宣平侯老夫人行了個大禮。「晚輩羅騫，給姨祖母請安。」

見羅騫行事周到，執禮甚恭，宣平侯老夫人心裡越發喜歡，親自上前扶了他一把。「行了，趕緊起來吧。等我安頓下來，咱們娘兒幾個，好好敘敘舊。」

待羅騫起身，她指著夏衿，對羅騫道：「這位小哥醫術真如你所說的那麼厲害？」

「可不是。」羅騫道：「晚輩前些時日病重，請了御醫都束手無策，幸虧夏公子醫術高明，治好晚輩的病。」

宣平侯老夫人點了點頭。

其實這件事，她是聽說過的，羅家在京中的親戚，到處打聽名醫。正因如此，她才知道白氏的丈夫在臨安任推官。只是當時她這女兒剛剛喪子，她顧不上羅家這事；既沒幫上忙，她便不好提及，只能裝作不知此事。

宣平侯老夫人和羅騫的對話，讓差點要走火入魔的夏正慎清醒過來。

難道真是夏祁治好羅三公子的病？夏祁這小子，應該不可能請得動羅公子這樣的貴人來為他演戲的，絕不可能！

他問于管家道：「于管家，這位真是貴府三公子？」

于管家看都不看他一眼，只面無表情地點點頭。「正是。」

「貴府三公子的病，真是我家祁哥兒治好的？」

這一回，于管家終於瞥了他一眼，目光裡卻帶著不屑與憐憫，下巴微抬，傲然道：「正是。」

「這怎麼可能？羅三公子的病，連我三弟都沒治好，祁哥兒能治得好？」夏正慎緊緊地盯著于管家，生恐錯過他的回答。

「怎麼不可能？」于管家鄙夷地看他一眼，聲音揚了起來，讓周圍的人都能聽見。「當時是請了京中名醫，也請了夏郎中過去，但大家都束手無策。說實在的，如果京中名醫真行的話，我家公子的病也不至於拖了這麼久。後來眼看著不行了，哦，就是夏郎中下獄的那天……」

說到這裡，他指了指夏衿。「貴府這位祁少爺毛遂自薦，說他能治好我家公子的病。當時我家夫人哪裡肯信？直接就把他給趕了出去。

「還是我家公子命不該絕，覺得反正這樣了，不如試一試，便背著夫人叫下人把藥給煎了服下，沒想到竟然有了起色。這回我家夫人才相信了，把祁少爺請了來，好好給我家公子看診，幾副藥下去，我家公子的病竟然奇蹟般好了。祁少爺又開了些調理的方子，連食譜都有講究，這才讓我家公子好得這麼快，這幾日能下床了，他便出來走走，散一散心。」

這番話，把夏衿的謊描補得再沒漏洞。

夏正慎只覺得腦子一片空白。

倒是夏禪不知從哪裡鑽了出來，一臉憤憤地道：「這絕不可能！六弟那幾日都在家裡待著，根本沒出門！」

夏正慎灰暗的眼頓時有了神采，他死死地盯著夏衿。

他也不知道自己更期盼哪一個答案，頭一刻他還覺得夏祁治好羅騫比陰謀論好，這一刻又覺得哪怕是被騙，也不希望自己一個時辰前才把一個絕世神醫給踢出門去。那可是兩棵搖錢樹、兩棵搖錢樹啊！

夏衿根本把夏禪當空氣，對著夏正慎笑了笑。「因為我沒有十足的把握能把羅三公子的病治好，怕您攔著不讓去，我每次出去連小廝都沒帶，都是一個人悄悄出門。不過大伯放心，我在診治之前就跟羅夫人說過，不管治沒治好，是獎是罰都由我一力承擔，絕不連累大伯、二伯。羅夫人和羅三公子都答應了，我才敢放手一試。」

說到這裡，她的笑容淡了下來，目光忽然變冷。「可沒想到，我這還沒把羅三公子的病治好呢，你就要把我們一家趕出去。」

「不是趕出去，只是你爹惹老太太生氣，老太太暫時讓你們搬出來而已。」夏正慎連忙補救。「剛才，你祖母還說讓你們再搬回去呢。」

「是嗎？」夏衿冷冷一笑。「剛才是誰跑到老宅去，硬逼我們把老宅的房契還給你，還寫三百兩銀子的欠條？是誰寫下一刀兩斷，再無瓜葛的字據？」

夏正慎一頭冷汗，仍弱弱地爭辯。「是你祖母，她只是暫時生氣……」

旁觀的人早已停止議論，靜靜地聽這四人對話。此時聽得這話，又紛紛議論起來。有那聽說早上那番鬧騰的，把杏霖堂發生的事說了一遍，大家看向夏正慎的目光便帶了鄙夷。

而許久沒有說話的譚郎中，此時也打算豁出去了。以前夏正謙年紀輕輕就醫術高明，壓著他沒有出頭之日；這就罷了，如今其十四歲的兒子都大言不慚，囂張至此，他還活不活了？與其讓這對父子出盡風頭，到頭來夏正慎還要怪罪他將他辭退，倒不如先出口惡氣。再說，此時他幫了夏東家，沒準兒東家便不要他賠償損失，也不會解雇他了。

他冷笑兩聲，揚聲道：「六少爺說羅公子的病是他治好的，這根本不可能！就算六少爺天資聰穎，也不可能小小年紀就青出於藍。要知道醫術可不是記些醫理就能學會的，必須經過大量的醫案實踐。

「六少爺原來一直在學堂裡唸書，即使後來到醫館做學徒，也不過是幾天工夫，而且一直在櫃上抓藥，連病人都沒接觸過。說他醫術如何高明，甚至比他爹、比御醫都還要高明，簡直就是無稽之談。」

羅騫寡言少語，除了跟宣平侯老夫人寒暄那幾句，便一直不說話。此時他卻淡淡一笑，朗聲道：「祁哥兒的醫術之所以高明，能治好我的病，是因為他不是跟他父親學醫，而是另有高人指點。」

當下驚叫聲此起彼伏，大家都驚異地看向夏衿。

「你、你……」夏正慎口齒都不伶俐了。「祁哥兒，此話當真？真有高人教你醫術？他是誰？」

大家都豎起耳朵細聽。

夏衿皺眉。「羅公子有必要騙你嗎？至於我師父，她老人家不喜紅塵喧囂，囑咐我別提她的名字，大伯還是不要問了吧。」

「看來果真是高人吶！」

「難怪夏家六少爺能治好羅公子的病呢。」

夏衿這話，終於讓人相信她醫術高明了。

宣平侯老夫人原也不大相信，一直聽到此時，轉臉再打量夏衿，便怎麼看都覺得頗有幾分高人風範。

她滿臉笑容地對夏衿道：「夏公子既說我女兒的病能治，那不妨給她看看？」

夏衿原不出手，只因這病頗費周章，須病人家屬願意方好。她拿了半天架子，等的就是宣平侯老夫人這一句。

她拱拱手，爽快道：「老夫人，姑奶奶這病，並不難治，但這其中有個講究，須得依著我的要求，方能治好。」

宣平侯老夫人大手一揮。「你儘管治就好，什麼要求我都答應你。」

「既如此，還請老夫人借一步說話。」夏衿作了個手勢，把宣平侯老夫人往後院請。

宣平侯老夫人年紀大了，也不講究避諱，直接就跟著夏衿進了後院。

「羅大哥，你也來。」夏衿又朝羅騫叫道。

夏正慎見狀，也想跟過去。夏衿冷冷掃他一眼，嘴裡說的話倒挺客氣。「大伯，我們借你這處說兩句話，沒問題吧？」

夏正慎連忙笑道：「沒問題、沒問題。」然後停住腳步，眼睜睜地看著夏衿把宣平侯老夫人和羅騫帶進後院，心下一片惶然。

夏衿和宣平侯老夫人、羅騫進去的時間並不久，只一會兒的工夫他們就出來了。三人的情緒都很平靜，但平靜裡又有不同——夏衿是自信裡透著輕鬆，宣平侯老夫人是懷疑裡透著期盼，羅騫卻是目光越發深邃，看不出在想些什麼。

「還請夏小哥開藥。」宣平侯老夫人做了個「請」的姿勢。

宣平侯府的下人極是機靈。那幾個婆子立刻把桌椅從地上扶了起來，不知從哪裡找了塊抹布，把它們擦拭乾淨，另有婆子早已把筆墨紙硯也找齊了，鋪在桌上，這才一齊退下。

夏衿也不多話，走過去提筆寫了個藥方，遞給夏正慎。

宣平侯老夫人在此，夏正慎哪敢絲毫怠慢？他把與三房的糾紛先放到一邊，仔仔細細抓了藥，又親自守在火爐旁煎了，斟出來端到夏衿面前。

雖諒夏正慎不敢動手腳，而且有宣平侯府的婆子一直跟在他身邊監視，但穩妥起見，夏衿還是仔細聞了聞藥味，發現並無不妥，這才遞給一個婆子。

翰林夫人卻不乖乖聽話，只嚷嚷那藥裡有毒，還是宣平侯老夫人出馬，哄著她把藥喝了下去。

大家都盯著翰林夫人，見她喝了藥仍有些煩躁，又將目光轉向夏衿。

夏衿卻是一臉平靜，過了一會兒，她走到翰林夫人面前，微微彎下腰，低聲問道：「王夫人，聽說妳兒子死了？」

王夫人身子一震，抬起頭來，死死盯著夏衿，那目光，似乎要把她生生吞掉一般，甚是嚇人。

不過緊接著，她的眼淚就大滴大滴地從圓睜著的眼眶裡流了下來。她垂下眼瞼，用手帕摀住嘴，「嗚嗚」地哭了起來，哭聲與原先相比，更為悲戚。那圍觀的民眾裡，有那心軟的婦人，聽到這哭聲，也禁不住跟著紅了眼。

夏衿注視著她，仍是一臉平靜，過了一會兒，她又低低說了一句。「妳的兒子，是不是被妳害死的？」

——未完，待續，請看文創風382《醫諾千金》2

2016年1月出版

今宵美人嬌

文創風 370～371

純情少年的真心告白：
喂，本人可是第一次主動討好人唷，還不快來領情！
懷春少女的驚人告解：
爹，娘，請原諒女兒，今晚女兒墮落啦～～

若遇情竇雙開綻　最是人生好時節／糖豆

雖說爹娘本是冀望人如其名才喚她湯圓，但她未免太不負厚望了吧，
不僅吃得身材圓滾滾，亦被寵得性子軟趴趴，任人搓圓捏扁，
結果便是慘遭下人嘲笑，還被夫君利用，就連懸樑用的繩子也欺負她胖！
生生從中斷裂，害她自盡都落人笑柄，不得已只好改為割脈了卻一生……
豈料醒來竟重回十歲，雖未釐清狀況，可至少她知道，要拚死減肥，還有——
往後取名絕對得三思！瞧，這世她遇上個叫「元宵」的神秘少年，
按理兩人該是同類呀，可字詞不同他便與她天差地遠，
先別提那張精緻的相貌有多讓人自卑，光論他囂張及毒舌的程度她就望塵莫及。
這人初見面旋即數落她胖，她聽了不爽理他，他竟小肚雞腸地展開報復，
害她在王府聚會上出醜，成了舌戰箭靶，最後甚至遭人推落水池——
好啦這純屬意外與他無關，不過見她如此狼狽也算稱了他的心，
那……為何他會挺身替她出氣，還第一時間下水救她？
如今又趁夜偷偷闖入她房內，笨手笨腳地替她搽藥到底是怎麼回事？
而這不但不尖叫、不抵抗，反倒還有點開心的自己又是怎麼回事？!

2016年1月出版

藥香賢妻

文創風 365～369

易得無價寶，難得有情郎。
榮華富貴她可以不靠男人、自己掙得，
幸福姻緣卻是可遇不可求的，
何況她要的還是在古代女人想都不敢想的「唯一」，
而他，竟願意……

情有靈犀．愛最無價／靈溪

她是現代女軍醫，莫名穿越到大齊王朝一個小吏家中。
生不出兒子的娘備受爹爹冷落，從此小妾當道，親娘纏綿病榻，
她薛無憂是個嫡女，卻淪落成被人嫌棄的賠錢貨。
親娘軟弱，祖母刻薄，爹爹不喜，二娘厭惡，庶妹狠毒，
她更是被認為是一個和傻子差不多的呆子。
被認為呆子也沒什麼不好，正好讓她韜光養晦，把前世的醫術提升精進。
扮男裝溜出去行醫之後，意外地廣結善緣，
之後開藥廠，買農莊，置田舍，鬥二娘，懲庶妹，結權貴……
從此娘親重獲寵愛，祖母、爹爹視她若寶，相府公子、威武大將軍紛紛示愛……
從無人聞問到桃花大開，她要選哪一個啊？她真是頭疼死了……

為流浪貓狗加油 和貓寶貝 狗寶貝 廝守終生(一定要終生喔！)的幸福機會

對人來說，貓寶貝狗寶貝只是生活的一部分，但妳（你）對牠們來說，卻是生活的全部，領養前請一定要考慮清楚——

▲ 帥氣又友善的Jimmy

性　　別：男孩
品　　種：混種
年　　紀：1歲多
個　　性：親人、親狗、親貓、親小孩，愛撒嬌，非常友善
健康狀況：已施打預防針，有一隻腳在流浪時受過傷，
　　　　　但不影響跑、跳與作息
目前住所：台北市北投區

本期資料來源：台灣認養地圖http://www.meetpets.org.tw/content/62422

『Jimmy』的故事：

Jimmy是來自於板橋收容所的孩子，2015年4月被前任主人認養出去，但前任主人採取放養的方式，所以Jimmy不見了主人也沒找回。後來9月愛媽在北投區山上餵食浪浪時發現了Jimmy，當時牠看起來非常狼狽、無助，而且也餓到沒有力氣走動，虛弱地躺在山腳邊，甚至有一隻腳還受傷了！

愛媽急忙帶下山、掃了晶片，經過一番周折，終於聯絡到前任主人。但是前任主人遲遲不願出面接回Jimmy，甚至表示不想再繼續飼養牠了。

後來，志工主動與前任主人接洽，請求前任主人轉讓飼養資格，由志工繼續幫Jimmy尋找下一個愛牠的主人。

經過幾個月的調養，Jimmy終於恢復了原來的健康，心情也開朗許多，對小朋友非常友善，喜歡向人撒嬌，也喜歡跟其他動物一起玩耍～～甚至可以跟貓咪和平相處呢！

你願意給遭受遺棄卻依然乖巧、信任人類的Jimmy一個永遠幸福的家嗎？有意認養者請來信carolliao3@hotmail.com（Carol 咪寶麻），主旨註明「我想認養Jimmy」，感謝大家。

認養資格：

1. 認養者須年滿25歲，有獨立經濟能力，並獲得家人、同住室友或房東的同意。
2. 認養前須填寫問卷，評估是否適合認養。
3. 須同意簽認養寵物切結書。
4. 同意送養人日後之追蹤探訪，對待Jimmy不離不棄。

來信請說明：

a. 個人基本資料：姓名、性別、年齡、家庭狀況、職業與經濟來源等。
b. 想認養Jimmy的理由。
c. 過去養寵物的經驗，及簡介一下你的飼養環境。
d. 若未來有當兵、結婚、懷孕、畢業、出國或搬家等計劃，將如何安置Jimmy？

文創風
381

醫諾千金 1

國家圖書館出版品預行編目資料

醫諾千金 / 清茶一盞著. --
初版. -- 臺北市 : 狗屋, 2016.02-
冊 ; 公分. --（文創風）
ISBN 978-986-328-554-0（第1冊：平裝）. --

857.7　　　104027291

著作者　清茶一盞
編輯　余一霞
校對　沈毓萍　許雯婷
發行所　狗屋出版社有限公司
地址　台北市104中山區龍江路71巷15號1樓
電話　02-2776-5889～0
發行字號　局版台業字845號
法律顧問　蕭雄淋律師
總經銷　知遠文化事業有限公司
電話　02-2664-8800
初版　2016年2月
國際書碼　ISBN-13　978-986-328-554-0
原著書名　**《杏霖春》**，由湖北風語版權代理有限公司授權出版

定價250元
狗屋劃撥帳號：19001626
網址：love.doghouse.com.tw　E-mail：love@doghouse.com.tw